Zu diesem Buch

«Ein Werk, das man nicht eher aus der Hand legt, bevor man auf der letzten Seite angelangt ist. Ein Buch, das glänzend geschrieben, voller Spannung, souverän erzählt ist. Ein wirklich außergewöhnlicher Roman, der zugleich ein Zeitdokument von hohem Rang ist, denn die Autorin hat in ihm das Abgeschlossene der europäischen Emigration in New York und deren Tragik in ihrer ganzen Ausführlichkeit und Tragweite aufgefangen... Einen Kunstgriff hat Hilde Spiel angewandt, der ihren Roman eine seltene, bemerkenswerte Objektivität gewinnen läßt: die Geschichte wird von einem unbefangenen jungen lettischen Mädchen namens Lele erzählt, das außerhalb der Lebenssphäre der Hauptgestalt Lisa steht und nicht wie diese ihr Leben in einem Zimmer verbringt, wo die Jalousien verschlossen sind, wo Parfüm, Drogen und verwelkte Blumen das ‹künstliche Paradies› darstellen. Lisa Leitner Curtis ist der Mittelpunkt eines Kreises von Männern und Frauen, die alle in Bewunderung, Haß oder Liebe von ihr abhängen... Ihre Lebenssphäre und die Sphäre ihrer Freunde sind das Thema des Buches, das die Tragik der Emigration... mit einer erstaunlichen Genauigkeit, Schlichtheit und Wahrhaftigkeit beschreibt... ‹Lisas Zimmer› ist ein einzigartiges Buch, eine psychologische Glanzleistung.» («Allgemeine Wochenzeitung der Juden in Deutschland»)

Hilde Spiel, geboren am 19. Oktober 1911 in Wien, studierte an der dortigen Universität, an der sie 1936 auch promovierte. Sie wurde Redakteurin und Übersetzerin, heiratete den Journalisten Peter de Mendelssohn und arbeitete als Londoner Korrespondentin für deutsche, österreichische, schweizerische und holländische Blätter. Hilde Spiel war eine kenntnisreiche Kritikerin und Essayistin. 1963 kehrte sie endgültig in ihre Heimat zurück. Ihre zeitgeschichtliche Szenenfolge «Anna und Anna» wurde am Wiener Burgtheater uraufgeführt und 1990 vom ZDF gesendet. Ihre Erinnerungen erschienen unter den Titeln «Die hellen und die finsteren Zeiten» und «Welche Welt ist meine Welt». 1990 erhielt Hilde Spiel die Goethe-Medaille des Goethe-Instituts für besondere Verdienste um die deutsche Sprache. Hilde Spiel starb am 30. November 1990 in Wien.

Hilde Spiel
Lisas Zimmer

Roman

rororo
Rowohlt

16.–19. Tausend April 1991

Veröffentlicht im Rowohlt Taschenbuch Verlag GmbH,
Reinbek bei Hamburg, November 1990

Umschlaggestaltung Gudrun Fröba
(Gemälde «Architettura femminile» von Enrico Rampolini, 1925)
Gesetzt aus der Bembo (Linotronic 500)
Gesamtherstellung Clausen & Bosse, Leck
Printed in Germany
880-ISBN 3 499 12848 9

Eines schönen Abends fand ich meinen Damaskusweg. Ich machte mich daran, schlicht und unmittelbar, wie einen meiner Briefe, in kleinen, dichten und sinnlichen Absätzen eine einfache Geschichte zu schreiben, welche die meine hätte sein können.

Henri Alain-Fournier

1

Hier bin ich nun, am Rande dieses Erdteils, so weit im Westen wie nur möglich, in einem weißen Haus hoch oben auf dem Hügel, zur Rechten die Bucht von Oakland und zur Linken das Goldene Tor. Wenn die Sonne untergeht und alle Farben dieser Welt über den Himmel fließen, durchsichtig werden, verblassen und in der Dunkelheit erlöschen, dann weiß ich: wo der letzte Schimmer sinkt, ist nur das Meer, und in der Ferne Japan. Im Osten ist die Nacht. Und nichts ist wirklich, nichts ist wahr als das Tal des Sacramento, die Wüste von Nevada und das salzige Land von Utah. Was jenseits der Rockies liegt, ist für mich verschwunden wie ein Nachtmahr, den man im Erwachen abgeschüttelt hat.

Das waren freilich auch Lisas Worte, in einem Brief, den sie nach ihrer Ankunft in New York an eine Freundin schrieb. Der Nachtmahr Europa, schrieb sie, sei von ihr gewichen. Sie glaubte fest daran. Doch nur zu bald kam er ihr nach, setzte sich an ihr Bett und weigerte sich, sie zu verlassen. Wir alle litten unter ihm. Und damit er nie mehr wiederkehrt, um einen von uns zu schrecken, will ich berichten, was mit ihr und uns geschah. Derlei Dinge kann man nur loswerden, indem man sie ausspricht, sagte Mrs. Langendorf, als sie mich über das Lager ausfragte. Es war am ersten Tag in ihrem Hause, als ich sie noch für einen guten Menschen hielt.

Aber so geht es nicht. Ich muß Geduld haben und langsam erzählen, wie es dazu kam – ohne eine Menge Namen zu nennen, von denen noch keiner gehört hat. Schreiben ist nicht schwer, erklärte mir Paul Bothe, während er eines seiner Bücher für mich signierte. Man darf nur nicht alles sagen, was man weiß. Das verstand ich nicht sofort, wie so manches, was ich in Lisas Zimmer hörte.

Es war jedoch nicht mehr als eine schlichte Wahrheit, die ins Gegenteil verkehrt und dadurch interessant geworden war. Auch das ist europäisch. Angst vor dem Offenkundigen. Hierzulande kennt man sie nicht. Die wirkliche Schwierigkeit besteht darin, die richtige Reihenfolge einzuhalten und zu entscheiden, womit man beginnt. Noch schwerer scheint es mir freilich, nicht in Gedanken abzuschweifen, nicht einfach still auf der Terrasse zu sitzen im weißen Licht und kühlen Wind, nicht meinem kleinen Mario zuzuhören, der hinter der offenen Tür mit lauter Stimme das Märchen von Johnny Appleseed liest, und schließlich, mich nicht über das Geländer zu beugen und nach meinem Mann Ausschau zu halten, der vielleicht eben im ölbefleckten Overall, lang und schlenkernd, aus der Garage tritt, um drüben im Laden einen Milkshake zu trinken, ein Lied vor sich hin summt und glücklich an sein Kind denkt, sein erstes Kind, das in diesem Herbst zur Welt kommen wird.

So gehe ich denn zum Anfang zurück. Ich will nicht lange von Riga reden und von meiner Kindheit in der alten Stadt, wo ich aus meinem Fenster den Petersturm und dahinter die langsam strömende Dvina sehen konnte. Auch nicht von meiner Mutter, die Russin war, oder von meinem Vater, dem Letten, weil es allzu schmerzlich für mich ist, mir ihr Gesicht oder seine Stimme in Erinnerung zu rufen, wenn er unsere sanften Volkslieder zur Gitarre sang. Lettland hatte in siebenhundert Jahren den Deutschen, den Polen, den Schweden und den Russen gehört. Nach der Revolution, zehn Jahre vor meiner Geburt, war es endlich unabhängig geworden. In meiner Schule saß ich neben Kindern nicht nur aller baltischen Nationen, sondern auch der weißen Russen, der roten Russen und der deutschen Siedler in unserem Staat. Die Deutschen wurden eines Tages gezwungen, auszuwandern. Hitler rief sie zurück. Dann brach der Krieg aus, und die Armee der Sowjetrepubliken überfiel das Land.

Mein Vater war ein Patriot, der weder die Deutschen noch die Russen liebte. Als Gemeinderat, dem die Wasserversorgung von Riga oblag, schien er unseren neuen Herren unabkömmlich und blieb im Amt, während viele seiner Freunde – Lehrer, Künstler und Rechtsanwälte – nach Sibirien verschleppt oder auf andere Art aus dem Weg geräumt wurden. Sobald die Deutschen den Krieg an der Ostfront begannen, durch das Baltikum zogen und bis vor Leningrad drangen, ließen auch sie meinen Vater, wo er war, obgleich im Gefolge der Truppen die Gestapo kam und zurückblieb, um andere

Leute festzunehmen, vor allem jene, denen eine Verbindung mit den Sowjets nachzuweisen oder zuzutrauen war. Dazu gehörte meine Mutter. Sie wurde belauscht, als sie mit jemand russisch sprach, und sofort verhaftet. Wir haben sie nicht mehr gesehen.

Eines Tages kehrten die deutschen Truppen wieder, verhungert, erfroren, fiebernd, zerlumpt und auf dem Rückzug. Sie marschierten noch rascher durch Riga als auf dem Hinweg. Doch sie fanden Zeit, alles zu zerstören, was ihnen in die Hände fiel, um die Rote Armee aufzuhalten – die Schiffe im Hafen, die Brücken über die Dvina und sämtliche Kraftwerke der Stadt –, und sie nahmen jeden mit sich, der es wieder hätte herstellen können. Mein Vater war auch dabei. Ich war sechzehn und führte ihm das Haus. Ich hatte keine Geschwister. Als ich hörte, man habe ihn in einen Militärtransporter gesteckt und nach Deutschland weggebracht, beschloß ich, ihm nachzufahren. Später teilte man mir mit, daß er die Grenze gar nicht überschritten hatte. Nach einigen Kilometern war die motorisierte Einheit zusammengebrochen, mein Vater und die anderen Letten wurden in der Nähe von Jelgava ausgesetzt und dort, kurz darauf, von den nachrükkenden Rotarmisten als Landesverräter erschossen.

Damals wußte ich es noch nicht. Ich fuhr, als Kindermädchen der fünfköpfigen Familie eines Gestapobeamten, viele Tage und Nächte lang in überfüllten Zügen nach Radstadt in der Ostmark, wo mein Dienstherr in Ruhe das Ende des Krieges abwarten wollte. Zum Entgelt hatte er versprochen, meine Eltern ausfindig zu machen. Doch er versuchte es nicht einmal. Als er abberufen wurde, schickte er mich ins südliche Kärnten, zur Feldarbeit. Ich lebte in einem Lager. Dann schlugen sich die Engländer aus Italien herauf und befreiten die Provinz. Das Lager wurde der UNRRA unterstellt, aber ich blieb weiter darin wohnen, bis der Major mich entdeckte und heim zu Lady Betty nahm.

Zu der Zeit, als Mrs. Langendorf mich bat, ihr vom Lager zu erzählen, war mir fast alles entfallen, und ich wünschte nur, es käme mir nie wieder in Erinnerung. Seit meiner Kindheit hatte ich die Gabe, mir Vorfälle, ja selbst Gespräche, so scharf und genau zu merken, als wären sie gestern erst passiert. Was mich jedoch bedrückt oder verwirrt hatte, das fiel durch die Maschen des Netzes. Es zurückzurufen bereitete mir beinahe körperliche Pein. Um Mrs. Langendorfs willen zwang ich mich dazu. Ich beschrieb ihr die schmutzstarrenden Baracken und das stinkende Stroh. Wie unsere Aufseher mit uns umgingen. Die furchtbare Kälte. Und wie es Tag für Tag weniger zu essen gab, so daß wir die Saatkartoffeln roh herunterschlangen und viele von uns bestraft wurden, wenn man uns dabei sah. Es waren Polen und Tschechen und Jugoslawen in dem Lager, die Frauen waren von den Männern getrennt, doch in den hölzernen Scheidewänden der Latrinen klafften Löcher, durch die sie zueinander gelangen konnten. Es wurden auch Kinder geboren, aber sofort wieder entfernt. Wir hatten noch keine Juden. Die Juden brachte man später. Nur ein paar Zigeuner waren da. Ein Junge, zwei Jahre jünger als ich, der konnte Mundharmonika spielen. Nach einer Weile wurde auch er weggebracht. Dann ließ ich mich auf nichts mehr ein, und das war leicht, denn ich war unhübsch und mager, mit dünnem blondem Zottelhaar.

Unser Lager war nicht weit von Villach, in einer Ebene, die sich bis zu einer Bergkette erstreckte, auf deren Kamm die italienische Grenze lief. Unter den Deutschen hatten wir niemals auf die Landschaft geachtet. Wir fühlten uns zu elend dazu. Aber an dem Morgen, nachdem die Engländer eingezogen waren, erwachten wir mit einem unbeschreiblichen Gefühl. Ich weiß noch, wie ich zu Frau Budzinski sagte, die auf der unteren Pritsche lag: «Schau, wie die Sonne auf den Bergen glitzert.» Es war ein heller Wintertag, und die Schneefelder in der Ferne blendeten wie Metall. Wir halfen einander vor die Tür. Während der letzten Wochen waren wir zu ausgefroren und zu hungrig gewesen, um aufzustehen, und da wir nicht einmal ahnten, daß der Krieg schon fast zu Ende war, blieben wir einfach im Stroh und warteten darauf, weggebracht zu werden, weil wir keine Kraft zur Arbeit mehr hatten. Sobald die Engländer angekommen waren, fuhr ein Lastwagen mit Lebensmitteln vor, und die Köche der UNRRA begannen, den Inhalt von Konserven aufzuwärmen, doch es wurde uns übel von dem Geruch und wir konnten nichts herunterschlucken. Jetzt war es früher Morgen, die Luft war klar und rein, und Krankenschwestern, gefolgt von Ordonnanzen, gingen umher, um Frühstück an uns auszuteilen. Es gab Tee und flüssigen Haferbrei, der kam uns nicht wieder hoch.

Ein paar Tage später brachte man die Juden. Die meisten hatte man in einem Vernichtungszug gefunden, der von der flüchtenden SS auf einem Nebengeleise stehengelassen worden war. Andere waren aus irgendwelchen Verstecken hervorgekrochen. Als sie ins Lager einzogen, schreckten wir entsetzt vor ihnen zurück. Sie sahen noch schlimmer aus als wir. Und sie änderten sich nicht. Ihre Baracken stanken so, daß man sie nicht betreten konnte, und sie waren so gierig, daß sie immerfort bettelten, tauschten, handelten und stahlen, um mehr zu essen zu bekommen. Wir fanden sie abscheulich; die Polen aber haßten sie geradezu. Trotzdem hatten sie es den Polen zu verdanken, daß sie mehr als die üblichen UNRRA-Rationen erhielten, denn die Freiheitsarmee des Generals Anders, die in Oberitalien lag, schickte Geld und andere Hilfsmittel für ihre internierten Landsleute herauf, und Major Frampton, unser Kommandant, verteilte die Pakete gleichmäßig an uns alle.

Nach und nach nahmen wir den Juden gegenüber eine andere Haltung ein. Wir merkten, daß sie alle jung waren, keiner älter als fünfundzwanzig Jahre, und allesamt Waisen. Jahrelang hatten sie nicht nur wie Tiere gelebt, sondern wie Tiere während einer Naturkatastrophe, eines Erdbebens oder einer Überschwemmung. Um sie her war alles zugrunde gegangen, und die sanftesten und liebenswertesten unter ihnen starben zuerst. Dies hier waren die Überlebenden. Sie hatten wild und hart, grausam und rücksichtslos sein müssen, um am Leben zu bleiben. Und wenn sie ihre Baracken nicht sauberhielten, sich's darin nicht wohnlich machten, dann lag es daran, daß sie nicht in ihnen bleiben wollten, keinen einzigen Tag. Sie wollten nur eins: nach Palästina fahren. Europa, sagten sie, sei für sie ein einziger großer Friedhof. Doch es gab Schwierigkeiten, die wir damals nicht verstanden, und die Engländer hielten sie zurück. Das machte sie undankbar und aufsässig. Sie schmiedeten immerzu Pläne, wie sie nach Palästina gelangen könnten, und schickten sogar regelmäßig einen Boten nach Salzburg, um dies auf geheimen Wegen vorzubereiten. Nachts verschwanden immer welche aus dem Lager und wurden nicht mehr gesehen.

Als ich Mrs. Langendorf sagte, wir hätten die Juden zuerst gehaßt, wurde sie sehr böse. So kam ich gar nicht mehr dazu, ihr zu erklären, daß wir nach einer Weile verstanden hatten, worum es bei ihnen ging. Immerzu wollte sie, daß ich zurücknähme, was ich anfangs empfunden hatte, und meinen ersten Eindruck korrigiere. Schon damals wußte ich, keine Psychoanalytikerin dürfe erwarten, daß man ein Gefühl, von dem man einmal erfüllt gewesen war, in sich auslöschen könne, und auch nicht verlangen, daß man ein Erlebnis auf andere Art zurückrufe, als es sich begeben hatte. Als ich mich weigerte, legte sie sich zurecht, ich sei eine Antisemitin, und fragte mich sogar, ob mein Vater nicht wirklich ein Faschist gewesen sei, da er doch für die Deutschen gearbeitet hatte, nachdem meine Mutter verschwunden war. Danach konnte ich ihr nichts mehr erzählen, nicht einmal mit ihr reden wie mit Lady Betty. Mit diesem ersten Gespräch war es zwischen uns vorbei.

Zu Lady Betty war ich durch ihren Mann gekommen, den Lagerkommandanten Frampton. Obgleich es den Frauen der Offiziere damals noch nicht erlaubt war, ihre Männer zu besuchen, hatte Lady Betty sich die Reise auf das Festland durch eine kleine ‹Schiebung›, wie sie es nannte, verschafft. Sie hatte sich von einer der Theatertruppen anwerben lassen, die in und nach dem Krieg die auswärts stationierten Soldaten unterhielten, war nach Italien geschickt worden und ‹setzte sich› bei erster Gelegenheit nach Österreich ‹ab›. Niemand machte ihr einen Vorwurf daraus, versicherte sie mir, denn sie hatte all das mit Hilfe alter Freunde, durch das ‹old boy net› eingeleitet, und Major Framptons Brigadier hatte ein Auge zugedrückt. Sie und ihr Mann, den sein Regiment der UNRRA geliehen hatte, wohnten in einem beschlagnahmten Haus am Wörthersee. Gleichfalls durch das ‹old boy net› erhielten sie ihren Anteil an den Lebensmitteln, die einmal im Monat von Udine, der Marktstadt der Venezia Giulia, über den Bergkamm herübergeschafft wurden, um die Vorräte der Offiziersmesse im nächsten Ort am See etwas aufzubessern. Lady Betty sagte, es hülfe ihr, die Leutnants und Fähnriche aus der Umgebung zu bewirten und junge Damen vom Roten Kreuz oder wohlerzogene Mädchen, die sich zufällig bei den Armeehelferinnen befanden, zum Abendessen einzuladen, damit die Herren Offiziere nicht nur auf ‹Frats› angewiesen waren. Darunter verstand man jene einheimischen Frauen, mit denen man sie fraternisieren ließ.

Lady Betty hatte eine Köchin und ein Stubenmädchen, aber sie brauchte noch jemand, der ihr die kleine Wäsche wusch und die Mahlzeiten auftrug. Für diese Arbeit brachte Major Frampton mich ins Haus. Nach ein paar Monaten, in denen wir nichts zu tun hatten, als wieder auf die Beine zu kommen, waren sogenannte Repatriierungsbeamte aller Nationen bei uns aufgetaucht und hatten versucht, uns zur Rückkehr in unsere Heimat zu bewegen. Viele fuhren davon. Andere weigerten sich, aus diesem oder jenem Grunde. Auch ich schüttelte den Kopf, als ein Finne in der Uniform der Roten Armee darauf bestand, mich zurück ins Baltikum zu schicken. Major Frampton hatte begonnen, nach meinen Eltern zu fahnden. Es mußte eine Weile dauern, bis er Nachricht hatte. Inzwischen fühlte ich mich sicherer unter seinem Schutz. Mit Lady Betty vertrug ich mich sofort. Sie hatte das gleiche seidig blonde Haar und war ebenso liebenswürdig und ausweichend wie unser Kommandant. Die beiden hingen sehr aneinander, aber sie langweilten einander auch und erfanden in ihrer Langeweile alle möglichen kleinen Übelkeiten, unter denen sie litten: Kopfschmerzen und Magenschmerzen und ‹ich-bin-schon-wieder-wach-gelegen-die-halbe-Nacht›. Natürlich brachte er viele Offiziere ins Haus, schöne, große, sonnverbrannte Männer in gut geschnittenen Uniformen, die sie häufig durch ein buntes Halstuch oder beigefarbene Kordsamthosen ergänzten – ein Vorrecht der Achten Armee, die siegreich von El Alamein heraufmarschiert war. Doch sie saßen viel lieber allein zusammen als mit Lady Bettys jungen Damen vom Roten Kreuz und liefen wieder davon, in ihre Messe oder zu ihren Frats, sobald sie ein wenig geschwatzt und getrunken hatten.

Ich verliebte mich in einen Hauptmann, der Sholto Jamieson hieß, doch er merkte es nicht. Er war ein dunkelhaariger Schotte mit weißen Zähnen, immer nachdenklich und launenhaft. Eines Tages gab er einen Tanz in der Unteroffizierskantine und forderte Lady Betty auf, ihre Dienstmädchen hinzuschicken. Hanni, das Stubenmädchen, nahm mich mit. Hauptmann Jamieson sah sich um, mit wem er den Tanz eröffnen könne, und kam auf mich zu. Lady Betty hatte mir ein Kleid geliehen und mir geholfen, mein Haar aufzustecken. Hauptmann Jamieson starrte mich an, als hätte er mich nie in Major Framptons Haus erblickt. Ich tanzte sehr schlecht, aber er gab sich große Mühe, es mir beizubringen. In der Mitte des zweiten Tanzes – er hatte eben ein paar Worte gesagt, die mich erschauern ließen – wurde er von einer Ordonnanz abberufen und verließ den Saal ohne ein Wort der Entschuldigung. In diesem Augenblick drängte Mario sich vor und fragte, ob er den Tanz mit mir beenden dürfe.

Was nun kommt, möchte ich am liebsten nicht berichten müssen, denn es ist schwerer zu erklären als alles, was vorher und nachher geschah. Ich war siebzehn. Ich hatte viel erlebt und dennoch wenig. Was um mich vorging, schien mir nicht dieselbe Wirklichkeit zu haben wie die Erinnerung an meine Kindheit und die Sehnsucht danach, mit meiner Familie wieder vereinigt zu sein. Mein Gedächtnis war immer gut gewesen – bis auf jene Dinge, wie ich bereits erwähnte, die ich mit Absicht vergaß –, und zugleich mit meinen Tagträumen vermochte es die Gegenwart zu überfluten. Ich hatte diese Tagträume im Lager begonnen und bei Lady Betty fortgesetzt, während ich ihre Hemden bügelte, ihr Kamillentee brachte und vorgab, ihre sanften und sinnlosen Wehklagen mitanzuhören. Wenn ich soeben sagte, ich sei in Hauptmann Jamieson verliebt gewesen, dann hätte ich besser sagen sollen, daß sein Bild in meine Träume trat und den Platz einnahm, den ich darin meinem Geliebten zugedacht hatte. An jenem Abend in der Unteroffizierskantine war es nahe daran, daß meine beiden Welten sich vermischten und schließlich ineinander übergingen. Als Hauptmann Jamieson jedoch den Saal verließ und statt ihm Mario vor mir stand, brachen sie wieder entzwei, und ich fiel zurück in meinen früheren teilnahmslosen Zustand.

Mario begann sofort zu lachen und zu schwatzen. Dazu selbst etwas zu sagen, ließ er mir keine Zeit. Er erzählte mir, er stamme aus Ligurien, wo sein Vater ein Strandhotel besitze. Nach Kriegsende hatte ihn Hauptmann Jamiesons Feldwebel aufgegriffen und mitgenommen, weil er ein nützlicher Junge war, als Dolmetsch und Koch zu verwenden, und voll Abenteuerlust. Da sich nichts anderes bot, war Mario mit der Kompanie nach Norden gezogen, wo er so lange ausharren wollte, bis das Strandhotel seines Vaters wieder geöffnet war. Inzwischen rühmte sich Hauptmann Jamiesons Messe der besten Küche bei den ‹Britischen Truppen in Österreich›. Von Mario stammte der Einfall, jeden Monat einen Fünf-Tonnen-Laster nach Udine zu schicken und dort mit Fleisch, Obst, Käse, Butter und echten Seidenstrümpfen für die Frats zu beladen.

Mario schenkte mir immerfort zu trinken ein, doch sowie er den Blick abwandte, schüttete ich den Schnaps unter den Tisch. Dann zog er mich in den Keller, in die Speisekammer der Offiziere, und verführte mich. Ich wußte alles und sah es mit an, ich verabscheute den ganzen Vorgang und mich selbst, doch ich dachte nicht daran, mich zu wehren. Es war nicht der Steinhäger, der meinen Widerstand zunichte machte, wie Mario annahm. Es war nichts von jener tatenlosen Verzweiflung, jener äußersten Gleichgültigkeit, die mich im Lager erfaßt hatte, als ich meinte, ich würde weggebracht. Ich war nur überzeugt, daß alles, was geschah, jemand anderem zugefügt wurde, einem Menschen außerhalb meiner selbst, der gleichwohl durch ein unerklärliches Band mit mir verknüpft war. Vielleicht war ich wirklich außer mir. In meinem Gehirn hatte es kurz davor einen kleinen Knacks gegeben; zuletzt war ich sicher, daß nicht Mario, sondern Hauptmann Jamieson mich in seinen Armen hielt.

Kurz darauf teilte man mir mit, daß meine Mutter in Ravensbrück gestorben war, und ein paar Wochen später hörte Major Frampton durch einen Letten in der Repatriierungskommission, daß man meinen Vater in einem Graben nahe von Jelgava erschossen hatte. Als ich es erfuhr, war ich fassungslos. Eine Weile lang weinte ich Tag und Nacht, und schließlich fand ich mich damit ab. Das schien mir das Schlimmste. Inzwischen besuchte mich Mario, brachte mir Schokolade und Taschentücher aus Musselin, wartete, bis ich mir die Tränen getrocknet hatte, und bat mich dann, mit ihm auszugehen. Ein- oder zweimal gab ich nach. Es war Herbst. Wir gingen in den Wald, wo der Boden faulig nach Pilzen roch und mit Tannennadeln bedeckt war, die so kratzten wie das Stroh in den Lagerbaracken, wenn man sich hinsetzte oder niederlegte. Ich war innen wie tot, nichts machte mir Vergnügen. Wenn ich irgend etwas empfand, dann war es Staunen oder so etwas wie eine schwache Befriedigung, daß ich, arm und einsam und herzenskalt wie ich war, dennoch jemand anderem Vergnügen machen konnte.

Noch vor Weihnachten wurde Hauptmann Jamiesons Kompanie nach Wien versetzt. Mario sollte mit. Er hatte jedoch von dem großen Hunger in Wien gehört und daß es nachts nicht ratsam war, auf die Straße zu gehen, weil man von betrunkenen Russen oder herabgekommenen Einheimischen ausgeplündert wurde. Eines Morgens war er auf und davon. Man fand nie heraus, wohin er sich geflüchtet hatte, doch auf irgendeine Weise war er sicherlich nach Italien gelangt. Er ließ mir ein Pfund Butter zurück, ein großes Stück Mortadella und eine leicht zerknitterte Fotografie, die ihn am Meeresstrand zeigte mit seiner kleinen, braunen, wohlgebauten Figur, auf die er so stolz war. Auf die Rückseite hatte er geschrieben: Ciao, piccina. Die Butter und die Mortadella bekamen mir nicht, und ich gab sie Hanni. Mir war jetzt immer übel wie damals, als die Engländer mit dem vielen Essen ins Lager gekommen waren, und ich brachte nichts herunter außer Kartoffeln und Brot.

Im Frühjahr, als wir leichtere Kleider anzogen, entdeckte Lady Betty, was mir zugestoßen war. Sie betrachtete es als ein persönliches Mißgeschick, das sie befallen hatte wie eines ihrer kleinen Leiden. «Nicht genug daran, daß ich schon wieder diese ekelhaften Schmerzen im linken Ellbogen habe», sagte sie zu Miß Davis vom Roten Kreuz, die zum Mittagessen erschienen war, «hat sich Lele auch noch von irgend jemand ins Unglück stürzen lassen, und wir beide, Nick und ich, werden die Sache ausbaden müssen.» Sie war aufs tiefste von mir enttäuscht, da sie mich doch so gut, so herzlich behandelt hatte, manchmal wie ein Hündchen oder ein Spielzeug, und manchmal fast wie eine jüngere und leicht benachteiligte Schwester – ein uneheliches Kind ihres Vaters etwa, das im selben Haus aufgewachsen, aber nicht zur Tafel zugelassen war. Sie hatte mich ihr ‹King's English› gelehrt und mir viel von ihrer Jugend in Wiltshire erzählt, wo ihr Vater, Lord Mellanby, oberster Herr der Fuchsjagd war und junge Männer, die das Wochenende im Schloß verbrachten, nach einer späten Partie Cribbage noch Erlaubnis erhielten, ‹ein wenig heraufzukommen und einem das Haar zu bürsten›. Man hatte jedoch darauf geachtet, sich nicht ins Unglück stürzen zu lassen, und es war sehr geschmacklos und ungebildet von mir, fand Lady Betty, daß mir dies nicht gelungen war. Trotzdem habe ich sie kein Wort des Vorwurfs äußern hören.

Auch Major Frampton schalt mich nicht aus. Ihm war nur, als habe er wieder einmal versagt, wie damals, als einer seiner Fahrer zuviel Enzian getrunken hatte und mit dem Jeep gegen einen Baum gefahren war. Gleich allen militärischen Befehlshabern hielt er sich für einen kleinen Gott, und wenn er auch meine Hingabe, oder Korporal McLoughlins vorschnellen Tod, keinesfalls hätte verhindern können, so schämte er sich doch, weil er in beiden Fällen weder allwissend noch allgegenwärtig gewesen war. Er nahm sich unverzüglich meiner an. Im medizinischen Korps der Armee fand er eine Ärztin, die mir bei der Entbindung helfen sollte. Inzwischen bat er Miß Davis um eine leichte Arbeit für mich. Miß Davis stellte mich im Büro ihres kleines Militärkrankenhauses in der Nähe an, gab mir ein Zimmer in einer der Nissenhütten und ließ mich Patientenlisten und Befunde kopieren. Lady Betty küßte mich zum Abschied auf beide Wangen, als sähe sie nun, da ich ihren Dienst verließ, wieder die Tochter eines achtbaren baltischen Gemeinderats in mir, und lud mich ein, gelegentlich zum Tee zu kommen. Einmal ging ich hin. Hanni teilte mir mit, Lady Betty sei nicht zu Hause. Aber mir war, als hörte ich ihr gedehntes Lachen hinter der Tür und noch eine zweite Stimme – eine jener lässigen, kehligen Männerstimmen der englischen Oberschicht.

Meine Ärztin hieß Hauptmann Herta Heß. Sie war der UNRRA zugeteilt, behandelte aber auch Krankenfälle unter den weiblichen Hilfstruppen der britischen Armee. Sie stammte aus Wien, wo sie wenige Wochen vor Hitlers Einmarsch ihr Studium beendet hatte. Bald darauf wanderte sie nach England aus; ihre Familie blieb zurück und verschwand. In London arbeitete Frau Doktor Heß zuerst als Putzfrau in einem Spital. Später erhielt sie Erlaubnis, ihre Prüfungen noch einmal abzulegen und den englischen Doktorgrad zu erwerben. Während des Krieges hatte man sie nach Ägypten geschickt. Auf der Überfahrt war ihr Schiff torpediert, sie und die übrige Besatzung jedoch nach mehreren Stunden im Wasser gerettet worden. Sie war eine hübsche, heitere Frau, die sowenig mit den Juden im Lager gemeinsam hatte wie Hauptmann Jamieson mit Korporal McLoughlin, der ebenfalls Schotte gewesen war. Ihr Vater, ein bekannter Neurologe, hatte in Wien einem Kreis von Ärzten und Psychoanalytikern angehört, die einmal wöchentlich eine Tarockpartie abhielten. Daher kannte Frau Doktor Heß die Langendorfs, die nach Amerika gegangen waren. Als sie mir riet, nach der Geburt des Kindes in die Vereinigten Staaten auszuwandern, empfahl sie mich zugleich an dieses ältere, kinderlose Ehepaar.

Mario kam in der Julihitze des Jahres 1946 zur Welt, doch ein Winter und ein Frühling gingen vorbei, ehe wir das Flugzeug nach New York besteigen konnten. Viele Formalitäten waren zu erledigen gewesen, es hatte besondere Schwierigkeiten gegeben, weil ein Gesetz unehelichen Kindern die Einreise nach Amerika verbot. Schließlich gewährte man mir mit Hilfe der UNRRA die Papiere. Ich mußte nicht einmal aufs Konsulat. Ein Beamter suchte mich im Krankenhaus auf, wo ich mit Mario verblieben war und weiter meinen Unterhalt verdiente. Die Entbindung war leicht gewesen. Im Lager, unter den Deutschen, hatte ich Schlimmeres mitgemacht, als ich die Ruhr und keine Mittel dagegen bekommen hatte. Hier war man gut zu mir. Mario wurde sofort zum Liebling der Ärzte und Patienten. Die englischen Krankenschwestern, an die rauhen Körper der Soldaten gewohnt, drängten sich geradezu, seine kühle, glatte Haut zu berühren und mit duftendem Babypuder einzustäuben. In ihrer Freizeit strickten ihm diese selbstlosen, unverwüstlichen Mädchen kleine Jacken und Hosen. Unter ihnen, die so umsichtig und trotz ihrer Vertrautheit mit allen menschlichen Schwächen und Leiden so unschuldig waren, kam ich endlich wieder zu Verstand. Als der Beamte mit den Einwanderungspapieren vor mir stand, wußte ich, daß ein neues Leben für mich anfangen sollte. Es war heller Tag, ich fühlte mich nicht mehr in zwei Hälften gespalten, und meine Gegenwart hatte sich mit meiner Vergangenheit vereint.

Major Frampton brachte mich zum Militärflugfeld bei Klagenfurt und setzte uns in die Armee-Dakota nach Frankfurt, wo die viermotorige Maschine nach New York abging. Während wir am Wörthersee vorbeifuhren, wurde ich mit einem Mal von Heimweh ergriffen nach dem, was beinahe schon hinter mir lag. Die Sonne glänzte auf dem See. Als wir stehenblieben, um zu tanken, summte die warme prickelnde Luft um uns, als wäre sie lebendig. Von einem Tennisplatz hinter der Tankstelle hörte man ab und zu ein paar träge Schläge, und der Fliederbusch neben der Pumpe verströmte, obgleich seine Dolden schon bräunlich waren und zu welken begonnen hatten, einen süßen Geruch, der mit dem des Benzins zusammenfloß. In diesem Augenblick hätte ich aus dem Wagen springen und den Weg zum Ufer hinablaufen mögen, in ein Boot springen, auf die Insel mit dem hellen Schilf zurudern und darin eingehen, um nie wieder hervorzukommen. Es war ein letzter Wunsch nach Unwirklichkeit, vielleicht nach dem Nichtsein. Dann ließ Major Frampton den Motor an, Mario erwachte und begann zu weinen. Ich beugte mich über ihn, der Wagen fuhr los.

Gegen fünf Uhr landeten wir in Frankfurt. Zwei Stunden darauf flogen wir wieder ab. Als im späten Dämmer des Sommerabends die Küste von Frankreich unter mir zurückwich, wurde mir plötzlich etwas klar: Ich war im Begriff, Europa zu verlassen, und hatte keine seiner großen Städte gesehen.

2

Ein Jahr später, fast genau auf den Tag, durchquerte ich den Central Park auf meinem Weg zu Lisa Leitner Curtis.

Es war früh im Juni, doch die Hitze lastete schon schwer auf der Stadt. Erst gestern, schien mir, hatten scharfe Stürme wie Zugluft in einem großen Landhaus durch die breiten Korridore von Manhattan geblasen. Jetzt war die Luft reglos und das Pflaster warm, als liefen Heizröhren unter allen Straßen. Und doch fing es erst an. Ich gedachte der feuchten, dampfenden, grellen Glut meines ersten Sommers in New York; wie selten ich mich entschlossen hatte, Mrs. Langendorfs Wohnung mit der Klimaanlage zu verlassen, und tagsüber immer wieder zu dem Ventilator in der Küche gelaufen war, zitternd vor ihrem Schritt und ihrer Stimme, vor den unablässigen Fragen. Auch das Wetter war erbarmungslos. Ging man abends um neun vor die Tür, dann meinte man in einen Backofen zu treten. Trotzdem traf ich manchmal, wenn ich frei hatte und Mario schon schlief, mit Agnes zusammen, die mit uns im Flugzeug herübergekommen war. Agnes war eine herbe, knochige Frau, eine Deutsche aus Siebenbürgen, aber sie war meine einzige Freundin, ich kannte niemand außer ihr.

Wir saßen gewöhnlich in einem kleinen Café hinter dem Hotel Barbizon Plaza, wo man viele der eingewanderten Schriftsteller sah. Agnes war ihnen bei Lisa begegnet, bei der sie damals im Dienst war, oder hatte dort von ihnen gehört. Sie zeigte mir alle: Franz Molnár, weißhaarig, elegant und von seinem eigenen Witz ein wenig gelangweilt; Hermann Kesten, der sardonisch wirkte, im Grunde seines Herzens aber freundlich schien; Paul Bothe, den berühmten Autor, den ich später kennenlernen sollte; und den dicken Fleming, das Wunderkind von Prag. Während des Winters verlor ich Agnes aus den Augen. Als ich ihr im Frühjahr über den Weg lief, hatte sie eben Lisa gekündigt und sich als Kellnerin in einem Drugstore verdingt. Ich fragte sie, ob Lisa schon ein neues Mädchen habe, und als sie es verneinte, faßte ich Mut und suchte um die Stelle an.

Lisa hatte mir sagen lassen, ich solle sie gegen elf Uhr morgens besuchen, doch ich bat Mrs. Langendorf, gleich nach dem Frühstück ausgehen zu dürfen, und sie nickte auf jene schroffe, gleichgültige Art, die sie seit einer Weile mir gegenüber zur Schau trug. Abe, der schwarze Butler, sollte den Patienten öffnen. Er hatte mir auch versprochen, auf Mario aufzupassen, der ruhig in seinem Laufställchen saß. Ich stellte das Mittagessen fertig in den Kühlschrank; Abe konnte es servieren, falls ich verspätet war. Wie immer lief ich die eiserne Hintertreppe in den Hof hinunter, statt den Lift zu nehmen. Sieben Stock. Aber man fühlte sich dem Leben und den Leuten näher an jenen Türen, wo leere Milchflaschen standen und der Lieferanten-Aufzug mit den Körben der Fleischer und Kolonialwarenhändler auf und ab ging und man in den Küchen die Frauen miteinander reden hörte und in den Spülbecken das Geklapper von Geschirr.

Hinunter also zur Garage, durch die Ausfahrt für die Wagen der Hausbewohner und hinaus auf die 57. Straße East, in der das andere Tor dieses Eckgebäudes der Park Avenue lag. Fünf Jahre nachdem sie in New York eingetroffen waren, hatten die Langendorfs eine der größten Wohnungen in dieser vornehmen Gegend zu mieten und einzurichten vermocht. Vielmehr war es Mrs. Langendorf gelungen. Ihr Mann, ein sanfter, blauäugiger alter Herr mit einem Büschel eisgrauer Haare, wäre wohl ewig in dem kleinen Zimmer, das er bei österreichischen Freunden innehatte, sitzen geblieben, hätte sich in seine Bücher versenkt, Auszüge und Anmerkungen in seiner kleinen, sauberen Handschrift gemacht und nur gelegentlich irgendeinen armen Teufel von Emigranten behandelt, der nicht imstande war, sich mit dem rauhen, rohen, lärmenden Alltag Amerikas abzufinden. Seine Frau hatte ihn weiter gedrängt, und sehr bald, da er nicht rasch genug vorwärts kam, die Zügel ergriffen. Jetzt hielt er sich den ganzen Tag in seinem Studierzimmer auf, widerwillig in eine burgunderrote Hausjacke aus Samt gekleidet, die sie ihm bei Bonwit Teller gekauft hatte, schrieb an seinem Werk über die Quellen des Manichäismus und verblüffte während seiner kurzen Auftritte in ihrem Salon selbst die abgehärtetsten New Yorker durch sein ungeheuerliches Amerikanisch. Mrs. Langendorf verdiente das Geld. Mit dreiundfünfzig war sie so hart, so glatt gelackt und so erfolgreich, wie es dem Inbegriff der berufstätigen Frau in den Illustrierten entsprach.

Die Freude, ihr zu entrinnen, für einen Vormittag oder vielleicht für immer, trieb mir das Blut in den Kopf. Obwohl es halb neun war, hing die Sonne schon glühend über dem Straßenschacht. Im Park aber spürte man, wie die Luft dünner wurde, durchlässig wie Gaze, und den Atem eindringen ließ. Eine Gruppe farbiger Männer und Frauen marschierte mit Tafeln und Spruchbändern durch die Fifth Avenue. Ich glaube, es waren Arbeiter einer Eiscremefabrik, die gegen eine ungerechte Entlassung demonstrierten. Aber die Pracht der Allee und das junge Grün der Bäume und vor ihnen die Wolkenkratzer des mittleren Manhattan im heißen Morgendunst erfüllten sie mit einem solchen Glücksgefühl, daß sie trotz ihrer ernsten Absicht lachten, ihre geschmeidigen Leiber schwangen und fast im Jazzrhythmus die Avenue hinuntertanzten, als trügen sie statt wilder Beschimpfungen ihrer Arbeitgeber die Ankündigung für ein Fest. Auch ich war beschwingt von dem Licht und den Farben. Der Central Park roch nach Frühling, der für mich Europa war, und tröstete mich in dem Heimweh, das ich immer noch für jene entschwundene Welt empfand. Hier in New York blickte alles zurück zum alten Erdteil, und ich kannte noch nichts von Amerika außer New York.

Ich hatte eine Menge Zeit und setzte mich auf einen Stuhl am Teich, um den grauen Eichhörnchen zuzusehen, die als schädlich galten, aber von den Kindern gefüttert wurden und so unbefangen herumliefen, als wären sie die harmlose, rotbraune Art. Außer mir lümmelten nur ein paar Strolche und arbeitslose Neger herum. Niemand brauchte Angst vor ihnen zu haben. Nachts hätte man ihnen hier nicht begegnen wollen, aber jetzt waren sie sonnentrunken, träge und genauso harmlos wie jeder andere auch. Nach einer Weile ging ich weiter zum Riverside Drive, in die Nähe von Lisas Wohnung. Auf einem kleinen Vorsprung, von dem man auf den Hudson sah, standen Bänke, halb in der Sonne und halb im Schatten. Im Schatten saßen einige alte Männer, nutzlose Gatten und Väter tatkräftiger Frauen und Kinder, fremd und verfolgt aussehende Patriarchen, die nach ihrer Fahrt über das große Wasser die Herrschaft über ihre Familien verloren hatten und aus dem Hause geschickt wurden, um sich auszulüften und gelegentlich ein Geschäftchen anzubahnen. Als ich mich neben ihnen in der Sonne niederließ, blickten sie aus ihren schwerlidrigen Augen zu mir herüber und wandten sich dann eilig ab. Wer immer so blond war wie ich, machte sie unruhig oder traurig. Ich blieb sitzen, bis ein Schwarm von Schulkindern, geführt von einem Lehrer, an uns vorüberkam. Es waren kleine Schwarze und rothaarige Iren und wildäugige Italiener und blasse Knirpse aus Schweden oder Dänemark. Sie gingen zu zweit, hielten sich an den Händen und sangen ein Lied aus Disneys ‹Pinocchio›. Ich sah sie an und sah die alten Männer ihre Augen auf sie richten. Ich lächelte. Die alten Männer lächelten gleichfalls. Als ich aufstand, nickten sie mir zum Abschied zu.

Ich ging ein paarmal vor dem Haus in der 76. Straße auf und ab, bis es kurz vor elf war. Dann trat ich ein. Es war ein alter Wohnblock, vor dem ersten Weltkrieg errichtet, doch man hatte die Eingangshalle mit grünem Marmor verkleidet und eine Reihe tropischer Pflanzen an einer Wand entlang gestellt. Fünf Stufen führten zur Wohnung des Ehepaars Curtis. Als ich die Klingel drückte, fiel mir die sonderbare Miene ein, mit der Agnes mir Glück für meine neue Stelle gewünscht hatte. Dann fragte ich mich noch, während Schritte hörbar wurden, so rasch und verschwommen, wie man sich etwas im Einschlafen oder Aufwachen fragt, warum sie mir immer nur von ihrer Vergangenheit in Siebenbürgen gesprochen hatte und nie, auch nicht ein einziges Mal, von ihrem Leben bei Lisa, außer um zu sagen, daß sie genug verdient habe und deshalb so lange dageblieben sei.

Lisa war größer als ich und trug einen Männerschlafrock, dunkelblaue Seide mit türkischem Muster. Ihr Gesicht schien mir sehr weiß, ihr Haar war kurz wie das eines Knaben und reichte, leicht geringelt, bis tief in den Nacken hinab. Mehr sah ich nicht, denn der Vorraum war schmal und dunkel, und sie machte kein Licht, murmelte nur etwas, drehte sich um, ging vor und nahm einfach an, ich würde ihr folgen. In dem Zimmer zur Rechten sprach ein Mann am Telefon, eine volle, saftige amerikanische Stimme, doch sie eilte vorbei, öffnete eine Tür zur Linken und begab sich geradewegs zu einer riesigen Couch. Der Vorhang war zugezogen. Auf einem niedrigen Tisch stand eine goldgrüne Lampe. Dann zog Lisa ihren Schlafrock aus, unter dem sie nackt war, stand einen Augenblick still, hob die Decke und schlüpfte ins Bett.

Ein paar Augenblicke vergingen, indes sie unter einem Haufen von Papieren und Büchern nach einer Zigarette wühlte, und ich stand, nachdem ich die Tür hinter mir geschlossen hatte, wartend da. Mir fiel auf, daß sie kurzsichtig war, denn sie beugte sich tief zum Stuhl und schien die Zigarette, nachdem sie ihrer habhaft geworden war, nicht anzünden zu können. Ich trat vor, nahm ihr die Streichhölzer aus der Hand und zündete eines davon an. Sie blickte zu mir auf, zog den Rauch ein, schwieg aber weiter. Im Licht der Lampe merkte ich, daß sie ungewöhnlich schön war, obgleich sie ungeschminkt war und alle Anzeichen beginnenden Alters trug. Unter ihren tiefen blauen Augen lagen Schatten, ihre Unterlider waren leicht angeschwollen und gerötet, und um die beiden Flügel ihrer langen und geraden Nase lief ein schwacher, fettiger Strich. Ich meinte zuerst, daß ihr Haar gefärbt sei, doch ich hatte mich getäuscht; es war schwarz und kräftig, überdies von Natur gewellt. Im Nacken zeigten sich bereits ein paar silbrige Streifen, die sie nicht sehen konnte und von denen ihr niemand etwas sagte. Sie rührten mich zu Mitleid, ehe noch ein anderer Grund dazu bestand.

Ihre Augen verengten sich, als sie mich zu mustern anfing. «Rükken Sie den Stuhl heran, nein, diesen. Merkwürdige Farbe, Ihr Kleid. Warum nicht lieber gelb, zu diesen Haaren? Kanariengelb. Wir hatten einmal ein Stubenmädchen –» Sie entfernte einen Tabakkrümel von der Zungenspitze und lachte auf. «Wir hatten sie wirklich alle, ich, Papa, mein Bruder Sascha. Nur nicht Mama. Gretel – blond wie Sie. Zu Hause mußte sie weiße Schürzen tragen, aber wenn sie ausging –»

Sie horchte. Eine Tür war aufgegangen, jemand schlich den Vorraum hinab.

«Jeff! Jeff!»

Ihre Stimme war scharf, sie setzte sich auf, die Stirn vor Ärger gerunzelt. «Wohin gehst du, Jeff?»

«Zigaretten holen.»

«Komm sofort herein.»

Schweigen. Er schien zu zögern, dann umzukehren. Sein Kopf erschien in der Tür: ein gutmütiges Gesicht, offene Züge, im Aug ein Zwinkern, wirres helles Haar.

«Hör mal, du Mann aus Indiana», sagte Lisa. «Wenn du etwa die Absicht hast, dich unten bei Klotz mit deinem Schulfreund zu treffen, dieser Rotznase aus dem guten alten Drugstore in Wabash, dann irrst du dich. Hierher darf er nicht, und woanders sollst du ihm auch nicht mehr begegnen.»

«Lisa –»

«Du weißt, warum ich ihn nicht mag», sagte sie sanft. «Weil er mich nicht mag. Ich wollte in Parioli nicht mit ihm schlafen, das verzeiht er mir nicht. Und ich verzeihe es ihm auch nicht. Großer, dicker, tropfnäsiger Kerl von einem Major, der dem Hauptmann sein Mädel wegnehmen will. Ich war doch dein Mädel, wie? Mit wem hab ich in Parioli geschlafen?»

«Lisa!» Diesmal in hilfloser Verlegenheit.

«Schon gut, Liebling, schon gut. Und denk an Mrs. Monahan? Bis heute abend will sie den Entwurf.»

«Zum Teufel mit Mrs. Monahan!»

«Ja, Jeff. Und mit ihren fünfhundert Dollars.»

Sein Kopf war schon verschwunden. Die Tür fiel zu. Draußen im Vorraum vernahm man ihn ärgerlich auf und nieder stapfen, dann schnappte eine zweite Tür ins Schloß. Er war zurück in seinem Zimmer. Einen Augenblick später gab das Telefon an Lisas Bett einen kleinen Klingelton von sich, als er drüben bei sich den Hörer aufhob.

«Filmdialog», sagte Lisa mehr zu sich als zu mir, «die einzige Art, mit Amerikanern zu reden. Im Krieg kam er nach Europa und suchte überall Albertine, oder vielmehr was er sich unter Albertine vorgestellt hatte – das genaue Gegenteil von dem, was Monsieur Proust darunter verstand. Proust und Joyce, mehr hatte man ihnen in Bloomington nicht beigebracht, außer Ella Wheeler Wilcox und Thoreau. Nie eine Zeile von Stendhal gelesen. Nie von Heine gehört. Zuerst fällt man drauf rein und versucht, ein erwachsenes Gespräch zu führen. Geht aber nicht. Er kommt einfach nicht mit. Nur Filmdialog nimmt er auf.»

In der Ecke stand ein Ventilator, doch sie hatte ihn nicht angestellt, sie vertraute nur ihren fest geschlossenen Vorhängen und schweren Jalousien. Das Zimmer mit seinem Geruch nach Parfüm, schalem Zigarettenrauch, verwelkten Blumen und benützten Laken erinnerte mich an etwas Altmodisches: ein Boudoir. Die Möbel waren alt, groß, schön geschwungen und einfach, mit verblaßtem Grün und Hellrot bemalt, an dem da und dort Spuren goldener Bordüren sichtbar waren. An der gestreiften Tapete über Lisas Bett hing das Bild eines Mädchens mit eigenartig verlängertem Hals. Ein leicht verbeultes goldenes Vogelbauer, mit einem Kaschmirschal verhüllt, war nahe dem Fenster an der gegenüberliegenden Wand befestigt. Sowie ich hier eingetreten war, hatte mich ein Gefühl von Unbehagen und Verzauberung erfaßt. Ohne es zu wissen, war ich bereits in Lisas Bann geraten. Was sie sagte, machte wenig Eindruck auf mich, weil mir die meisten ihrer Anspielungen damals unverständlich waren. Aber ich hörte angestrengt zu, wie von nun ab immer, in der Hoffnung, daß ich eines Tages mehr davon begreifen würde. Und ich war nicht entsetzt. Nach allem, was ich im Lager erlebt hatte, konnte mich nichts mehr entsetzen.

«Jetzt ruft er bei Klotz an», sagte Lisa, «und erklärt seinem Freund, daß er nicht hinunterkommen kann. Brave Ehemänner, die Amerikaner. Sie sollten sich auch einen nehmen, some of these days.» Sie unterbrach sich und summte heiser eine Melodie, zu diesen letzten drei Worten. Dann: «Sie waren also verschleppt, sagt mir Agnes. Aus Lettland. Der Vater meiner Mutter kam von da oben, aus Minsk. Aus dem Minsker Getto. Und Sie haben ein Kind –»

«Einen Jungen, Mrs. Curtis.»

« – einen Jungen», fuhr sie ungeduldig fort, als habe ihr der Darsteller einer Nebenrolle ein Stichwort gegeben, das sie ihm sofort im Mund abschnitt. «Einen Jungen. Ich hatte sehr oft beinahe ein Kind, müssen Sie wissen. Ich hatte beinahe fünf oder sechs Kinder, aber es war nie genügend Zeit, es kam nie dazu. Darum freue ich mich auf Ihren Jungen. Wie bald sind Sie frei? Können Sie die Langendorfs nicht schon morgen verlassen?»

Bevor ich antworten konnte, hob sie den Hörer. Im Telefon unterhielten sich zwei Stimmen auf die umständliche Art amerikanischer Männer, versuchten das Gespräch abzubrechen und wußten nicht wie. «Immer noch die jungen Herren aus Indiana», murmelte Lisa, eine Hand auf der Muschel. «Wozu mit einem Wort sagen, was man mit sechs erklären kann?» Zum erstenmal merkte ich, daß ihre schmalen Hände in lange, fleischige habgierige Finger ausliefen. Und während sie lächelte, als die Unterhaltung schließlich zu Ende ging, schien der Schwung ihres Mundes in einem bösen und lasterhaften Gegensatz zu ihrem Knabenantlitz zu stehen.

«Templeton 8 – wie war die Nummer?» fragte sie.

Ich sagte sie ihr. «Kennen Sie Mrs. Langendorf?»

«Katharine? Das will ich meinen. Jeff kam eines Tages mit ihr an, als ich ein wenig zusammengebrochen war, worauf das Frauenzimmer mich auf ein Soga legte, sich dahinter setzte und zu stricken anfing wie eine Tricoteuse, während meine Seele unter die Guillotine kam. Immerhin hat sie mich auf diese Art zu Verstand gebracht, denn ich mußte mich rasch erholen, um sie hinauszuwerfen – ja, wer spricht?»

Es war Abe. Und im nächsten Augenblick war sie mit meiner Dienstherrin verbunden.

Hätte sie mich nicht bereits gewonnen, sobald ich dieses Zimmer betrat, es wäre jetzt geschehen. Mit Mrs. Langendorf redete Lisa deutsch und tat es, wie mir schien, auf eine hochmütige und vornehme Art, denn sie erinnerte mich an die verarmte Kärntner Baronesse, deren Haus Major Frampton für sich beschlagnahmt hatte und die zuweilen gekommen war, um sich mit ein paar Fleischkonserven dafür trösten zu lassen. Es mochte eine Pose sein, wie ihr Filmdialog oder das ‹King's English›, das sie mit mir sprach, nachdem sie aus meiner Redeweise Lady Bettys Akzente herausgehört hatte. Doch es wirkte gänzlich ungekünstelt. Und das ließ mich vermuten, daß Lisa neben ihrem Großvater aus dem Minsker Getto auch ein paar herrische und befehlshaberische Vorfahren besaß.

Der Inhalt ihrer Worte gefiel mir noch besser als diese selbst. Mit einem Gefühl des Triumphes, wie es ein Sklave hat, der einem schlechten Herrn von einem guten abgehandelt wird, horchte ich den knappen Sätzen, mit denen sie jene harte, unnachgiebige Frau am anderen Ende des Drahts in ihre Schranken verwies. «Alles abgemacht, Katharine. Heut abend packt sie, und morgen kommt sie zu mir.» «Gewiß hat sie's nötig.» «Mag sein. Aber was immer wir ihr antun können, an die Nervenqual im Haus einer Analytikerin, liebste Katharine, reicht es nicht heran.» «Nein, Jeff hat sie noch nicht gesehen. Aber ich zweifle nicht, daß er wie jeder andere Mann lieber ein hübsches junges Wesen um sich hat als irgendein verblühtes Frauenzimmer.»

Obgleich mir die versteckte Spitze ihrer letzten Bemerkungen entging, weil ich ihr bloß einen Hinweis auf Agnes entnehmen konnte, war ich von allem, was Lisa sagte, entzückt. Und dies zu Mrs. Langendorf, die mich wie ein verlorenes Kind willkommen geheißen hatte, nur um mich schlechter zu behandeln als jeden Fremden oder Feind! Die mich, nachdem ihr Versuch, mein Innerstes nach außen zu kehren und jede meiner Regungen bloßzulegen, mißlungen war, mit dem methodischen Sauberkeitswahn der mitteleuropäischen Hausfrau von einer Arbeit zur anderen getrieben hatte: vom Wachsen und Bürsten des Parkettbodens zum Silberputzen, vom Waschen und Plätten ihrer Unterwäsche und Taschentücher zur Zubereitung delikater, aber nicht allzu bekömmlicher Mahlzeiten, vom Servieren des Abendessens – denn Abe begab sich nach acht Stunden heim – zum Spülen des Geschirrs und Aufdecken der Betten in ihrem und ihres Mannes Zimmer! Die meinen Mario an ihren wohlgeschnürten Busen gezogen, sich aber, sowie er seinen ersten Hitzeausschlag bekam, über sein nächtliches Weinen aufgehalten hatte, ganz davon abgesehen, daß sie mich zwang, in ihrem Dienst zu bleiben, indem sie behauptete, niemand sonst nähme ein uneheliches Kind ins Haus, noch dazu das uneheliche Kind einer verschleppten Person, vielleicht sogar einer Faschistin. Denn diese Vorstellung hatte sich schließlich in ihr festgesetzt und ihr, während sie mich immer mehr verabscheute, das vermeintliche Recht verliehen, meine Arbeitskraft auf das äußerste auszunützen.

«Leb wohl, Katharine, bleib gesund. Wir können dich noch nicht entbehren.»

Lisas Hohn war unverkennbar, doch Mrs. Langendorf zog vor, ihn zu überhören. Sie rang sich offenbar noch ein paar verbindliche Worte ab, ehe das Gespräch zu Ende geführt werden konnte. «Nun», sagte Lisa und warf den Hörer hin, «das wäre erledigt.

Was sonst gegen das Ekel einzuwenden ist – zur Seelenärztin ist sie nicht geschaffen. Gott weiß, wie sie imstande ist, Behandlungen zu übernehmen, ohne der Psychoanalytischen Vereinigung anzugehören. In Wien war sie Bridgedame. Nymphomanin obendrein. Liebt kräftige junge Männer. Jeff war ganz ihr Fall. Den wünschte sie sich vom ersten Tag an. Und so bekam sie ihn denn auch.»

Endlich hatte sie mich soweit. Bisher war ich weder überrascht gewesen, noch aus der Fassung geraten. Jetzt blieb mir der Atem weg. Lisa wandte sich befriedigt ab und tappte nach einem Aschenbecher, um ihre Zigarette auszudrücken. Ein paar Gegenstände fielen zu Boden, darunter ein rotes Lederetui. Als ich mich bückte, um es ihr zu reichen, sprang es auf und gab zwei Fotografien frei. Die eine zeigte einen jungen Offizier in altmodischer Uniform, die andere eine zarte Frau mit dem Gesicht einer gutmütigen Harpyie.

«Sehen Sie sich die beiden nur an», sagte Lisa langsam und in verändertem Ton. «Das war berittene Artillerie, im ersten Weltkrieg. In der Kavallerie konnte er nicht dienen, seiner Frau wegen, obwohl sie getauft und wohlhabend war. Keine hübsche Frau, wie?»

Ich antwortete nicht.

«Sind Ihre Eltern tot?» fragte sie.

«Ja.»

«Meine auch. Frag mich nicht, dann frag ich dich nicht», sagte Lisa, lehnte sich zurück und schloß die Augen.

Jeff, ihr Mann, kam in dem Augenblick herein, da mir ihr Schweigen unheimlich wurde. Zuerst stieß sein Fuß die Tür auf, dann schob er sich ins Zimmer, die Arme voll Stoffmuster und Einrichtungsentwürfe, die er an Lisas Bett brachte und ohne weiteres auf ihre Decke warf.

«Genügt das für Mrs. Monahan?» Und dann, mit einem Naserümpfen: «Hier riecht's wie in der Métro. Haltestelle Denfert-Rochereau.»

Mit ein paar Schritten war er beim Fenster, riß die Vorhänge beiseite und zog die Jalousien hoch. Licht strömte ein. Hitze trommelte an die Scheiben. Lisa, hilflos blinzelnd, sagte kein Wort, indes er den Ventilator anstellte, den Schal vom Vogelbauer zog, in dem ein blauer und ein grüner Wellensittich verschlafen hockten, zum Bett zurückging, ihr den Schlafrock umwarf und sie aus den Kissen zerrte.

«Auf, auf, Ma'm», rief er und stellte sie auf die Beine, half ihr in die Ärmel und knüpfte ihr den Gürtel zu. «Draußen läuft ein heißes Bad ein, der Kaffee brodelt in der Maschine, und Ihr Mann wartet nur darauf, Ihnen das Frühstück zu servieren, Mrs. Curtis, Ma'm.»

Auch Geräusche schwollen auf, seit die Vorhänge weggezogen worden waren. Der geschäftige Alltag der 76. Straße, deren abgeblätterte Häuser einst elegant, deren herabgekommene Bewohner einst vornehm und deren dicht am gegenüberliegenden Bordstein geparkte Chevrolets einst von edlem Schnitt gewesen sein mochten, drang ein und setzte die schäbige Pracht des Zimmers seiner schonungslosen Grelle aus. Jetzt wirkte das Mobiliar nicht nur alt, sondern brüchig, der Kaschmirschal entblößte seine zerschlissenen Fäden, und aus der hellroten Polsterung der Stühle und des Sofas drang da und dort das gelbliche Werg. Dennoch hatte, seit Jeff, das Morgenlicht und die Sommerhitze im Zimmer erschienen waren und zwischen dem Ventilator und der offenen Tür kalte Luft hin und her zu wirbeln begann, eine außerordentliche Veränderung stattgefunden, die selbst Lisa zur Kenntnis nahm. Sie überließ sich widerspruchslos diesen großen, halbnackten, zuverlässigen Armen und rief mir nur ironisch zu: «Hier – Mr. Jefferson L. Curtis! Sie werden sich mit ihm vertragen. Er ist ein Mann von sonnigem Gemüt.» Doch schon hatte er sie, nach einem kurzen Nicken in meine Richtung, an den Schultern gepackt, zur Tür hinausgeschoben und den Vorraum hinabgeführt. Ich hörte Lisa noch ein Wort darüber sagen, wer ich war und wozu ich gekommen war, dann verschwanden die beiden im Badezimmer.

Kaum war ich allein, so begann ich an Agnes' Beteuerungen, sie habe hier reichlich Geld verdient, zu zweifeln. Zumindest hatte man ihr den Wochenlohn nicht immer pünktlich bezahlt. Trotzdem mochte sich mit den beiden leben lassen, wenn nur Jeff von Zeit zu Zeit die Oberhand in dieser Ehe gewann. Nicht allzuoft – ich hätte nicht gewünscht, daß er Lisas Stolz und ihr keckes Selbstbewußtsein verletzte. Überdies fand ich den Gedanken peinlich, er könnte in engeren Beziehungen mit meiner jetzigen Dienstherrin stehen. Es war wohl kaum ganz aus der Luft gegriffen.

Jeff kam zurück, besprach eilig und ein wenig geistesabwesend mein Gehalt und meine Freizeit und erbot sich, mir die übrigen Zimmer zu zeigen. Eins davon war sein Atelier; er hatte es in dem Stil eingerichtet, der bei Langendorfs ein wenig wegwerfend ‹funktionell› genannt worden war. Ein anderes war das Speisezimmer – eben groß genug für einen runden Tisch, eine Anzahl wackeliger grüner Stühlchen mit Goldborten, einen Glaslüster und mehrere fleckige Stiche an der Wand. Das dritte, hinter der Küche gelegen, war für Mario und mich bestimmt. Es hatte gestärkte Gardinen und einen Bettüberwurf aus hübsch geblümtem Kretonne, genügend Platz für ein Kinderbett, ein Radio und eine bunte Leselampe. Ich fühlte mich sofort wohl darin. Jeff hatte beiläufig erwähnt, er entwerfe Innendekorationen. Mir war nicht klar, ob Lisas Zimmer, sein Atelier oder dieser Raum seinem eigenen Geschmack entsprach.

Als ich aus der Küche, in der er bereits das Frühstück auf einem Tablett hergerichtet hatte, in den Vorraum trat, hörte ich Lisas Stimme aus dem Badezimmer:

«Können Sie Omeletten machen – und guten Salat?»

«Ja, Mrs. Curtis.»

«Mehr esse ich nicht.»

Jeff, der mich hinausbegleitete, schüttelte den Kopf. «Nein», sagte er plötzlich, «mehr nicht – außer Sie und mich und jeden, der in ihre Nähe gerät.» Zum erstenmal blickte er mich an. «Ich bin froh, Lele», sagte er, «daß Sie zu uns kommen und uns helfen werden.» Er drückte die Klinke, ließ mich hinaus und pfiff gedankenvoll vor sich hin, indes er die Tür leise hinter mir zuzog.

Um Viertel nach eins in der Park Avenue fand ich Mrs. Langendorf in wütender Laune. Abe hatte, als er das Mittagessen auftrug, eine Sauciere zerbrochen, die ein Teil des Eßgeschirrs mit dem Zwiebelmuster war. Die Schuld lag bei mir, denn ich hatte sie, mit Sahnekren gefüllt, in den Kühlschrank gestellt, aus dem sie, als Abe mit seinen langen ungeschickten Fingern nach ihr griff, zu Boden gefallen war. Nun hatte ich mich längst darüber gewundert, daß man wünschen konnte, kalten Lachs von diesem schweren und altmodischen Porzellan zu speisen, das ursprünglich für riesige Braten und saftiges deutsches Schmorfleisch verfertigt worden war. Es war auch richtig, daß im Haus meiner Eltern, wie in so vielen wohlbestallten Familien Mitteleuropas und des Baltikums, das gleiche Geschirr seit Generationen im Gebrauch und immer weiter vererbt worden war. All das wußte Mrs. Langendorf. Mir aber war, wie sie ebenfalls wußte, wiederum bekannt, daß sie dieses Speiseservice von jener anderen Emigrantin gekauft hatte, bei der sie und ihr Mann anfangs untergebracht waren, ihren Gästen und vermutlich sich selbst aber einzureden liebte, es sei das ihre, welches doch in Wahrheit in Wien zurückgeblieben war. Vielleicht gibt es wenige Frauen im näheren Umkreis von Deutschland, in denen ein altes Zwiebelmuster-Porzellan weder Neid noch Mißgunst erregt. Aber Mrs. Langendorf hatte unrecht, mir vorzuwerfen, ich hätte die Sauciere mit voller Absicht, wenn auch möglicherweise nicht bewußt, an den Rand des Kühlschranks gestellt, in der Hoffnung, daß sie beschädigt oder zerbrochen würde, in dem Wunsch, sie zu zerstören – aus Rache für mein verlorenes Elternhaus.

Wieder einmal gelang es ihr, mich zum Weinen zu bringen. Und während ich am Küchentisch saß und meine Tränen vor Mario zu verbergen suchte, ohne dazu fähig zu sein – denn wie immer war es Mrs. Langendorf gelungen, mich unerwartet und tückisch da zu verletzen, wo ich am verwundbarsten war –, schien mir, daß alles besser sein müsse, als weiter in ihrer Nähe zu bleiben. Ich will das hier betonen. Denn in dem Taxi, das ich mir auf dem Heimweg genommen hatte, war ich nahe daran gewesen, von dem ganzen Plan mit Lisa abzustehen. Wie ein Fisch, der am Angelhaken zappelt, hatte ich mich loszureißen versucht, hatte gemeint, mich noch befreien zu können. Jetzt aber wußte ich, ich würde mich lieber von Lisa in Stücke schneiden und an Stelle ihrer üblichen Omelette mit Salat zum Abendessen verspeisen lassen, statt weiter in dem bitteren, giftigen Teich umherzuschwimmen, in dem Mrs. Langendorf mich gefangenhielt. Dann hörte Mario mein Schluchzen, kam zu mir gerannt und vergrub seinen Kopf in meinem Schoß, hämmerte mit beiden Fäusten auf meine Knie und rief immerzu: «Nicht weinen, Lele, nicht weinen.» Und Abe, der das ewig klingelnde Telefon bediente und alle Augenblicke zur Tür ging, fand Zeit, hereinzuschlüpfen, mich wegen der Sauciere um Verzeihung zu bitten und mir zu sagen: «Wo immer Sie hingehen, Missie, Sie haben's sicher besser als hier.» Und so stand ich schließlich auf und begann meine Koffer zu packen, ging dann aus, ein paar Straßen weiter zu Best, um mir ein kanariengelbes Sommerkleid zu kaufen, kam zurück, betrachtete mich im Spiegel und gefiel mir zum erstenmal nicht schlecht.

Abends trat Dr. Langendorf in die Küche und überreichte mir mit schüchternem Lächeln ein Buch. Es war ein Band lettischer Volkssagen aus einer deutschsprachigen Sammlung von Märchen aus aller Welt, in billiges Papier mit Blumenmuster gebunden und ganz vergilbt. Auf dem Vorsatzblatt stand in ungeschickter Kinderschrift mit violetter Tinte, die bräunlich nachgedunkelt war: ‹Hermann Langendorf, 9 Jahre alt, 1. Mai 1891›. Als ich aufblickte, um ihm zu danken, war er schon auf Zehenspitzen davongeeilt.

Seine Frau suchte mich später noch einmal auf, als ich mit der Küchenarbeit fertig war, alles eingepackt hatte und bereits todmüde, Dr. Langendorfs Buch in der Hand, zu Bette lag.

«Ich hoffe nur, Lele», sagte sie, «daß du weißt, was du tust. Als junges Mädchen in Wien hatte Lisa Leitner den übelsten Ruf. Ihr Vater war Kunsthändler und ein angesehener Mann, aber sie wollte nichts sein als eine große Lebedame und war nichts weiter als ein verdorbenes Ding. Die Einzelheiten wird sie dir selbst, entsprechend verbrämt, erzählen. Eines freilich erzählt sie nicht gern: daß sie ihre Eltern umgebracht hat.»

«Umgebracht!» rief ich entsetzt.

«Na, jedenfalls – umkommen lassen. Ein alter Industrieller in Mailand hielt sie aus, als ihr Vater sie in einem Brief beschwor, auf den Knien anflehte, ihn und ihre Mutter herauszuholen. Es war im Jahr neununddreißig, kurz ehe der Krieg ausbrach. Sie hatte damals Geld, Einfluß, alles, was sie brauchte. Aber sie rührte keinen Finger, gab nicht einmal ein Lebenszeichen von sich.»

Ich wollte meine Hände vor die Augen schlagen, doch ihr Schlangenblick hielt mich fest, so daß ich sie anstarren mußte, wie sie vor mir stand, schlank, schwarz, perlenbehängt und wohlfrisiert, ein grauenhafter Inbegriff des Modewortes ‹Das Leben beginnt mit fünfzig›. Und mit einem Mut, den ich bisher nicht aufgebracht hatte, sagte ich zu ihr: «Mrs. Langendorf, bitte reden Sie nicht weiter, denn selbst wenn sie ihre Eltern mit ihren eigenen Händen erdrosselt hätte, ginge ich morgen von hier fort und zu ihr ins Haus.»

Mrs. Langendorf verschwand. Ich wollte die Märchen lesen, aber vor meinen Augen schwammen schwarze Punkte, und meine Hände zitterten so, daß ich die Seiten nicht umwenden konnte. So legte ich schließlich das Buch beiseite, löschte das Licht und dachte im Dunkeln vor mich hin, bis Marios ruhiges Atmen mich besänftigte und ich einschlief.

3

Vielleicht wußte ich nicht, was ich tat. Ich wußte nur, daß ich endlich Mrs. Langendorfs Dunstkreis entrann. Eine Zeit der Ruhe und Zufriedenheit hatte ich keineswegs erwartet. Eben dies aber wurde mir in den nächsten Monaten zuteil. Nach ein paar Tagen bei Lisa hatte sie plötzlich erklärt, New York werde ihr zu heiß und sie wolle für eine Weile aufs Land, zu Freunden, die in den Bergen der Catskills ein Haus besaßen. Von dem Morgen, an dem ich mit Mario angekommen war, hatte sie kaum ihr Bett, geschweige denn ihr Zimmer verlassen, war lässig in ihren Laken gelegen, bei herabgelassenen Jalousien und künstlichem Licht, hatte alte Fotografien von sich angesehen, Briefe gelesen und geschrieben und mit einem Dutzend Leuten in fast ebenso vielen Sprachen oder Akzenten telefoniert. Jeff hatte außer Haus zu tun, er richtete Mrs. Monahans neuen Hutladen in der Madison Avenue ein, und sie hatte sich vielleicht, weil er so selten zu Hause war und sie aus irgendeinem Grund niemand anderen einzuladen wünschte, dazu entschlossen, ein wenig ins Gebirge zu gehen.

Sie hatte ihr unmögliches Betragen am Tage meines ersten Besuches nicht wiederholt. Vielmehr gab sie sich alle Mühe, freundlich und normal zu sein, oder spielte mir die Freundlichkeit und Normalität mit Vollendung vor. Sobald wir ihre Wohnung betreten hatten, rief sie uns zu sich hinein, zog Mario an sich und ließ nicht davon ab, ihn zu liebkosen und sich mit ihm zu unterhalten. Mich beachtete sie wenig, außer um mir mit liebenswürdiger und leicht ermatteter Stimme zu sagen, wo ich meine Kleider und anderen Habseligkeiten unterbringen solle. Als ich ihr ein Frühstück oder Mittagessen bereiten wollte, lehnte sie ab, bat nur um Weintrauben und eisgekühltes Wasser. Ich hatte nichts weiter zu tun, als mich häuslich einzurichten und in der Wohnung zurechtzufinden. Mario verbrachte die ganze Zeit bei ihr. Bald hörte ich ihn lachen und vergnügt vor sich hinrufen: «I-sa, I-sa!» Als ich ihn an diesem ersten Abend ins Bett legte, ja, all die Tage bis sie abfuhr, konnte er von nichts und niemand anderem reden. Jeff kam immer erst nach Hause, wenn es schon dunkelte. Ich trug ihnen ein kaltes Abendessen hinein und ging dann schlafen. Sie wollten offensichtlich allein gelassen werden. Lisa hatte nebenhin erwähnt, daß sie Jeff ein paar Monate, nachdem Rom von den Alliierten eingenommen wurde, kennengelernt hatte, aber erst ständig mit ihm lebte, seit sie ihm im vergangenen Sommer nach New York nachgefolgt war. Auf irgendeiner gemeinsamen Ebene waren sie noch sehr ineinander verliebt oder entsprachen einander bloß in der Liebe. Trotz allem, was ich später erfuhr, galt dies für Lisa nicht weniger als für ihn.

Am folgenden Samstagnachmittag stand Lisa auf und zog sich an, weil Jeff sie in die Catskills fahren sollte. Bis dahin hatte ich sie nur nackt oder in ihrem türkischen Schlafrock gesehen, und sie hatte sich nicht die Mühe genommen, ihre Lippen anzustreichen oder irgendwelchen Schmuck anzulegen. Als sie jetzt vor mir erschien – Jeff hatte ihr, wie ich es später tun sollte, beim Ankleiden geholfen –, war ich so überrascht, daß mir der Atem wegblieb. Sie trug lediglich ein leichtes Schneiderkostüm mit einer weißen Hemdbluse und viele Goldreifen an der Hand. Aber das Kostüm stammte aus Rom, eine Prinzessin, die Couturiere geworden war, hatte es entworfen, und die Goldreifen waren, wie ich bereits ahnte, ein Vermögen wert. Später, als sie fort war und ich ihr Zimmer aufzuräumen hatte, fand ich in ihrem Wandschrank eine unbeschreibliche Menge von Mänteln, Kleidern und Schuhen von ebensolcher Eleganz. Es fiel mir nicht ein, sie selbst besitzen zu wollen: ich sehnte mich nur danach, Lisa in ihnen zu sehen. Vorhin war mir gewesen, als sei eine Statue zum Leben erstanden. Alle Spuren ihres Alters waren mit Puder verdeckt, ihre Lippen leuchteten, auf ihrem Haar lag ein besonderer Glanz, und im Sonnenlicht, das Jeff wieder einmal eingelassen hatte, schimmerten ihre Bluse, ihre Zähne und ihre langen, geschlitzten Augen in dem gleichen Weiß. Als sie an mir vorbei und schmal zur Tür hinaus strich, um sich eine Wolke schweren, herben Duftes, wirkte sie hinreißend und lasziv wie ein als Dame verkleideter Junge.

Dann zog völliger Friede ein. Jeff kehrte erst nach dem Wochenende zurück und fuhr jeden Samstag zu ihr, solange sie auf dem Land war. Während der Woche sah ich ihn kaum. Oft aß er mit Freunden oder schloß sich, wenn er zu Hause war, mit seinen Plänen und Entwürfen in sein Atelier ein. Dann brachte ich ihm seine Mahlzeiten auf einem Tablett. Aus Zurückhaltung oder Gleichgültigkeit redeten wir wenig miteinander – im Grunde nur dann, wenn Haushaltdinge zu besprechen waren. Von mir wurde erwartet, daß ich die Wohnung sauberhalte, die Einkäufe besorge, das Telefon bediene und die Wellensittiche versorge. Zum erstenmal im Leben hatte ich Zeit für meinen kleinen Sohn. Hattie, die Frau des Hausbesorgers, eine gütige, unförmig dicke Negerin, die in zwei Räumen im Kellergeschoß wohnte, besuchte mich manchmal und sah uns beim Spielen zu. Sie war von Marios hellen Locken und dunklen Augen entzückt. Abends, wenn er eingeschlafen war, schickte sie mich manchmal ‹downtown› ins untere Manhattan, setzte sich an sein Kinderbett und strickte unzählige Socken und Sweater für ihre vielen Enkel in Harlem und fern von hier, in Kentucky. Wenn Jeff anrief und sagte, er käme spät oder erst am Wochenende, ging ich aus und nahm den Bus, der den Broadway hinunterfuhr. Nach einem Jahr in dieser Stadt fing ich endlich an, sie kennenzulernen.

Hier und jetzt, im kühlen, klaren kalifornischen Licht, in der reinen Luft am Strand der pazifischen Küste, packt mich zuweilen das Heimweh nach dem Schmutz, dem rußigen Qualm und grellen Geglitzer von New York. Ich kann die Schleppkähne tuten und die alte ‹Elevated› rattern hören. Ich kann den Rauch- und Schweißgeruch der Subway mit ihren verschmierten Strohsitzen riechen und all die anderen Dünste, die aus den Läden und offenen Türen wehen – heiße süße Kuchen aus den böhmischen Bäckereien, der zarte Knoblauchhauch von deutschen Würsten, siedendes Öl aus den griechischen Garküchen, scharfe spanische Tortillas, sauersüßes Schweinefleisch aus den chinesischen Restaurants und Pfefferfische aus den Fenstern der armen Juden weit unten, wo die Zweite Avenue ihren Anfang nimmt. Mehr als nach der Pracht des Rockefeller Center und der stählernen, gläsernen und marmornen Wunder hundertstöckiger Häuser in der Mittelstadt sehne ich mich nach den ziegelbraunen Wolkenkratzern von Wall Street, diesen altmodischen Denkmälern des Fortschritts, die nach fünfzig Jahren schon historisch geworden sind. Und mehr als nach der Aussicht vom Empire State Building, wenn die Sonne gesunken ist und tief unten, Häuserzug um Häuserzug, Myriaden von Lichtern aufzuglimmen beginnen, möchte ich den Umriß der 42. Straße im nachtblauen Himmel wiedersehen, wenn man durch ihren warmen, wimmelnden Schacht zur Grand Central Station geht, oder die Sechste Avenue mit ihren Eiscremeläden, Spielsalons und Cafeterias. Einmal noch den Lärm der Musikautomaten hören, der aus allen Toren und Eingängen dröhnt! Einmal noch vom Wirrwarr der vielfarbigen Neonlampen geblendet werden, einmal noch ein Sandkorn sein im Meer dieses wilden und vulgären, herrlich lebendigen Manhattan!

«Ned», rief ich dann wohl und klammerte mich an seinen Arm, «Ned, wenn wir nun mittendrin sind, wenn ich dir doch sage, was ich alles sehe, siehst du es nicht auch?»

Und er erwiderte höflich: «Nein, ich kann es noch immer nicht sehen, Lele. Aber ich spür es irgendwie.»

Denn Ned, der blind zur Welt gekommene Sohn des speckigen Jack Klotz vom Eßlokal und Delikatessenladen an der Ecke, war mein Beschützer und mein Schützling auf diesen nächtlichen Wegen durch New York.

Eines Abends, Jeff war zum Essen verabredet und hatte mir freigegeben, damit ich mir in der Radio City Music Hall den neuen Film ‹A Date with Judy› ansehen könne, schlüpfte ich gerade in mein gelbes Kleid, als die Türklingel ging. Hattie war dagewesen, um mir zu sagen, sie käme nachher bald herauf, und Jeff, der sie die Tür zuschlagen hörte, mochte gedacht haben, ich sei bereits davon. So schlenderte er denn durch den Vorraum, um zu öffnen. Eine Frau trat ein. Ich war aus meinem Zimmer gelaufen, doch als Jeff und die Besucherin draußen miteinander zu sprechen begannen, blieb ich in der dunklen Küche stehen wie erstarrt. Das war die Stimme, die ich während der letzten Wochen gottlob vergessen hatte, und sie hatte ihren heuchlerischen Kreideklang.

«Jeff», sagte die Frau in jenem sanften, singenden Tonfall, in dem sie Todesstöße auszuteilen pflegte, «Jeff, du weißt gewiß, weshalb ich gekommen bin.»

«Wenn's das Darlehen ist, Katie», erwiderte er, und die vertraute Anrede ließ mich erschauern, «dann versichere ich dir –»

Er führte sie in sein Atelier. Gleich meinem Zimmer blickte es auf einen Hinterhof, in dem alle Geräusche deutlich widerhallten. Gewöhnlich hielt man die Fenster im Sommer versperrt, aber an diesem Tag war ein kurzer, heftiger Gewitterregen gefallen, hatte die Luft gereinigt und mit Ozon gefüllt, und wir hatten darum alle die Läden weit aufgestoßen. Bevor Jeff daran dachte, die seinen zu schließen, hörte ich jede Einzelheit seines Gesprächs. Ned wartete unten an der Ecke auf mich, um ins Kino mitzukommen – denn die Musik und das Gerede machten ihm Spaß, auch wenn er den Film nicht sah –, doch ich blieb festgewurzelt an meinem Fenster, horchte voll Entsetzen, aber horchte unverwandt.

«– nicht meinetwegen, Jeff, das weißt du, mein Guter. Ich brauche das Geld nicht. Aber Hermann hat Verwandte – eine alte Cousine, die sich als ‹Unterseeboot› in Wien am Leben erhalten hat, und einen jungen Neffen, der im Lager war. Wir haben für sie gebürgt. Hermann muß sie unterstützen, wenn sie herüberkommen –»

«Wie bald?»

«Kann jeden Tag sein, Jeff.» Dann, nach einer Pause, mit süßer Eindringlichkeit: «Du weißt, mein Herz, es gibt nichts, was ich für dich nicht täte. Ich würde auch die Beratung bei der Kinderpsychiatrie übernehmen und mich zu Tode schinden, um die fünftausend Dollar dazu zu verdienen. Aber –» und sie brach mit einem verzweifelten Seufzer ab, «was hilft das alles? Du hättest nichts von dem Geld. Sie wirft es ja doch nur zum Fenster hinaus.»

Ich konnte hören, wie er auf seine langsame, hilflose, umständliche Art nach Worten rang.

«– gerade keine Aufträge, nach der Arbeit für die Monahan – wenn du nur ein bißchen warten könntest, Katie – ein großes Projekt für die Unilever – richtige Architektur, nicht diese dummen Innendekorationen –»

«Unsinn, das kriegst du nie, Jeff. Nicht in der 76. Straße West. Wenn du dir im Vorjahr, als du das Geld von mir bekamst, nur das Büro eingerichtet hättest, irgendwo drüben an der Eastside, in der Nähe der Kunstgalerien, Madison Avenue oder so! Schweinsleder-Fauteuils, schwarze Tapeten, eine abstrakte Bronzefigur – in dem

Stil. Dann hätte es Aufträge gehagelt. Statt dessen bleibst du bei den Ausländern hocken, den ewigen Emigranten.»

«Lisa –»

«Ich weiß, Jeff, ich weiß, daß sie unter ihnen wohnen will. Wie sie auch lieber nach Pinehill fährt als nach Lake Placid. Der Mutterschoß. Sentimentale Bindung an die Vergangenheit. Eine atavistische Furcht, von der Herde getrennt zu werden. Warum war sie in Italien frei davon? Wahrscheinlich ging es ihr dort zu gut. Genügend alte Souteneurs und junge Anbeter und ‹Schnee›, so viel sie wollte –»

«Laß das, Katie. Ich habe dir gesagt, du irrst dich. Der Zusammenbruch letzten Herbst –»

«Nenn es, wie du willst. Mir machst du nichts vor. Was nicht heißen soll, daß sie's immer noch nimmt – aber sie hat es genommen und wird es wieder tun. Du wirst's entdecken, wenn es bereits zu spät ist. Ach, Jeff, als du damals zu mir kamst, in den Kurs für Psychologische Kriegführung, da warst du klüger, da wußtest du mehr von Europa als jetzt. Ich dachte, du kennst Rom.»

«Natürlich kenne ich Rom.»

«Dann mußt du manches vergessen haben. Lies bei Moravia nach, mein Liebling. Als hätte ich sie nicht in meiner eigenen Praxis gehabt – diese jungen lateinischen Lebemänner, innerlich vertrocknet und ausgehöhlt von allzuviel saftigem Genuß! Es liegt an dem Übermaß von Schönheit. Einer Müdigkeit der Perfektion. Jeff –»

Mir war, als sähe ich sie aufstehen und auf ihn zugehen, den aprikosenfarbenen Busen geschwellt, die gut erhaltene Figur im schwarzen Satin jetzt dicht an ihn geschmiegt. Auf abscheuliche Weise war sie immer noch eine anziehende Frau. Ich konnte mir denken, was sich in jenem Kurs für Psychologische Kriegführung abgespielt hatte, als Jeff ihr zum erstenmal begegnet war.

«– Jeff, denk daran, was ich für Lisa tat, sowie du mit ihr ankamst, trotz ihrer üblen Vergangenheit. Wie ich ihr kein Wort von dem Darlehen sagte. Wie ich mir weiter alles von ihr gefallen lasse, ihr mein Mädchen schicke, ihr erlaube, dich von mir fernzuhalten. Ach, du hast alles vergessen, Liebling, was je zwischen uns –»

Ich wandte mich so heftig ab, daß mein Ellbogen einen Tiegel mit Hautcrème vom Spiegeltisch strich. Nebenan lief Jeff zum Fenster und schlug es zu. Danach saß ich still und reglos da, nur mein Blut klopfte wild, bis ich Hattie mit ihrem Schlüssel die Eingangstür aufsperren hörte. Da griff ich nach meiner Tasche, stahl mich in den Vorraum und schlüpfte an ihr vorbei, den Finger am Mund. Hattie begriff sofort. Am nächsten Tag erzählte sie mir, die Besucherin sei noch eine Weile geblieben und habe dann mit Jeff die Wohnung verlassen. Er war erst in den frühen Morgenstunden zurückgekehrt. Zum erstenmal, seit ich im Haus war, hörte ich ihn lärmend und rücksichtslos in sein Zimmer stapfen. Er schien völlig betrunken zu sein.

Der Zwischenfall wurde mit keinem Wort erwähnt, und wir lebten weiter wie zuvor, nur daß Jeff kaum mehr ausging, sondern Tag und Nacht in seinem Atelier saß, wenig aß, aber sehr viel rauchte und trank. Meinen Lohn erhielt ich pünktlich weiter. Ein Ergebnis des Abends war offenbar, daß Mrs. Langendorfs Darlehen verlängert worden war.

Im September, ein paar Tage vor Lisas Rückkehr, las ich in der Zeitung von einem Kindergarten an der Ecke der 77. Straße und Amsterdam Avenue und fuhr mit Mario hin, um zu sehen, ob er sich dort wohl fühlen würde. Eine nette, adrette Norwegerin empfing uns. Die Räume waren hell und voll Spielzeug, und es kostete nicht viel, das Kind täglich zwischen neun und vier dort unterzubringen. Ich hatte nur Angst, daß Lisa, die sich in den wenigen Tagen so sehr an Mario angeschlossen hatte, darüber aufgebracht sein würde, daß er ihr entzogen war. Stärker als diese Angst aber war meine heimliche Eifersucht, und stärker als meine Eifersucht ein noch heimlicheres Bangen, was jetzt wohl eintreten mochte. Vielleicht ahnte ich, daß die Ruhepause vorbei war und der Ernst des Lebens beginnen würde, sobald Lisa wieder im Haus war.

Sie kam, nach diesem langen Wochenende eines Sommers, an einem Montagnachmittag und in höchst gereiztem Zustand zurück. Es war ein fiebriger Tag von klebriger Hitze, und die Straßenjungen hatten den Hydranten unter unserem Fenster aufgezwängt, um ein Duschbad zu nehmen, ihn aber nicht wieder zu schließen vermocht, so daß das Wasser sich mit Hochdruck auf das Pflaster ergoß. Alles war überschwemmt. Man watete in der Nässe bis zu den Knöcheln. Drüben in der chinesischen Wäscherei herrschte Aufregung, weil der Sprühregen die frisch geplätteten Kleider benetzte. Vorbeifahrende Wagen mußten eine Wasserwand durchstoßen, und der Wirrwarr steigerte sich noch, bis ein paar Polizisten auf Motorrädern heranknatterten, all die Jungen vertrieben, die in den tiefen Lachen umhergehüpft waren, und den schweren Deckel des Hydranten zuzuschrauben begannen. In diesem Augenblick kamen Jeff und Lisa vor dem Hause an. Aus dem Fenster ihres Zimmers sah ich, wie Lisa beim Aussteigen die Nase rümpfte, als sei es ihr zuwider, den Boden zu berühren. Sie schien bei guter Gesundheit, aber keineswegs sonnverbrannt. Offenbar hatte sie den ganzen Sommer im Schatten gelegen.

«Gräßlich, gräßlich», flüsterte sie, als sie den Vorraum betrat. «Lele, mach das Zimmer dunkel. Ich wußte gar nicht mehr, welche Hölle New York im Sommer ist.»

Ich lief voraus, ließ die Jalousien herab, zog die Vorhänge zu und schlug ihre Bettdecke auf. Obgleich sie mich weder begrüßt hatte noch mir ein freundliches Wort zum Wiedersehen gab, genügte ein einziger flehentlicher Blick, um in mir den Wunsch zu erwecken, alles in der Welt für sie zu tun, mich notfalls in eine Türmatte zu verwandeln, über die sie in ihr Zimmer schreiten konnte. Sie war sich durchaus darüber klar. Jeff, der erwartungsvoll in der Tür stand, um ihr zu helfen, wurde fortgeschickt, und ich war es, die ihr das Kleid abstreifen, die Schuhe ausziehen und sie in ihren Umhang hüllen durfte, worauf sie in ein laues Bad stieg. Jeff zog sich in sein Atelier zurück. Als sie wiederkehrte und den Schlafrock abwarf, um zu Bett zu gehen, überkam mich das erste dieser seltsamen, neuen und erschreckenden Gefühle, die ich, ehe sie abzusinken begann, häufig in Lisas Gegenwart verspüren sollte: einen sinnlichen Schmerz, eine körperliche Liebe, den erregenden, verbotenen, unnatürlichen Drang, diese glatte, bläulich-weiße Haut zu streicheln, vielleicht gar, sie zu umarmen. Es kam nie dazu, obschon es dicht daran war, wann immer ich ihr aus den Kleidern half. Wenn aber ich, ein durchaus normales Mädchen, bereits in jenen Zustand verfiel, sobald ich in ihrer Nähe war, wird niemand sich wundern, daß ihr kaum je ein Mann widerstanden hatte – außer jenen, die sie haßten, wie Major McColl, Bob McColl, Jeffs Jugendfreund aus Indiana.

Nach Mario hatte Lisa nicht gefragt; sie war überrascht, als ich eine Stunde später aufstand, um ihn abzuholen. Vielleicht war ihr seine Existenz entfallen, oder sie machte sich einfach nichts mehr aus ihm. Sobald sie im Bett lag, bat sie mich, die Lampe zu löschen und mich neben sie zu setzen. Schwache Lichtschäfte drangen durch die Gardinen. Sonst war alles dunkel und still.

Dann begann sie mit mir zu reden, auf deutsch, wie von nun an immer, sobald wir allein miteinander waren. «Lele», sagte sie leise, «du hast gewiß oft Heimweh. Wir alle sehnen uns nach daheim. Aber tut es dir je so weh, als würdest du von Messern zerschnitten? So ist es mir ergangen, oben in den Catskills. Da gibt es Tannenwälder. Einen kleinen blauen See. Es riecht nach Harz –»

Sie bedeckte ihre Augen, als wäre es im Zimmer noch zu hell.

«Seit Jahren, weißt du, seit ich von zu Hause fort bin, hatte ich immer, wenn ich mit jemand geschlafen hatte – wenn es schön gewesen war, verstehst du – diesen Schmerz. Kein schlechter Schmerz. Ein angenehmer Schmerz, als wäre man wieder daheim in einem Hochwald – in einer Lichtung, mit einer Jagdhütte, das Holz an der Wand aufgeschichtet, ein Gebirgsbach mit einer Brücke aus rohen Baumstämmen. Oder eine Gasse in der Stadt. Schmal. Die Gaslampen brennen, aber es ist noch nicht Abend. Das Fenster geschwungen und darüber ein handgemaltes Schild: Franz Hafner, Konditor. Drogerie zum Heiligen Florian –»

Sie brach ab, aber ich sagte nichts. Sie erwartete es nicht von mir.

«Merkwürdig, wie wir gemacht sind, nicht wahr? Unserer Heimat ständig an den Schürzenbändern zu hängen, gleichgültig, wohin es uns verschlägt: von den ersten fünfzehn Jahren unseres Lebens für immer festgelegt zu werden! Ja, gewiß war ich manchmal auch in Italien glücklich. In Paris, wie jeder andere Mensch, und in Brüssel – nein, nicht in Brüssel, nur in Gent. Aber wann immer ich nach Wien zurückkam, war ich wieder bei mir selbst. Sie paßte mir wie angegossen, diese Stadt. Sie war mein Element. Nicht das Wien der Fremden, natürlich. Vor den Walzern hielten wir uns die Ohren zu. Aber die Kälte in einem alten steinernen Stiegenhaus. Die Wasserleitung auf dem Gang. All die Kleinbürgergerüche, die Gerüche nach Essen und Weihrauch und billigem Parfüm. Feuchte, modrige Gartenhütten in der Vorstadt. Und die abgeblätterte, liederliche Eleganz in der Inneren Stadt, das unbeschreibliche Leben, das wir hinter diesen makellosen Fassaden führten! Niemand außer uns wußte, was es heißt, in den Trümmern eines Weltreichs aufzuwachsen, wie Kinder, die auf dem Forum ihre wilden Spiele spielen, jedes in einem Tempel für sich allein.»

Hätte ich nicht, in diesen letzten und wohlgewählten Worten, einen kaum merklichen Wechsel von echtem Kummer zu ihrer üblichen Pose zu entdecken vermeint, ich wäre von ihrer Stimmung mitgerissen worden. Das aber war der Fehler, den wir alle machten: wir mißtrauten ihrem wahren Gefühl, wir verhärteten ihre Kruste von Trotz und Zynismus, wir trieben sie zurück in jenes ausschweifende, unflätige, hemmungslose, selbstzerstörende Geschöpf, das sie von einem bestimmten Zeitpunkt ihrer Jugend an aus sich hatte machen wollen. Eines Tages kam ich darauf, wer sie dazu veranlaßt hatte. Auch dann benahm ich mich nicht besser als die anderen. Selbst ich wartete nur, an jenen endlosen Nachmittagen, da sie sich mir anvertraute, auf den Augenblick der Erleichterung, wenn sie wieder ihre freche Miene aufsetzte und ihr viereckiges, diamantumrandetes Einglas, ihre Zigarillos, die ihr sicher gar nicht behagten, und ihre Sammlung unanständiger pompejanischer Bildchen hervorzog – all diese Stützen und Requisiten, mit deren Hilfe sie die Menschen ihr Leben lang erschreckt, gegen sich aufgebracht und schließlich verzaubert hatte. Als das Telefon an ihrem Bettrand klingelte und der erste ihrer rückhaltlosen Ergüsse zu Ende ging, war ich dankbar und wollte mich erheben. Sie winkte mich an meinen Platz zurück. Jetzt, da sie mir meine Rolle als vertraute Dienerin zugewiesen hatte, hielt sie nichts mehr geheim vor mir. Jeff und wer immer in Zukunft ihr Haus betrat, hatte sich damit abzufinden.

Am Telefon war Leutnant Stephen Kline. Sie begrüßte ihn huldvoll. Er stammte aus Deutschland und war zur Zeit amerikanischer Soldat in jenem Land, als kultureller Berater der Besatzungsarmee in Berlin, wo er seine Kindheit verbracht hatte. Nun war er auf Urlaub in New York und wollte Lisa von der Blockade erzählen, die von den Russen seit dem Frühjahr über die ehemalige deutsche Hauptstadt verhängt worden war. «Gewiß», rief Lisa, «komm morgen abend zu mir, Steve, wir geben eine Party. Höchste Zeit für eine Party, nach all den Wochen in der Wildnis! Ja, Steve, in den Catskills. Du weißt ja – Borschtsd und Kraut, russische Barbecues unter amerikanischen Tannen. Potemkinsche Dörfer in jedem Sinn – du hättest dich wohl gefühlt.» Und sobald sie den Hörer hingelegt hatte, bis zu dem Moment, da ich mit Mario aus dem Kindergarten wiederkam, rief sie unablässig Freunde an, um sie für morgen einzuladen. Jeff war hereingerufen worden, und sie schwatzten, telefonierten und planten das Essen und den Wein mit solchem Eifer, daß Mario, als er endlich auf Lisa zulief, von ihr nur flüchtig, wenn auch nicht ohne Herzlichkeit, umschlungen wurde. Ihre Stimmung, oder ihr Augenblick der Wahrheit, war vorbei. Statt dessen folgte ein Abend der naiven und oberflächlichen Harmonie mit Jeff, einer jener immer seltener werdenden Abende, an denen sie sich willig den einfachen Freuden hingab, die er zu bieten hatte – Erinnerungen an Bubenstreiche in der Armee und italienische Zwischenfälle, Filmscherze, Jazz auf dem kleinen Grammophon, eine ganze Menge Whisky und zuletzt vermutlich eine unkomplizierte Art, sich zu lieben, die ihr aber keineswegs mißfiel.

4

Anderntags fuhren Jeff und ich durch den Park zu Schoeller & Weber in Yorkville um Käse und kaltes Fleisch, zu Rumpelmayer um Backwerk, zum ‹King of the Sea› um Lachs und Langusten und zu Bloomingdales um Salate, Cocktail und Wein. Lisa stand auf, kam in die Küche und half mit den Platten, sagte mir, wie ich das Fleisch zu schneiden und anzurichten habe, und verwandelte es zuletzt, mit Hilfe bunter Kräuter, Gewürze und Gemüse, in ein Kunstwerk, wie sie es nannte, von kubistischer Malerei. Abends schoben wir den Eßtisch an eine Wand und bauten darauf ein Buffet, flankiert von zwei großen Delfter Kerzenleuchtern. Alle Türen sollten geöffnet sein, so daß die Gäste durch die ganze Wohnung wandern konnten. Auch Lisas Zimmer bekam eine neue Gestalt. Das breite, niedrige Bett, bedeckt von einem Stück goldschimmernden Seidenstoffs und vielen Kissen, wurde zur Seite gedreht und in einen Diwan verwandelt. Wir stellten die Stühle aus dem Eßzimmer dazu und ein paar kleine Tische. Unmengen von Blumen waren von Lisa bestellt und bereits geliefert worden; abends brachten ihre Freunde noch mehr. Ich hätte nicht gedacht, daß sie ein Dutzend Freunde bei sich empfangen könne. Dreimal soviel erschienen. Schließlich tauchte sogar Mrs. Langendorf auf. Ich traute meinen Augen nicht, als sie ankam. Aber was immer Lisa bewogen haben mochte, sie einzuladen – sie wurde nicht weniger herzlich begrüßt als alle anderen. Zu jener Zeit war Lisa noch eine Gastgeberin von längst versunkener Höflichkeit.

Es war dies aber auch eine Gesellschaft längst versunkener Menschen. Ich hatte in den letzten Jahren alle Arten von Zusammenkünften gesehen, aber keine war mit dieser im geringsten zu vergleichen. Im Haus des Gestapobeamten in Radstadt hatten sich wohlgenährte wasserstoffblonde und unheildrohende Hänsel und

Greteln mit Kaffee und Kuchen vollgestopft, um dann zu einem verstimmten Pianino patriotische Lieder zu singen. Bei Lady Betty waren gelangweilte junge Offiziere in tiefen Lehnstühlen herumgesessen und hatten stundenlang von nichts anderem geredet als den Pferderennen der britischen Besatzung in der Wiener Freudenau. Mrs. Langendorf hatte mit kalter Berechnung ihre Patienten um sich versammelt und diesen überarbeiteten, zigarrenrauchenden Geschäftsleuten, ihren gelackten Frauen und eisern entschlossenen Söhnen – alle innerlich angefault wie manche täuschend rotbackige Äpfel – ermutigende Krankengeschichten und Heilungen bekannter Neurotiker im Gespräch vorgesetzt.

Lisas Gäste waren anders. Es waren mit wenigen Ausnahmen Figuren aus der Ferne und Vergangenheit, Sinnbilder für alles Tote und Überholte, Lemuren auf einem Friedhof, aber dennoch auf makabre Weise eindrucksvoll. Häufig schien mir – denn ich sollte sie in dem kommenden Winter immer wiedersehen –, als wären sie, jeder für sich und gemeinsam, lediglich durch ihre Bosheit, ihre Melancholie und ihre Erinnerungen zusammengehalten. Doch sie besaßen Zusammenhalt; und sie wirkten, obschon vielleicht wirklich nur ein ‹Haufen abgesplitterter Fragmente›, wie Thomas Munk sie an diesem Abend nennen sollte, weit mehr in sich geschlossen als jene kernigen Nazideutschen, englischen Landjunker und freien weißen Amerikaner, deren völlig verschiedene Art, sich zu vergnügen, mir enthüllt worden war.

Thomas Munk kam als erster.

Lisa hatte mir noch nichts von ihren Gästen erzählt, aber ich merkte bald, daß die meisten, wenn nicht alle ihre männlichen Besucher seit langem mit ihr vertraut und zu irgendeinem Zeitpunkt innig mit ihr verbunden gewesen waren. Munk war ein großer Mann mit finsteren Augen in einem gefurchten und zerquälten Gesicht. Er trug ein Hörgerät im Ohr, das ihm, mehr als trotzige Taubheit es getan hätte, ein schutzloses, ja rührendes Aussehen verlieh. Seine Kleider waren alt und schlecht geschnitten. Doch er benahm sich ungezwungen wie jemand, der jegliche Einbildung und Eitelkeit längst hinter sich gebracht hat und keinerlei Konventionen anerkennt.

«Nun Lisa – immer noch beim Gesellschaftsspiel?»

«Und du, Thomas? Immer noch bei der Gesellschaftskritik? Nach wie vor abgeneigt, dich je wieder zu mir herabzulassen?»

Sie trat vor, um ihn zu umarmen, doch er wich zurück und faßte sie nur leicht an beide Schultern. Lisa in ihrem langärmeligen, tief ausgeschnittenen Pfauenkleid sah berückend aus, doch er war gegen sie immun, als hätte er, was sie an Anziehungskraft besaß, gleich einer ansteckenden Kinderkrankheit längst überwunden.

«Ich bin nur gekommen, weil du mir Nachrichten aus Europa versprochen hast.»

«Das weiß ich, Thomas. Du sollst sie hören.»

Aber die Klingel ging, Leute trafen ein, und Munk zog sich in eine Ecke des kerzenerhellten, blumenduftenden Zimmers zurück, wo er verblieb, jede Nahrung ablehnte, nur ein Glas Rotwein trank und sich unvermittelt empfahl, sobald Stephen Kline seinen Bericht über das besetzte Berlin beendet hatte. Von einem kurzen Wortwechsel abgesehen, hatte ich keine Zeit, mich mit ihm zu befassen, aber es fiel mir auf, daß der dicke Fleming ihn zur stillen Belustigung aller Anwesenden einfach schnitt und daß Thomas Munk dies übersah, ihm sogar, als er wegging, lächelnd zuwinkte, als habe er eben erst einen alten Freund bemerkt. Von dem Zwist zwischen diesen beiden vernahm ich erst viel später, nachdem er für Thomas verhängnisvoll geworden war.

Ich entsinne mich nicht mehr genau, wer an jenem ersten Abend gekommen war, und kann meine Eindrücke auch nicht von all den anderen trennen, die ich im Laufe der Zeit von diesen Menschen empfing. Lisa scharte in dem kommenden Herbst und Winter immer wieder ihre Freunde um sich, und viele von ihnen machten ihr zwischendurch Besuche. Immerhin weiß ich noch, daß an jenem Abend die Schwestern Blatt erschienen, zwei leicht verwelkte und reich gekleidete Schulfreundinnen Lisas, die unglücklich verheiratet waren und ihre unglücklichen, aber wohlhabenden Männer mitgebracht hatten. Ein glatter, blaurasierter Mann, der Talberg hieß, hatte in Europa eine trotzkistische Zeitschrift herausgegeben und war jetzt Chefredakteur eines teuren Fachblattes von internationalem Ruf. Ein anderer war zu Hause als Inhaber eines fortschrittlichen Verlages fast verhungert und verdiente jetzt auf übellaunige Weise zwanzigtausend Dollar jährlich mit einer Fabrik für Toilettenpapier. Eine Menge bejahrter Knaben und Mädchen, häufig voneinander geschieden und in neuer Anordnung miteinander gepaart, kam in riesenhaften Chryslers und Cadillacs angefahren; sie waren alle arme Studenten in Wien gewesen und hatten seitdem mit Wirtschaftsforschung ein Vermögen verdient. Dr. Cordan, ein häßlicher, rothaariger Chirurg, der vor kurzem erst seine schöne erste Frau verloren hatte, stellte Lisa an diesem Abend seine zweite, noch reizvollere vor. Fast alle diese Menschen waren reich, aber keiner schien mir zufrieden. Neben ihren Berufssorgen litten sie an Zweifeln, Skrupeln, Ängsten und Gewissensbissen. Überdies waren sie von den Würmern verhinderten geistigen Ehrgeizes, unstillbaren Heimwehs und rettungsloser Fremdheit in ihrer neuen Umgebung angenagt. Trotz alledem war jeder von ihnen ein Original, unverwechselbar er selbst, nicht über einen Kamm geschoren wie so viele Amerikaner.

Drei ragten aus ihnen hervor. Als der alte Winterstein seinen Einzug hielt, senkte sich Schweigen im Zimmer. Alle blickten auf die mächtige Erscheinung, die gefolgt von einer unscheinbaren kleinen Frau das Zimmer betrat.

«Der Meister!» rief Lisa und eilte auf ihn zu. «Rasch, einen Thron! Nektar! Einen Granatapfel!»

«Den Granatapfel nehme ich an, mein Kind, der bedeutet ewige Jugend. Aber nicht den Thron. Nicht den Thron. Ich will in Bewegung bleiben, in jedem Sinn, solange das Leben es mir erlaubt.»

So trug er denn den ganzen Abend, von einer Gruppe zur anderen gehend, seine Würde und seine weiße Löwenmähne zur Schau. Seine Zeitgenossen waren tot, sein eigener Name fast vergessen. Obgleich er in der englischen Dichtung zu Hause war, als sei er in sie hineingeboren, gelang es ihm nicht, seine eigene, weitschweifige Prosa in die Sprache seiner neuen Heimat zu fassen, und die deutsche Nachkriegsliteratur war über ihn hinweggegangen und hatte sein Lebenswerk ausgelöscht. Seine Bücher erschienen nur in schlechter Übersetzung, um seines früheren Ansehens willen, nicht in der Hoffnung auf einen großen Leserkreis. Sollte der Seniorchef seines New Yorker Verlages sterben, dann würde sein Vertrag zweifellos zerrissen werden und diesem Mann, der zur wilhelminischen Zeit den Goethepreis erhalten hatte, nichts anderes übrigbleiben, als mit seinem alten Freund in der Versenkung zu verschwinden.

Zur Krönung seines Unglücks hatte Christa, seine kleine Frau, das amerikanische Idiom vollendet erlernt. Wann immer sie ihre R's rollte und ihren Gemütsbewegungen mit Ausrufen wie ‹gee› oder ‹why sure› und ‹Lordy me› Ausdruck gab, unterdrückten alle ringsum ein Stöhnen, und Winterstein hob peinlich berührt die Brauen. Sein körperliches Wohlbefinden hing jedoch von ihrer guten Laune ab, und so duldete er sie ohne ein Wort des Widerstandes.

Bald nach ihm erschien ein graumelierter, stattlich gewachsener Mann namens Ferdy von Halassy mit einem gewaltigen Rosenstrauß, verneigte sich nach allen Richtungen und küßte jeder erreichbaren Dame die Hand. Lisa küßte er beide Hände, nachdem er mir das Bouquet zum Halten gegeben hatte. Später, an jenem Abend, überraschte ich ihn im Badezimmer, wo er hinter ihr stand und seinen Kopf in ihren Nacken vergrub. Lisa, die mich im Spiegel eintreten sah, sagte ruhig: «Laß doch, Ferdy, laß das sein.» Dann bat sie mich ebenso ruhig, in die Küche zu gehen und das Eis zu servieren. Halassy war der Besitzer des Landhauses in Pinehill, in dem sie den Sommer verbracht hatte und das von seiner dritten Frau in ein Hotel verwandelt worden war. Es hieß, sie plage sich zu Tode, um ihre unangenehmen Gäste zufriedenzustellen, indes er die Gewohnheiten eines osteuropäischen Landedelmannes aufrechterhielt. In seinem Garten hatte er sich ein Holzhaus gebaut, in dem er schlief und aß, seine Lieblingsbesucherinnen empfing und Quellenstudien für eine Biographie des ungarischen Königs Matthias Corvinus trieb. Seine Bildung, wie Lisa einmal sagte, war so groß wie sein sinnlicher Appetit. Ihr selbst war er, in ihrer Jugend, zum Unheil geworden. Wenn ihr schon in frühen Jahren die Möglichkeit einer ruhig-bürgerlichen Existenz genommen war, so trug Ferdy Halassy die Schuld daran. Doch sie hatte ihm längst verziehen, wie sie Fleming und allen anderen verziehen hatte, die ihr je ein Leid antaten.

Fleming war der letzte ihrer Gäste, der die besondere Aufmerksamkeit der Versammelten in Anspruch nahm. Er hatte dafür gesorgt, sehr spät aufzutreten – kurz vor Mrs. Langendorf, die angeblich von einem Patienten aufgehalten worden war –, und er trug eine geistesabwesende Miene, als habe er bis jetzt an einem Meisterwerk gearbeitet und sei, noch umsponnen von seinen Gedanken, hierher geeilt. Dennoch verbrachte er, wie jedermann wußte, seine Tage im Schlaf oder Müßiggang, schrieb nicht viel und dies des Nachts oder in den Morgenstunden. Thomas Munk erzählte mir später von Flemings Vergangenheit. Wie man seinen Widersacher oft genauer kennt als seinen Freund, wußte er mehr über ihn, als selbst Lisa mir sagen konnte.

In seiner Heimat Prag war der dicke Fleming ein engelsgleiches Kind und ein schöner junger Mann gewesen. Mit zweiundzwanzig Jahren, nachdem sein erster Roman Aufsehen erregt hatte, begann er jedoch in jeder Weise aus den Fugen zu gehen. Die kurze gerade Nase, der zart geschwungene Mund verloren sich in zittrigen Fleischmassen, sein helles Haar wich zurück und entblößte ein rosiges Haupt, und seine Hände, die so oft von jungen Schauspielerinnen liebkost worden waren, setzten Fett an und wurden weiß und gallertweich. Ob aus Eßgier oder lymphatischer Abnormität: seine körperliche Statur quoll auf, indes seine geistige zusammenschrumpfte. Er war das Wunderkind von Prag gewesen, ein neuer Rilke, Kafka oder Werfel – man wußte nur noch nicht genau, welchem von ihnen er glich. In seinem Wunsch, womöglich allen dreien nachzugeraten, war er vom Wege abgekommen und hatte sich auf aussichtslose Nebenpfade verirrt.

Große Damen luden ihn auf ihre Schlösser; er folgte ihrem Ruf und zierte mit witzigen Gesprächen ihren Salon, anstatt in der Turmkammer, wo man ihm einen Schreibtisch aufgestellt hatte, seine Berufung zu erfüllen. Für eine Weile war er religiös geworden und hatte stundenlang auf das mystische Erlebnis geharrt, das sich nicht einstellen wollte. Und schließlich hatte er sich angewöhnt, seitenlange, maschinengeschriebene Briefe in alle Welt zu schicken, deren Durchschriften er sorgsam hütete und von Zeit zu Zeit in Mappen band. Seine Bücher aber enttäuschten und hörten schließlich zu erscheinen auf. Statt dessen wurden seine Rezensionen und literarischen Polemiken immer boshafter. Das Schlimmste kam zuletzt: der dicke Fleming war ein Feigling. Ein Leben lang war er Gefahren und Entscheidungen aus dem Weg gelaufen, von Prag nach Zürich, von London nach New York. Überall lebte er gut. Obgleich er wenig veröffentlichte, schien er immer Geld zu haben.

Vielleicht war es jene Unsicherheit über seine Einkommensquellen, die Talberg und einige von den Wirtschaftsforschern unruhig den Kopf wenden ließ, sowie Flemings Stimme im Vorraum erscholl. Ich stand im Eßzimmer und häufte eben Salat auf Talbergs Teller, als Lisa mit Fleming zum Buffet gelaufen kam und ihm besondere Delikatessen wie die Trüffelpastete und den Austerncocktail anbot. Oder möchtest du lieber etwas von dem russischen Kaviar, den Steve aus Berlin mitgebracht hat?»

Wie aus einer Trance erwachend, sagte Fleming:

«Aber ganz gewiß, meine schöne Lisa. Wenn unsere Beziehungen zu den Sowjets auch ein wenig gespannt sind, hat doch keiner von uns völlig den *goût russe* unserer Jugend verloren. Dostojewsky, Lunatscharsky – es hatte alles den gleichen Reiz. Wie, Talberg? Und ihr anderen Werkzeuge des Kapitalismus?»

Bevor ihr erzwungenes Lachen verebbt war, folgte er Lisa in die Küche, um ihr, geschüttelt von lautloser Heiterkeit, im Kühlschrank nach den Kaviardosen suchen zu helfen. Die Gesellschaft war in Schwung. Jeff, verloren in dem Wirrwarr verschieden gefärbter deutscher Stimmen, wanderte mit einer Weinkaraffe umher, füllte die Gläser, fragte jeden, ob er okay sei, und machte sich wieder davon, sobald man begann, ihn in ein Gespräch zu verwickeln. Vielleicht war er betrunken. Jedenfalls fühlte er sich fehl am Platz. Lisa hatte keinen einzigen Amerikaner eingeladen, auch kein einziges hübsches Mädchen, außer des rothaarigen Chirurgen zweiter Frau. Überdies war sie ständig von Leuten umringt und aus seinem Gesichtskreis verschwunden. Zuletzt ließ Jeff sich neben einer blassen alten Frau nieder, mit der sich niemand unterhielt. Es war Mrs. Kline, früher Klein genannt, eine Freundin von Lisas Mutter vor ihrer Heirat mit einem Berliner Rechtsanwalt. Ihr Mann war tot, ihre Tochter nach Australien ausgewandert. Alles, was ihr blieb, war ihr Sohn. Mit einer Mischung von Stolz und Furcht wartete sie auf den Augenblick, da er gebeten werden würde, von Berlin zu erzählen. Inzwischen klagte sie Jeff auf die leise, eintönige Art älterer unglücklicher Frauen über die Einsamkeit und die vielen Schmerzen, von denen sie befallen wurde, vor allem bei Nacht. Jeff nickte mitfühlend und trank seinen Bourbon Whiskey. Er war sehr erleichtert, als Katharine Langendorf hereinrauschte und ihn ins nächste Zimmer zog.

Als ich so von einer Gruppe zur anderen ging, ihnen Teller reichte oder abnahm und Bruchstücke ihrer Unterhaltung hörte, reiste ich zurück in ein Europa, das mir völlig unbekannt war. Damit begann, was ich in Lisas Zimmer erleben sollte, das so unpassend im Erdgeschoß eines Wohnhauses der 76. Straße im Westen von Manhattan lag. Inmitten der Neuen Welt betrat ich jene alte, die ich hinter mir gelassen zu haben glaubte. Daheim in Riga, dann in Radstadt, im Lager und in Lady Bettys Haus, zuletzt in jenem Militärhospital, wo ich fünfzehn Monate lang Patienten registriert und Krankengeschichten geschrieben hatte, lebte ich abgeschieden und fern vom Leben des Kontinents. Jetzt hatte es mich eingeholt und fing an, mich zu überfluten. An diesem ersten Abend zumindest bezwang es mich ganz. Und hätten nicht ein paar Worte Mrs. Langendorfs meine Illusionen zerstört, mir wäre nicht einen Augenblick der Gedanke gekommen, Lisas Party könnte eine zweitrangige Angelegenheit sein und sie selbst bedauernswert in ihrem Bemühen, unter diesen zumeist unbedeutenden und innerlich zerstörten Existenzen zu glänzen.

Es geschah, als ich ein Tablett mit Kognakgläsern in Jeffs Atelier trug, wo der Toilettenpapier-Fabrikant und der rothaarige Chirurg sich über seine Entwürfe für das neue Unilevergebäude beugten, indes ein paar andere Gäste, geführt von den Schwestern Blatt, unter seinen Schallplatten nach einem geeigneten Musikstück suchten. Vor dem Bücherregal stand Katharine Langendorf und tat, als wäre sie in ein großes Kunstbuch vertieft, schmiegte sich indessen dicht an Jeff und redete, eindringlich und hörbar flüsternd auf ihn ein.

«– sicherlich angenehmer», sagte sie, «eine Menge alter Freunde einzuladen statt Mrs. Leroy Schober oder Mrs. Milton Bean. Wie es angenehmer ist, im lauwarmen Familienbad von Vöslau bei Wien herumzuwaten als im kalten Atlantik an einem riesigen Long Island Strand. Aber diese beiden Frauen könnten dir den Weg zur Gesellschaft der Park Avenue öffnen. Lucy Leroy kennt einen Direktor von Unilever, deshalb hab ich dich neulich in meinem Haus mit ihr bekannt gemacht. Hättest du sie nicht hierherbitten können?»

«Du weißt doch, Katie, es wäre unmöglich. Das ist Lisas Party. Heut abend sieht sie glücklich aus.»

«Wirklich? Armes Mädchen! Als wäre es eine Soirée bei Anna Pawlowa Scherer oder der Ball des Comte d'Orgel. Statt dessen sind es abgetakelte Versager, wurmstichige Vaterfiguren und zahnlose Klapperschlangen, die sich gegenseitig aufzufressen versuchen – von den reichlichen Genüssen, die sie ihnen vorsetzt, ganz abgesehen –»

«Für ihr eigenes Geld, Katie. Von mir hat sie keinen Dime dafür verlangt.»

«Was du nicht sagst! Woher hat sie's denn?»

«Keine Ahnung. Sie muß ein paar von diesen alten Zeichnungen verkauft haben, die sie mitgebracht hat. Ich weiß ja nicht, was alles in ihrem Schiffskoffer ist.»

«Vielleicht ist er wie das Zimmer in der Maupassant-Geschichte: völlig leer. Eine Attrappe, auf die du ihr hereingefallen bist.»

Ich trat zu ihnen und bot ihnen Kognak an. Mrs. Langendorf nahm ein Glas, verschüttete es leicht auf meinen Arm und sagte:

«Dir geht es also gut, Lele. Mario wohlauf?»

«Ja, danke. Er schläft unten beim Portier.»

«Das ist recht. Himmel, du hast dich schön herausgeputzt! Ist das eins von Lisas Kleidern? Na, 's wird wohl nicht lange dauern, bis du einen neuen Mann gefunden hast. Wer hat mir nur erzählt, du hättest einen Freund? Irgendeinen wohlbestallten Kaufmannssohn?»

Sie blickte Jeff an, aber Jeff senkte den Blick. Er schwankte ein wenig, wenn auch nicht aus Verlegenheit. Ich lächelte sie an und sagte: «Es wird Sie weniger wundern, Mrs. Langendorf, wenn Sie hören, daß er blind ist.» Dann ging ich davon. Auf dem Weg zur Küche kam ich an ein paar Wirtschaftsforschern vorbei, die mit Talberg sprachen.

«Hedy hat eine neue Limousine mit Sonnendach. Kind, die war noch nie so vernarrt! Weder in einen Menschen noch in sonstwas. Ist ihr lieber als Faust und die Fünfte und die gesamte Flämische Schule.»

«Wer hat diesmal dafür gezahlt?»

«Kekse. Sie hat herausgekriegt, daß sie sich besser verkaufen, wenn sie die Form von archetypischen Inbildern haben. Jetzt bakken sie Sonnen und Passionsblumen und Fische und Salamander. Fruchtbarkeitssymbole aus mürbem Teig. Alles durch Statistiken belegt.»

«Echte noch dazu. Nicht wie damals in Wien, als vierzig Prozent dafür waren, einundzwanzigeinhalb dagegen, siebenunddreißigeinhalb unentschieden – und wir hatten im ganzen zwei Dutzend Leute befragt –»

Im Eßzimmer, wohin ich frisch gespülte Gläser trug, wandte sich der dicke Fleming mit halbgeschlossenen Augen an Ferdy Halassy, der sich bisher mit der hübschen Chirurgengattin unterhalten hatte.

«Und weshalb ein Buch über Corvinus, lieber Baron? So ein unseliger König! Hätte sein Vater Hunyádi János nicht ein Mineralwasser erfunden, die ganze Dynastie wäre keinen löchrigen Filler wert. Ist er nicht sofort gestorben, nachdem er Wien erobert hatte und Österreich ihm zu Füßen lag? Was für ein Ungar, der gezwungen wird, sich vor seinem großen Auftritt aus dem Staub zu machen!»

Halassy zog vor, zu lachen.

«Erstens hat er die größte Sammlung von Illuminata zusammengetragen. Zweitens die Universität von Buda gegründet. Drittens die besten italienischen Bildhauer an seinen Hof geholt. Wenn er nicht gerade damit befaßt war, Ihren Georg Podiebrad aufs Haupt zu schlagen, hatte er Gelegenheit, ein außerordentlicher Connaisseur zu sein. Wußten Sie das nicht, Fleming?»

«Aber doch, gewiß. Ich frage mich nur, was von all dem übrig ist. Königliche Kunstkenner sollten sichtbare Spuren hinterlassen – nach Corvinus heißt in Budapest ein Warenhaus! Denken Sie dagegen an Stanislaus Lesczynski, Bienfaiseur de la Lorraine, der einen der schönsten Plätze Europas gebaut hat. Wären Sie je in Nancy gewesen –»

«In Nancy, mein Freund, besuchte ich Verwandte meiner ersten Frau zu einer Zeit, als Sie noch fromme Denkungsart aus Ihrer hanakischen Amme sogen. Seien Sie nicht überrascht, junges Fräulein! Wenn Sie den Altersunterschied zwischen uns unerheblich finden, liegt es daran, daß Fleming ein frühreifes Kind war, während ich immer noch nicht erwachsen bin.»

«Ich dachte, Sie seien Großvater», sagte Fleming.

«Ganz recht», erwiderte Halassy und hob graziös die Hand. «Aber meine Kinder sind viel älter als ich.»

Er war gewiß abgeschmackt, doch mir machte er Eindruck. Jeder von Lisas Gästen machte an diesem Abend Eindruck auf mich. Kaum hatte ich Katharine Langendorfs höhnische Worte vernommen, schlug ich sie auch schon in den Wind und redete mir weiter ein, dies sei die große Welt, von der ich als Schulmädchen gelesen hatte. Lisa gab mir Wein zu trinken. Am Nachmittag hatte sie mich in eines ihrer italienischen Kleider gesteckt, mir die Haare hochfrisiert und mir aufgetragen, mich nicht wie ein Hausmädchen, sondern wie eine Freundin unter den Gästen zu bewegen. Als mir Thomas Munk, nachdem er noch einmal die Erfrischungen, mit denen ich umherging, zurückgewiesen hatte, einen Stuhl anbot, gab ich meinen müden Beinen nach und setzte mich für ein paar Augenblicke zu ihm. Munk sagte:

«Ruhen Sie sich doch aus. Ich habe Sie beobachtet. Wozu so viel Zeit und Mühe an einen Haufen nutzloser abgesplitterter Fragmente verschwenden?»

«Woran soll ich sie verschwenden?»

«An ein zweites Weltall», sagte er träumerisch, «aus einem ganzen klaren Chrysolith. Wissen Sie, woraus das ist? Shakespeare. Als Kind hab ich es deutlich vor mir gesehen.»

«Jetzt nicht mehr?»

Er schüttelte lächelnd den Kopf. Dann verstummte er, als zöge er sich in seine Taubheit zurück. Lisa kam und fragte, ob ich wüßte, wo noch Zigaretten wären, es seien alle ausgeraucht; da stand ich auf. Obgleich ich davonging, ohne mich umzuwenden, spürte ich, wie Thomas Munks Blick auf meinem Rücken lag wie ein Strahl melancholischen Sonnenlichtes.

Gegen Mitternacht, als alle schon ein wenig schläfrig waren und vom Wein und den warmen Kerzenflammen in eine wohlwollendere Stimmung gewiegt, begann Stephen Kline zu erzählen. Es fing formlos an, als Antwort auf ein paar Fragen, die ihm gestellt worden waren. Dann wuchs langsam der Kreis um ihn, als immer mehr Gäste sich entsannen, weshalb sie eingeladen worden waren. Einigen war es völlig entfallen oder sie interessierten sich nicht mehr dafür. Die blieben in Jeffs Atelier, das schwach erhellt und von den südamerikanischen Liedern erfüllt war, welche jemand auf dem Plattenteller angehäuft hatte, Lieder, die im Hintergrund heiser schrien oder stöhnten, indes Stephen sprach. Das Eßzimmer hatte sich geleert, bis auf Halassy und die Frau des Chirurgen, die noch ein wenig länger dort verweilten und dann in Lisas Zimmer kamen, wo man auf allen verfügbaren Stühlen, auf ihrem Bett, auf Kissen und dem Boden saß.

Ich stand bei der Tür und sorgte dafür, daß jeder Platz fand, bis der dicke Fleming mir winkte und auf die breite Lehne seines Ohrensessels wies. Ich wußte nicht, wie ich ablehnen sollte, obwohl ich die Aufforderung ein wenig unverschämt fand, und setzte mich neben ihn. Das mag einer der Gründe sein, warum ich jetzt niemals an Berlin denken kann, ohne körperliches Unbehagen zu empfinden. Wann immer diese Stadt erwähnt wird, scheine ich Flemings Anwesenheit zu spüren wie einen giftigen Hauch. Nie kann ich vergessen, wie er achtlos seinen Zigarrenrauch auf mich blies und wie er mir schließlich, im Schatten seiner eigenen unförmigen Gestalt, seine feuchte, schlabbrige Hand auf den Schenkel legte. Wenn ich den kleinen Tisch umstieß und Stephen im entscheidenden Moment unterbrach, lag die Schuld an Flemings unerwarteter und widerwärtiger Geste.

Lisa kauerte auf dem Bett an der Wand. Auf sie, schillernd in ihrem grünen und indigofarbenen Kleid, waren Stephens Augen unverwandt geheftet. Leutnant Kline, langnäsig und kurzsichtig, glich einem ausnehmend hilflosen Pinguin. Wie er so mit gespreizten Beinen dasaß, die gerundeten Arme unbeholfen an seine breiten Hüften gestützt, war es, als umarmte er ein unsichtbares Cello. Dieses Instrument hatte er tatsächlich im Pro-Arte-Streichquartett gespielt, ehe Pearl Harbor kam und er zur amerikanischen Armee eingezogen wurde, um gegen das Land seiner Geburt zu kämpfen.

«– ungefähr um die Zeit der Premiere von Sartres ‹Fliegen›», sagte er, «bemerkten wir, daß eine Verstimmung eingetreten war. Bis dahin hatten wir uns halbwegs mit den Russen vertragen, unter uns Kulturoffizieren zumindest, denn in der Kommandantur gab es unaufhörlich Zank. Wir gingen zu den Aufführungen in ihren Sektor, und sie kamen zu uns. Sie haben die beste Oper. Wir haben das

Philharmonische Orchester. Das heißt, zuerst hatten es die Engländer. Dann ging unser General McClure zu ihrem General Bishop und beschwerte sich, weil die Philharmoniker eigentlich zu unserem Sektor gehörten. ‹Bob›, sagte der englische General, ‹was streiten wir da wegen einer deutschen Musikkapelle!› Darauf gab er sie uns zurück.»

Alle lachten höflich. In diesem Zimmer klang die Geschichte vielleicht nicht ganz so gut wie in einer Berliner Armeebaracke.

«Schön», sagte Talberg. «Und wie kam es zum Eklat?»

«Es war kein Eklat, jedenfalls nicht sofort.»

«Also zur Verstimmung. Was hat Sartre damit zu tun?»

«Na ja», sagte Kline ein wenig unglücklich. «Sie wissen nicht, wie wichtig den Berlinern das Theater ist. Es hat mehr Realität für sie als ihre eigene zerstörte Stadt. Wenn sie ein Stück gegen die Tyrannei ansetzen, gilt es als Provokation. Wir spielten Sartre, und jeder nahm an, die Idee des Dramas sei gegen die Roten gerichtet. Vielleicht fanden die drüben das kränkender als den ganzen Kuhhandel in der Kommandantur. Jedenfalls begannen sie uns in ihrer Presse anzugreifen. Als sie dann im Sowjetsektor ihre Gorki-Premiere hatten –»

«Halt», rief Talberg. «Wollen Sie damit sagen, der Bruch zwischen den westlichen und den östlichen Alliierten sei nicht wegen gleichzeitiger Interessensphären oder Wirtschaftsfragen entstanden, sondern aus dem Anlaß eines existentialistischen Stücks?»

«Nein», sagte Kline. «Aber auf diese Art hab ich davon erfahren. Ich kann nur erzählen, was ich weiß.»

«Erzähl es auf deine Art, Steve», sagte Lisa. «Du machst es glänzend. Wir sind alle sehr gespannt.»

Kline holte tief Atem. Plötzlich war mir klar, daß es ihm peinlich und unerträglich war, in aller Öffentlichkeit von diesen Dingen zu berichten. Lisa hatte über seinen Kopf hinweg, vielleicht sogar gegen seinen Willen, diesen öffentlichen Bericht inszeniert. Jetzt war es zu spät, und er mußte durchhalten. Jemand füllte sein Glas. Er trank. Plötzlich gellte die brasilianische Musik auf; die Tür des Ateliers war aufgesprungen, jemand trat heraus und warf sie laut hinter sich zu. Ich drehte mich um und sah Jeff, der schwankend ins Zimmer kam. Ich hatte Angst vor einem unangenehmen Auftritt, aber er ließ sich auf dem Boden nieder und sprach bis zum Ende des Abends kein Wort. Stephen setzte sein Glas hin. Er redete weiter.

«Dann kam die Gorki-Premiere», sagte er, «drüben im Theater am Schiffbauerdamm. Mein Oberst ließ mir sagen, ich solle nicht hinfahren, aber der Befehl erreichte mich nicht. Am Vormittag hatte ein russischer Yak-Jäger ein englisches Transportflugzeug über Berlin gerammt und den Tod von vierzehn Menschen verschuldet. Als ich ins Theater trat, starrten die Russen mich an, als hätte ich den Zusammenstoß verursacht. Ich war der einzige Besucher aus dem Westen. In der ersten Pause verließ ich das Theater und fuhr durch das Brandenburger Tor nach Dahlem zurück.»

Rings um mich wurde gegähnt. Fleming hatte begonnen, dichter an mich heranzurücken. Lisas Stimme hob sich über das Gemurmel. Sie bestand darauf, Klines Geschichte zu Ende zu hören.

«Ja, Steve. Und dann?»

«Dann legten sie den Schiffsverkehr auf den Flußarmen lahm und begannen, unsere Eisenbahnzüge zu kontrollieren. Im Juni marschierten die Russen aus dem alliierten Stadtrat hinaus, doch wir hofften, sie würden sich's noch einmal überlegen und wiederkommen. Diesmal kamen sie aber nicht. Und an dem Tag, als Klemperer zum erstenmal nach seiner Rückkehr die Vierte Mahler dirigierte –»

«Kline», schrie Talberg, «wir wollen nicht wissen, die wievielte Mahler er dirigierte. Wir wollen von Ihnen hören, weshalb die vier Mächte in diesem Sommer in Berlin außerstande waren, eine gemeinsame Politik für Deutschland zu entwerfen. Und wie es zur Blockade kam. Ob die Sowjetregierung sich nicht an die Abmachungen hielt, die in Potsdam getroffen worden waren, oder was sonst die Ursache war. Können Sie uns das sagen?»

Die Antwort gab, zu unser aller Überraschung, nicht Stephen, sondern Thomas Munk. Er war in seiner Ecke gesessen, hatte das Ohr mit dem Hörgerät wie einen Trichter umspannt, durch den eine belebende Flüssigkeit gegossen werden sollte, und unverwandt gelauscht. Jetzt kam er Stephen zu Hilfe: «Sind wir uns nicht alle einig, Talberg, daß die Gegensätze zwischen uns und den Sowjets aus der Frage einer deutschen Wirtschaftseinheit entstanden? Sie reden von Potsdam. Denken wir an Jalta. Wer hat sich zuerst von den dort festgelegten Grundsätzen distanziert?»

Talberg wurde rot. Um ihn her erhoben die Wirtschaftsforscher zornig ihre Stimmen, aber er brüllte vor allen anderen auf Thomas ein: «Was soll das Theater, Munk? Sie gefallen sich offenbar in der Rolle des advocatus diaboli!»

«Schon eher des adlatus diaboli», murmelte der dicke Fleming neben mir.

«Ich bin niemandes Advokat», erwiderte Munk. «Ich will nur einen historischen Tatbestand klären. Eines Tages wird man ganz genau wissen wollen, wie dieser verhängnisvolle Bruch zustande kam.»

«Dann zerren Sie die Dinge nicht auf ein Nebengeleise», rief Talberg, immer noch erregt.

Hier wurde ein Räuspern des alten Winterstein vernehmbar. Die anderen verstummten sogleich, als hätte seine ehrwürdige Gegenwart sie zum Schweigen gebracht. Alles wartete auf seinen Ruf zur Vernunft und Ordnung. Aber er kam nicht. Indes Winterstein mühsam um Worte rang, die ihm nicht einfallen wollten, nahm ihm der rothaarige Chirurg die Mühe ab.

«Sicherlich wissen Sie, Leutnant Kline», sagte er in jenem geduldigen und präzisen Ton, den er wohl am Krankenbett gebrauchte, «weshalb die Russen unwiderruflich aus dem Stadtrat hinausmarschierten und die Vier-Mächte-Verwaltung zu Ende ging?»

«Freilich weiß ich's», sagte Kline und blinzelte kurzsichtig vor sich hin. «Das war wegen der Währungsreform. Wir hatten einen Plan zur Behebung der Inflation angekündigt und die Russen aufgefordert, gemeinsam mit uns eine neue Währung für Deutschland zu schaffen. Sie lehnten ab. Dann rückten sie mit ihrem eigenen Geld heraus. Einen Tag später brachten wir das unsere in Umlauf. Als nächstes blockierten sie die Stadt. Am 10. Juli waren alle Ausfahrtswege zu Wasser und zu Land abgeschnitten.»

In dem kurzen Augenblick der Stille, der jetzt folgte, hörte man einen tiefen Seufzer von Thomas Munk. Er bedeckte seine Augen und brachte nur zwei Worte hervor – auf amerikanisch. Er stöhnte leise: «Ah, wilderness!»

«Na also», murmelte Kline. «So war's.» Er blickte düster auf seine Mutter, die immerzu in ihren Schoß gesehen hatte, als schäme sie sich für ihn. «Und fragt mich nur nicht, wer damit angefangen hat, das verdammte Geld zu drucken! Ich war mittendrin. Mir hat keiner was gesagt. Unsereiner hat ja keine Ahnung, wer das Zündholz in den Heuhaufen wirft. Da seht ihr's einmal: so wird Geschichte gemacht – von innen. Was ich erzählen kann, sind unwichtige Einzelheiten, zum Beispiel, wie die Russen einmal im vergangenen Monat Berlin in der flachen Hand hielten, ohne es zu merken.»

«Vergangenen Monat?»

«Sie sind verrückt.»

«Weiter, Steve», sagte Lisa.

Kline hob den fleischigen Arm, als wollte er auf einen unsichtbaren Gegenstand an der Decke zeigen. Sein Pinguingesicht blickte trotzig drein.

«Niemand braucht mir zu glauben», sagte er. «Ich hab es ja nur miterlebt, mehr nicht. Da oben in der Luft flogen unsere Bomber, um auf dem Flugfeld von Tempelhof zu landen, mit Lebensmitteln und Brennstoff für die belagerte Stadt. Und drunten standen wir, aus allen Vierteln waren wir zusammengekommen, keine westliche Uniform natürlich, eine riesige Menschenmenge mitten im Sowjetsektor, auf dem Gendarmenmarkt. Ringsum die ausgebrannten Häuserruinen und jedes Fensterloch mit Zuschauern ausgefüllt. Wir alle starrten auf das Podium am anderen Ende, horchten den Lautsprechern, packten einander am Arm und waren wie von einer einzigen großen Welle der Zuneigung getragen – fünfzigtausend oder mehr, aber es schien wie ganz Berlin.»

«Wer war oben auf dem Podium? Stalin?» fragte Halassy.

«Nein, Baron. Der Alexandrow-Chor. Dreißig Männer, die sangen Volkslieder, ab und zu auch einen Militärmarsch. Die Lieder klangen alle gleich, traurig oder lustig, primitiv und schön. Dann kam noch eins. Sobald die Gitarren einsetzten, lief es wie ein Schauer über den Platz. Der Chor nahm leise die Melodie auf. Ein kleiner schwarzer Tenor trat vor und sang die Solostimme. Es war ein altes Liebeslied, ‹Kalinka› – wir konnten uns nicht helfen, es riß uns einfach mit, ja, selbst mich und meine Kameraden, die in Zivil herübergeschickt worden waren, um zu beobachten, wie die Stimmung unter den Zuhörern war. ‹Kalinka, Kalinka, Kalin-ka maja›, sang der Tenor, und der Staub wirbelte aus den Ruinen, die riesige schwarze Menge schwang im Rhythmus mit, über uns in der Augusthitze dröhnten unsere Flugzeuge mit den Unterstützungen und Liebesgaben, und wir alle, auch ich, wollten nur, daß der Lärm endlich aufhöre und die Motoren nicht mehr knatterten und die Luft von ihnen frei sei, damit wir diese Stimme und diese Musik ungehindert hören könnten.»

«Lele!» Lisas Stimme fiel ihm ins Wort, aber ich hatte ihn vor ihr unterbrochen, hatte aufgeschrien und das Tischchen neben mir umgestoßen, so daß eine Weinkaraffe herabfiel und in Scherben auf dem Boden lag. Während ich Stephen zuhörte, der alle Schüchternheit abgeschüttelt hatte und wie entrückt gewesen war, hatte ich plötzlich eine gallertweiche Hand auf meinem Schenkel gespürt, Flemings Hand, die nicht nur zu mir herübergekrochen war, sondern sich auch bewegte und bebend weiterzuwandern begann. Im nächsten Moment, als ich auf dem Teppich kniete, die Scherben auflas und den verschütteten Rotwein mit meinem Taschentuch zu trocknen suchte, hörte ich Fleming, durchaus nicht aus der Ruhe gebracht, ironisch zu Stephen sagen:

«Unser junges Fräulein aus Riga hat vermutlich an den siegreichen Einzug der Russen gedacht. Ihre Berlinerinnen schwelgten wohl auch in süßen Erinnerungen –»

Stephen gab bitter zur Antwort: «Ich weiß so gut wie Sie, was die Frauen von Berlin damals erlebten. Sie erzählen es mir Tag für Tag. Leider hat mein Mitleid gewisse Grenzen. Das Mädel, mit dem ich verlobt war, wurde ein paar Monate, ehe die Russen zu schänden begannen, vergast.»

Ich trug die Reste der Karaffe und das rotgetränkte Taschentuch hinaus. Als ich zurückkam, hatte der Kreis sich aufgelöst und Kline stand hilflos in der Ecke, umgeben von ein paar beharrlichen Gästen, die in ihn drangen, die Vorgänge auf dem Gendarmenmarkt näher zu erklären. «Was wollt ihr von mir?» sagte er. «Ich weiß ja auch nicht, was damit bewiesen wird. Die konstruktive Macht der Musik? Die destruktive Macht der Worte? Hoch das Gefühl, nieder mit der Vernunft? Oder umgekehrt? Laßt mich in Frieden. Ich war ein Narr, überhaupt davon anzufangen. Ich bitte euch, gebt mir endlich Ruh.»

«Wunderbarer Abend. Danke vielmals, Lisa. Es war wieder einmal reizend bei dir.» Gegen zwei Uhr früh entschlossen sich die Lemuren schließlich zum Aufbruch, erst vereinzelt, dann in kleinen Gruppen. Die letzten verweilten noch an der Tür. Lisa stand an der Wand, erschöpft, das bleiche Gesicht ausgelöscht vom Schillern ihres Pfauenkleides, umnebelt vom Rauch und Weindunst, der in der ganzen Wohnung lag. Halassy war schon fort; er hatte sie kurz ins Badezimmer gezogen, ehe er vor den anderen mit einem Handkuß Abschied von ihr nahm. Munk hatte die Gesellschaft mit jenem bewußten Wink an Fleming sofort verlassen, nachdem Klines Erzählung abgebrochen worden war. Mrs. Langendorf war schon vorher gegangen und lag gewiß längst im Bett, durch Fettcreme und Lockenwickler gegen den allnächtlichen Ansturm des Alters gewappnet. Jeff war in der Küche lautlos zusammengebrochen und sagte niemandem Lebewohl; seit Stunden hatte ihn jedoch niemand vermißt. Der Chirurg bot Winterstein und dessen Frau Plätze in seinem Wagen an, und der dicke Fleming hatte sich vergewissert, daß Talberg ihn nach Hause bringen würde. Als sie endlich zur Tür hinausgingen, schien Lisa zu schwanken und sich an der Wand festzuhalten, blieb aber aufrecht stehen. Zuletzt kamen Stephen Kline und seine Mutter, die vor Müdigkeit umzufallen drohte, aber vom Arm ihres Sohnes schützend umgeben war. Lisa beugte sich herab und küßte die kleine alte Frau auf beide Wangen. Dann berührte sie Stephens Schulter.

«Was für aufregende Geschichten! Schade, daß wir sie nicht zu Ende hören konnten. Du mußt bald wiederkommen und sie mir fertigerzählen, Steve.»

Sie lag auf dem Boden, als ich vom Haustor, das ich den Gästen aufgeschlossen hatte, wiederkam. Halb hob ich sie, halb zerrte ich sie auf ihr Bett. Am nächsten Morgen, als sie noch schlief, half Jeff mir die Wohnung in Ordnung bringen. Wir redeten nicht viel. Er sagte lediglich: «Ich mochte den Burschen namens Kline. Mir gefiel die Erzählung. Ich war nur zu betrunken, um für ihn einzustehen. Nächstes Mal, wenn er auftaucht, sag ich's ihm.» Aber Stephen Kline tauchte nicht mehr auf. Kurz nachher flog er nach Berlin zurück, und ein paar Wochen später hieß es, sein Flugzeug habe knapp vor Tempelhof einen Kamin gestreift und sei bei der Landung in Flammen aufgegangen.

5

Die Hitzewelle war vorbei. In der Stadt begann es herbstlich zu glitzern. In diesen Wochen wäre ich nirgendwo lieber gewesen als in New York. Häuser, Bäume und Türme nahmen wieder feste Umrisse an. Die Luft, die den ganzen Sommer gleich warmer, feuchter Watte um uns gelegen hatte, schien jetzt scharf und klar zu sein wie trockener Martini, der zu Äther geworden war. Gestreifte Markisen wirkten frisch wie soeben begossene Pflanzen. Fensterglas und Flaschen in den Drugstores, die riesigen verchromten Mäuler der Autos und die Stahlgerüste der Neubauten blinkten unaufhörlich Morsezeichen. Taxis glitten vorüber, rot, grün, gelb, jede Farbe ein einsilbiger Freudenschrei. Nachts barsten die Lichter am Broadway in langen Reihen aufeinanderfolgender Explosionen.

An meinem nächsten freien Nachmittag fuhr ich mit Ned zum Rockefeller Center und die siebzig Stockwerke hinauf zum Aussichtsdach, um von dort den Sonnenuntergang und den Einbruch der Nacht zu sehen. Ned saß gutmütig neben mir, ohne seinen großen nutzlosen Körper und sein empfindsames blindes Gesicht zu regen, und wartete darauf, daß ich ihm alles beschrieb. Ich blickte nach Norden, wo Manhattan mit dem großen grünen Herzen seines Central Parks und den beiden blauen Flanken seiner Flüsse gegen die Bronx und Yonkers und Westchester zu verschwamm. Ich blickte nach Süden, wo es in den Ozean trieb, den Bug der Wolkenkratzer an seiner Spitze stolz erhoben. Ich blickte in den unendlichen Himmel, der pfirsichfarben und apfelgrün und aquamarinblau durchzogen war, und hinab auf die zahllosen Fenster, in denen der Lampenschein aufglühte. Während ich Neds Hand in der meinen hielt und ihm eindringlich schilderte, was vor mir lag, meinte ich, es müsse ein Strom von mir in ihn überlaufen und ihm ebensoviel zu Bewußtsein bringen, wie ich selbst empfand. «Noch immer nicht, Ned?» fragte ich. «Siehst du es noch immer nicht?»

«Ich kann es spüren, Lele», sagte er wieder einmal. «Spüren, mehr nicht.» Aber selbst das machte mich froh.

Auch Lisa war von der Verwandlung der Stadt ergriffen. Man mußte sie nicht mehr mit einer Tasse Zitronentee wecken und stundenlang auf Zehenspitzen umhergehen, weil sie von neuem eingeschlafen war und jeden wie ein Fischweib verflucht hätte, der ihr die Ruhe nahm. Sie erlaubte Jeff, sobald er selbst aufgestanden war, die Vorhänge in ihrem Zimmer aufzuziehen, und mir, ihr nicht nur Tee zu servieren, sondern auch Toast und Pâté. Umgeben von neuen Briefen und alten Bildern, vom Inselbändchen der ‹Duineser Elegien› und der letzten Nummer des ‹New Yorker› – wenn Europa nicht existierte, sagte sie, würde der New Yorker es erfinden –, umzwitschert vom Gesang ihrer Sittiche und umweht von Zigarettenrauch und Parfüm, saß sie im Bett wie Madame Pompadour in Gestalt eines schönen Gassenjungen.

Sie war nicht mehr müde und tat sich nicht mehr leid. Es war keine Spur von dem in ihr, was ich heimlich die Europakrankheit nannte. Statt dessen strömte sie, zugleich mit guter Laune, eine Menge Bosheit aus. Stephen Klines Tod hatte sie einen Tag lang verstört. Bald telefonierte sie jedoch wieder mit allen ihren Freunden und ergoß üble Nachrede in den Apparat. Mich jagte sie in der Wohnung umher und ließ mich nach ihrer Pfeife tanzen – trug mir auf, alle Kleider vor ihr auf Stühle zu legen und ihren Schmuck, zumeist Halbedelsteine in herrlichen alten Fassungen, auf der Bettdecke auszubreiten, und hieß mich dann alles wieder wegräumen, kaum daß ihr Blick darauf gefallen war. Jeff aber plagte sie mit jedem Spott, der ihr zu Gebote stand und, wie sie wohl wußte, eine merkwürdig erregende und aufreizende Wirkung auf ihn hatte: wegen seiner Untüchtigkeit und langsamen Redeweise, wegen seines Mangels an Geschmack und seiner Schwäche all den imposanten Damen gegenüber, mit denen er beruflich in Berührung kam.

«Was soll Mrs. Winston Eidrich mit einem limonenfarbenen Schlafzimmer anfangen?» fragte sie etwa, wenn die Wohnungseinrichtung seiner jüngsten Kundin zu deren Zufriedenheit entworfen war. «Ihr einziger Vorzug sind die blaugefärbten Haare. Laß der alten Ziege eisblaue Wände machen und ein schwarzes Bett und eine Menge von Kristallappliken. Dann kann sie dich an ihren großen warmen Busen drücken und zum Schutz vor der arktischen Kälte in ihre Kissen ziehen.»

Entzückt von seinem wehrlosen Lächeln, sprang sie aus dem Bett, umarmte ihn mit übertriebener Bewegung – denn sie war niemals zärtlich oder liebevoll, für sie gab es nur alles oder nichts – und lief ins Badezimmer, um sich eilig anzuziehen und Jeff zu zwingen, mit ihr, statt über seinen Skizzen und Plänen zu sitzen, in die großen Läden für Wohnungseinrichtungen zu fahren, die es im mittleren Manhattan gab. Wenn sie am späten Nachmittag wiederkamen, brachten sie keineswegs Muster für Mrs. Eidrichs schwarzen Bettüberwurf und blaue Tapeten mit, sondern mehrere Fünfzig-Dollar-Kleider, die sie bei Best oder Bergdorf Goodman von der Stange erstanden hatte. Kaum waren sie ausgepackt, da hatte Lisa schon entschieden, daß sie ihr mißfielen, warf mir den ganzen Schwung in die Arme und kehrte reuig zu ihren römischen Kostümen und Abendroben zurück, die in den letzten drei oder vier Jahren nicht aus der Mode gekommen waren. Dann fingen sie zu streiten an. Ich blieb in meinem Hinterzimmer und las Mario ein Märchen vor, aber der Lärm ihres wilden Zanks drang durch die Wände und erschreckte ihn, deshalb gab ich vor, sie spielten ein ‹Schrei-Spiel›, um herauszufinden, wessen Stimme die lautere war.

«– gutes Geld zum Fenster hinauswerfen, so kommt mir das vor! Kannst du mir vielleicht sagen, was dir jetzt nicht an ihnen paßt, nachdem sie dir erst gefallen haben?»

«Nichts, nichts, nichts, nur daß ich sie nicht mehr mag!»

«Warum trägst du sie dann nicht zurück und läßt dir den Betrag gutschreiben, statt sie Lele zu schenken?»

«Weil sie sich darüber freut. Weil sie nichts anzuziehen hat. Weil sie ihr gut stehen mit ihrem faden Haar und blassen Teint. Sie sind schick, verstehst du, schicke Kleider. Aber ich bin nicht schick wie eure fünfzig Millionen amerikanischer Frauen am laufenden Band. Lele, wenn sie Glück hat, kann noch zu einer werden.»

«Laß sie aus dem Spiel, hörst du?» – «Ich höre.»

«Ah, Jesus im Himmel, du treibst mich zum Wahnsinn, Lisa. Nein, ich kann es nun einmal nicht. Ich kann das Geld nicht verdienen, das du zum Verschwenden brauchst. Machen wir Schluß. So geht es nicht weiter, Lisa, allen Ernstes nicht.»

Lisa, verächtlich: «Du brauchst mich nicht zu erhalten. Wieviel Geld willst du haben? Tausend Dollar? Morgen kriegst du sie.»

«So? Ja? Und wie willst du bis morgen tausend Dollar auftreiben? Vielleicht auf die Art wie damals, eh ich dir begegnet war, in Rom?»

«Du hast keine Ahnung, wovon ich in Rom gelebt habe. Ohne dieses Zimmer zu verlassen, verschaffe ich dir in vierundzwanzig Stunden das Geld.»

«Das möchte ich sehen.»

«Das wirst du sehen.»

Nach diesem Streit, als Jeff in sein Atelier gestürmt war und die Tür zugeschlagen hatte, rief sie mich zu sich und bat mich, hinunter zu Hattie zu gehen und ihr zu sagen, sie möchte den großen Koffer aus dem Keller im Untergeschoß bringen. Inzwischen sollte ich Mario zu ihr schicken, den sie schon lange nicht gesehen hatte. Als ich zurückkam, gefolgt von Hattie und Luke, ihrem kleinen faltigen Mann, die zusammen, schwitzend und stöhnend, Lisas Koffer die Treppe heraufzogen, hörte ich Lisa und meinen kleinen Sohn wie toll miteinander lachen, Reime erfinden und sich an unsinnigen Einfällen überbieten –

«Tink-Tank suchte sich ein Hoppiti»

«– und ein Moppiti –»

«– und ein Dusi-Wusi –»

«– und ein Hattie-Susi –»

«– und ein Luke-Bindi –»

«– und ein Lele-Kindi –»

Dann fielen wir alle ein. Hattie klatschte in die Hände und schüttelte ihren fetten, fröhlichen Leib, Luke schlug sich an die Hüften und wiegte den Kopf, und Mario tanzte auf und ab und schrie: «Noch, Isa, noch, noch», bis ich ihn badete und ins Bett brachte, denn es war fast sieben Uhr. Nach einer Weile schoben Hattie und Luke den Koffer wieder hinaus und die Treppe hinab, und als ich Lisa ihre Omelette zum Abendessen auftrug, legte sie eben den Telefonhörer hin und zeigte auf eine Porzellanfigur, die auf dem niedrigen Tisch neben ihrem Bett stand. Es war eine zarte kleine Kolumbine in einem hellgrünen Leibchen und gescheckten Rock, die sich mit anmutig gespreizten Fingern verbeugte. Ich glaubte, sie sei aus Meißen, denn wir hatten in unserer Vitrine daheim ein paar Meißner Püppchen gehabt, aber Lisa sagte, es sei Nymphenburger Porzellan und von dem italienischen Schweizer Bustelli für die Hofmanufaktur des Kurfürsten Max III. Joseph von Bayern angefertigt worden. Ich sollte ihr helfen, sie erst in Seidenpapier und dann in viele Schichten von Zeitungsblättern zu wickeln, um sie anderntags ins Café Mozart zu tragen und dort dem Baron Halassy einzuhändigen, der mir dafür einen Briefumschlag reichen würde. Den dürfe ich nicht verlieren, weil er eine Menge Hundert-Dollar-Scheine enthielte.

Darauf schickte sie mich zu Jeff um das Grammophon. Er übergab es mir wortlos. Lisa verbrachte den Rest des Abends damit, alte und furchtbar zerkratzte Platten zu spielen, die noch aus einer Zeit lange vor meiner Geburt stammten, als sie Clochehüte und Kleider mit tiefen Taillen trug: ‹Fiesta›, Sophie Tuckers ‹Some of these Days›, ein hawaiisches Lied namens ‹Iyone› und ganz zuletzt die große Platte mit dem Sprung, nach der sie jedesmal die Nadel wechseln mußte. Es war ‹Der Wegweiser› aus Schuberts ‹Winterreise›, gesungen von Kipnis, und wie gewöhnlich – denn sie spielte sie keineswegs zum erstenmal – brach sie dabei in Tränen aus. Jeff verließ etwas später das Haus, vielleicht um bei Klotz ein Bier und ein Steak einzunehmen, und ging, als er wiederkam, geradewegs in ihr Zimmer. Ich war halb eingeschlafen und hörte nicht, ob sie wieder zu streiten anfingen, aber am nächsten Morgen war wieder alles zwischen ihnen gut – so gut zumindest, wie es jemals gewesen war und überhaupt sein konnte.

Gegen fünf Uhr fuhr ich ins Café Mozart, das ich bereits kannte, weil ich im vorigen Jahr einmal mit Agnes dagewesen war. Es war weniger vornehm als das kleine Lokal hinter dem Hotel Barbizon Plaza, aber bei den mitteleuropäischen Einwanderern sehr beliebt, weil es sie an ihre alten Stammcafés gemahnte. Sie fanden hier Kleiderständer und Nickeltabletts mit frischem Wasser; auch hingen ein paar Zeitungen an der Wand. Freilich waren die Kleiderständer nur Aufputz – Mäntel und Hüte wurden in der Garderobe abgegeben –, das Wasser war eisgekühlt und desinfiziert, statt aus einer Hochquellenleitung zu fließen, und die Zeitungen in den korbgeflochtenen Behältern waren, was hätten sie sonst sein mögen, Nummern der deutschsprachigen Wochenzeitung ‹Der Aufbau›, deren Leserkreis mit den alternden Abonnenten langsam zusammenschmolz. Doch die Kellner sahen aus wie Chargenspieler, der Ober trug einen Haarschopf wie ein Pianist und lief sofort davon, wenn man die Rechnung verlangte, der Kaffee schmeckte wie daheim, und es gab Schlagobers dazu und Dobostorten und Sachertorten nach dem Wiener Rezept. Wenn sie hier eine Weile unter gefältelten Mullgardinen gesessen hatten, hinter denen das New Yorker Straßenbild verschwand, erlagen die Gäste der schönen Täuschung, die Zeit sei zehn oder fünfzehn Jahre zurückgedreht, und draußen klingelte die Trambahn und stünden die dreistöckigen Stuckhäuser ihrer geliebten Stadt.

Halassy unterhielt sich mit einem anderen Mann im kleinen Hinterzimmer, an einem Tisch, von dem aus er den Eingang in den Augen behielt. Der Mann sah ihm ähnlich, hatte gleich ihm leicht gelichtetes Haar, eine stattliche Figur und das satte Gesicht eines römischen Kaisers. Als ich auf die beiden zuging, hörte ich sie ungarisch miteinander reden. Und mir fiel auf, wie immer, wenn ich diese Sprache hörte, daß jeder, der in ihre emphatischen und unschönen, aber überaus melodiösen Laute verfiel, in den Bereich jener asiatischen Steppen zu entgleiten schien, aus denen seine Könige und Herrscher gekommen waren. Sobald er ins Deutsche oder Englische überwechselte, wirkte er unverzüglich wieder weltmännisch und urban. Halassy bemerkte mich, erhob sich halb von seinem Stuhl und bat mich, Platz zu nehmen. Seiner leicht abwesenden Art entnahm ich, daß er und sein Begleiter, der sich kurz verneigte, dringende Angelegenheiten zu besprechen hatten. Ich blieb daher stehen und reichte ihm das Paket, nahm den Briefumschlag entgegen und wandte mich zum Gehen.

«Danke, mein Kind», sagte Halassy erleichtert. «Ein anderes Mal müssen Sie mit mir Kaffee trinken und viele, viele Torten essen, aber heute muß ich mich meinem Vetter Földvary widmen – ich habe ihn lange nicht gesehen. Grüßen Sie mir meine teure Lisa. Und sagen Sie ihr, vielleicht gibt es dafür später noch mehr.»

Ich vergrub den Umschlag tief in meiner Tasche und war schon an der Drehtür, als mir einfiel, ich könnte mir schließlich auch selbst eine Tasse Kaffee bestellen. Obschon längst erwachsen und die Mutter eines zweijährigen Knaben, war ich nie allein in einem Restaurant oder Café gewesen. Ja, ich hatte es mir nicht einmal gewünscht. Im Grunde fürchtete ich mich, ein Lokal ohne Begleitung aufzusuchen, und hatte vorhin tief geatmet und bis drei gezählt, ehe ich eingetreten war. Auch an diesem Nachmittag sollte ich jedoch meine Unabhängigkeit nicht erproben. Denn sobald ich mich im Vorderzimmer umblickte, um so weit wie möglich aus Halassys Gesichtskreis Platz zu finden, entdeckte ich an dem einzigen freien Tisch, einsam, abweisend, vorgebeugt und in eine Zeitung vergraben, Thomas Munk.

Er hob die Augen, als ich noch überlegte, ob ich auf ihn zugehen sollte, und sein Gesicht erhellte sich sofort. Gleichwohl schien er von sehr weit zurückzukommen, von weiter her als jenen asiatischen Steppen, in die Halassy und seine Freunde sich zurückzogen, sowie das erste ungarische Wort erscholl. Munk stand auf und ragte hoch über mir, indes er mir einen Stuhl am Tisch anwies. Ich wagte nicht, zu widersprechen. Unverzüglich fragte er dann, wie ich an diesen fürchterlichen Ort gekommen sei.

«Sie sitzen doch auch hier.»

«Ich gehöre dazu», sagte er achselzuckend. «Das macht es nicht besser. Wir sind alle Gespenster und Außenseiter, Gefangene der Vergangenheit. Unser Leben ist zum Stillstand gekommen. Ich zum Beispiel habe meine Stimme verloren. Dafür bin ich jetzt die Stimme Amerikas.»

«Wie meinen Sie das?»

«Ich arbeite dort, zwei Haltestellen der Untergrund weiter zur Stadt. Ich sende Nachrichten in deutschsprachige Länder, mit freundlicher Erlaubnis des amerikanischen Armeefunks auf seinen Wellenlängen in Wien, München und Berlin. Nachrichten, wohlgemerkt, nicht Ansichten. Die Ansichten werden mir von oben diktiert. Gott sei's gedankt, muß ich sagen. Denn meine eigenen Ansichten sind nicht der Rede wert – sie haben mich allzuoft im Stich gelassen.»

Die meisten tauben Menschen reden entweder zu laut oder zu leise, aber er traf den richtigen Ton. Er sprach auch nicht zu mir wie mit einem unverständigen Wesen, obschon auf die nachsichtige Art eines Menschen, der selbst ein Gebrechen hat und niemand weh tun will.

«Herr Munk, Sie sind der erste Mann, der mich als Erwachsene behandelt. Das macht mich froh. Aber Sie denken vielleicht, ich wüßte etwas von der Welt. Ich weiß nur, was ich erlebt habe.»

«Darauf könnte ich antworten: Ich weiß nur, was ich gelesen habe, und das ist weniger. Aber es ist gar nicht weniger. Es ist zu viel. Ich habe auch einiges erlebt – in gewissen vorgeschobenen Positionen mit späterer lobender Erwähnung im Geschichtsunterricht. Aber mein Unglück ist, daß ich nicht mehr im Rennen bin. Ich bin ein ausgedienter Revolutionär, ein Vorkämpfer ohne Nachhut, der ins Hintertreffen geraten ist. Sie kennen wohl die Geschichte vom Tausendfüßler, der gefragt wurde, mit welchem Fuß er zu gehen beginne. Von diesem Augenblick konnte er kein Bein mehr vors andere setzen. Das gleiche gilt für mich.»

Ein Kellner kam. Thomas bestellte Kaffee. Seine ruhige und gefaßte Hoffnungslosigkeit gab mir Zuversicht, sie erweckte den Wunsch in mir, ihm die seine wiedergewinnen zu helfen, ja sogar die Ahnung, es werde mir möglich sein. Vor allem wollte ich mehr über ihn erfahren. Und er war bereit, sich mir zu eröffnen.

Später sagte er mir, der Grund, weswegen er sogleich eine starke Neigung zu mir empfand, sei der gewesen, daß ich ganz der Gegenwart angehörte, daß ich in eben jenen Jahren groß geworden war, die er untätig im Exil verbrachte, und gewissermaßen das Ergebnis all der trügerischen Theorien und falschen Handlungsweisen sei, an die er geglaubt und die er selbst in die Tat hatte umsetzen helfen. Aber es gab wohl noch andere Gründe – seine Einsamkeit und der aufsteigende Frost des Alters, der nur durch Jugend und Wärme fernzuhalten war, oder ganz einfach die körperliche Anziehung, die wir füreinander empfanden.

Immerhin sah ich, seit Lisa mich kleidete und frisierte, etwas besser aus, obgleich ich mir selbst noch immer nicht gefiel. Was ihn betrifft, so kann ich nicht erklären, weshalb ich mich an ihn hängte und ihn bis zuletzt nicht verließ. Es lag wohl an vielen, auch einander widersprechenden Gefühlen; denn dieser Mann, der so alt war wie das Jahrhundert und siebenundzwanzig Jahre älter als ich, wurde zu meinem Vater und zu meinem Kind, zu meinem vertrautesten Freund und dem ewig unerkannten Gefährten meiner Liebe. Als ich ihn das nächste Mal traf, als wir am Ufer der East End Avenue zu Abend aßen und dann zu ihm hinaufgingen, in seine Einzimmerwohnung in einem der letzten schäbigen Ziegelhäuser am East River, mit dem Blick auf einen Park, gab es kaum mehr Worte zwischen uns – nur eine wachsende Spannung, ein steigendes Staunen über das, was da geschah, eine immer heftiger werdende Erwartung und schließlich die unaussprechliche Befreiung des Augenblicks, in dem wir uns in die Arme fielen.

Im Café Mozart aber, an jenem Nachmittag, sprach er zu mir. Er erzählte mir von seiner Kindheit in einer österreichischen Provinzstadt zur behaglichen Zeit der Monarchie, vom Ersten Weltkrieg und wie er, sechs Monate vor dessen Ende, zur Armee aufgerufen und einer Infanteriedivision zugeteilt worden war, die an einer ständig verschobenen Front in der Ukraine bewaffneten Kosakenbanden und Freischärlern gegenüberstand. Zuweilen fanden kurze, scharfe Gefechte mit russischen Truppen statt, die sich vom Friedensvertrag von Brest Litowsk nicht gebunden fühlten und die Eindringlinge weiter zurückzuwerfen suchten. Wenn aber das nächste Dorf in den Händen der Arbeiter- und Soldatenräte war, die keinen Feind bekämpften, nur die Revolution verteidigen wollten, kamen die Bauern und tauschten Korn gegen Tee und Schmalz gegen Salz, und junge Burschen kamen und spielten Balalaika, und Frauen kamen, deren Männer längst verschollen waren. Dann gab es keine Front mehr, nur noch ein freundliches sonnenhelles Land, weizengelb und bunt und voll wilder oder melancholischer Musik, die einem österreichischen Fähnrich von achtzehn Jahren den Kopf verdrehen mußte. Als er in das kalte, elende und hungernde Wien zurückkehrte, wo der Kaiser hinausgeworfen, etwas Fensterglas zerschlagen und mit nüchterner Besonnenheit eine demokratische Regierung eingesetzt worden war, glaubte er, in seinem eigenen Land sei die Revolution zu früh beendet worden.

In seiner Erinnerung leuchteten der weizengelbe, ukrainische Sommer und die brüderliche Einigkeit, die neu errungene Freiheit der Bauern im bolschewistischen Rußland. Vor seinen Augen sah er

Inflation und Preistreiberei, politische Intrigen, Wählerfang und den Aufstieg einer Klasse von Schiebern, Schwindlern und Spekulanten, denen die Republik wehrlos ausgeliefert war. Selbst noch ein Kind, begriff er nicht, daß dies bloß Kinderkrankheiten eines neuen Staatswesens waren. Und bevor er sich die Mühe gemacht hatte, das Programm der anderen Parteien kennenzulernen, hatte er sich bereits den Kommunisten zugesellt.

«Wurden Sie denn ernst genommen? Sie waren doch so jung!»

«Vergessen Sie nicht – ich war Fähnrich in der Armee gewesen. Ich wußte, wie man mit einfachen Leuten spricht. Man ließ mich eine Zelle organisieren. Ich brachte den Fabrikarbeitern, Markthelfern und Möbelpackern, die ihr angehörten, all das bei, was ich mir in meiner freien Zeit zusammenlesen konnte. Ich arbeitete in einem Büro; aber wann immer es mir möglich war, studierte ich Marx, Engels, Lenin, die gesamte Partei-Ideologie. In dem wirtschaftlichen und finanziellen Wirrwarr dieser Zeit glaubte ich, festen Halt bei ihr zu finden. Nur langsam, ganz allmählich, rückte ich wieder davon ab!»

«Sie wollen sagen, daß Sie die Partei verließen?»

«Nicht sofort. Erst um die Mitte der Zwanzigerjahre. Und ohne offenen Bruch. Aus Gefühlsgründen war ich zum Kommunismus gekommen, aus Verstandesgründen machte ich mich von ihm los. Als Kind hatte ich die Vorstellung einer geschlossenen, unbefleckten Welt – ‹aus einem ganzen klaren Chrysolith›, Sie erinnern sich der Worte! In der Ukraine hatte ich einen Schimmer davon gesehen. Aber die Wirklichkeit war anders, unendlich komplizierter. Das wurde mir schließlich klar. Ein einziger Impuls hatte mich zu dieser Partei getrieben. Aus vielen Beweggründen trat ich aus.»

«Die Russen hatten Sie enttäuscht!»

«Auch das. Schon vor Lenins Tod begann die Revolution, ihre Kinder zu fressen. Ich kannte damals einen russischen Bolschewiken – es würde zu lange dauern, Ihnen zu erklären, woher –, einen Mann namens Glazman, Trotzkis Mitarbeiter. 1924 hetzte ihn die Clique um Stalin in den Tod. Als ich erfuhr, wie man diesen gutgläubigen, aufopfernden Mann zum Selbstmord gebracht hatte, war ich empört. Angeekelt. Glazmans Ende brach das letzte Bindeglied, aber die Kette war schon lose geworden. Ich hatte Carnap und Wittgenstein gelesen – Moritz Schlick kam bald darauf nach Wien – und war durch diese Philosophen auf die Trugschlüsse des dialektischen Materialismus aufmerksam geworden. Und ich hatte mir die Mitglieder meiner Partei genauer angesehen: es waren Fanatiker und Dogmatiker, denen ein eigener Irrtum undenkbar schien. Ihre Kälte war es, die mich am meisten abstieß. Ich suchte eine lebensnähere Weltanschauung. Zuletzt schloß ich mich den großen Massen in meinem Lande an, die an einen gemäßigteren Sozialismus glaubten.»

Es wäre schwer oder unmöglich gewesen, erklärte mir Thomas, sich stillschweigend von den Kommunisten zurückzuziehen. Deshalb verließ er seine Heimat und verbrachte ein Jahr in Frankreich, studierte und verdiente sich sein Leben als Auslandskorrespondent. Als er zurückkam, wurde er Redakteur der sozialdemokratischen Tageszeitung. Sein Vater war indessen gestorben, seine Mutter und sein junger Bruder übersiedelten nach Wien. Nun arbeitete er schwer, um seine Familie zu erhalten, und stellte sich in den Dienst seiner neuen Partei. Auch sie war unvollkommen, sagte er, doch sie war es auf weniger schädliche Weise – überdies hätte er jetzt allen angeblichen Patentlösungen mißtraut. Seine Zeitung und die Partei schickten ihn häufig auf Reisen. Als Berichterstatter und inoffizieller Beobachter begab er sich an die Gefahrenherde Europas. Es mangelte nicht daran in jenem kritischen Jahrzehnt.

Er war in London während des Generalstreiks von 1926 und ein Jahr darauf – ich kam eben damals im Nachbarland zur Welt – in Litauen, wo nach einem Putsch ein Militärregime errichtet worden war. Er ging nach Jugoslawien, nachdem der Kroat Radić ermordet worden war und eine zweite, diesmal eine serbische, Armeediktatur ans Ruder kam. Er sah die letzten französischen Besatzungstruppen aus dem Rheinland ziehen und ein paar Jahre später, in Harzburg, die deutsche Rechte Frieden mit den Nationalsozialisten schließen. Er sah Brüning, Papen und Schleicher ihren Abschied nehmen und Hitler die Macht ergreifen, und er eilte nach Berlin, als der Reichstag in Flammen stand. In seinem eigenen Land erlebte er die Auflösung des Parlaments durch Dollfuß, das Verbot des sozialistischen Schutzbundes und die Übermacht der Heimwehren und Sturmscharen – faschistischer Armeen. Im Februar 1934 war er im Begriff, nach Paris zu fahren, wo die Stavisky-Unruhen ausgebrochen waren und junge Royalisten einen Offizier der Garde Mobile mitsamt seinem Pferd in die Seine warfen. Aber daheim bereitete sich Schlimmeres vor. Am achten Tag dieses Monats wurde eine Hausdurchsuchung seiner Redaktion vorgenommen. Am Morgen des zwölften, eines Montags, erschoß die Polizei drei Arbeiter in Linz. Eine Stunde darauf kam der Generalstreik. Dann der Bürgerkrieg. Drei Tage später war der Sozialismus in Österreich ausgetilgt.

«In diesen drei Tagen», sagte Thomas, «brach alles für mich zusammen. Mit meiner Mutter und meinem Bruder Felix wohnte ich in Sandleiten, einem der vielen neuen Gemeindebauten in den Vorstädten von Wien. Montag abend waren gegen jedes dieser Häuser Kanonen, Feldhaubitzen und Tanks eingesetzt worden und hatten den Angriff begonnen – auf ihre Insassen wie auf die Mitglieder des Schutzbundes, der in einigen von ihnen Waffenlager besaß. Am Vormittag hatten bereits Polizei und Heimwehr unsere Parteileitung ausgehoben und fast alle meine Freunde und Kollegen inhaftiert. Ich konnte ihnen nicht helfen, konnte auch nicht zu dem Gemeindebau vordringen, in dem meine Familie belagert war. Es war keine musterhafte Welt, Lele! Aber ich war in ihr den besten Menschen, die man sich denken kann, begegnet. Arbeitern, die nur einen Wunsch hatten: sich zu bilden. Jungen Leuten voll Zukunftsglauben. Frauen und Männern, die ihr Wissen und Talent nicht für Geld verkauften, sondern an ihre Mitbürger verschenken wollten, die ärmer und unbegabter waren als sie. Träumern und Helfern, Feinden des Kriegs und der Gewalt, die zu Helden wurden für eine Sache, die ihnen gerecht erschienen war...» Er konnte nicht weitersprechen.

«Und Sie?» fragte ich nach einer Weile. «Was war mit Ihnen geschehen?»

Mit wenigen Worten schloß er den Bericht. Er war auf dem Weg zur Parteileitung gewesen, als sie überfallen wurde, und hatte sich der Festnahme zu entziehen vermocht. Den ganzen Montag trachtete er vergeblich, mit den verstreuten Widerstandsgruppen Kontakt aufzunehmen. Nachts wanderte er durch die verfinsterten Straßen und wagte nicht, ein Haus zu betreten, in dem er schon einmal gesehen worden war. Schließlich hatte ihn Hedy, damals eine mittellose Psychologiestudentin mit sozialistischen Neigungen, bei sich versteckt. Untätig, nutzlos, hatte er das Ende abgewartet. Mittwoch abend war er in die Tschechoslowakei geflohen, indem er in der Dunkelheit die Morawa durchschwamm. Sein langes Exil nahm seinen Anfang.

Thomas hatte seine Mutter und seinen Bruder nicht wiedergesehen. Mit den anderen Bewohnern von Sandleiten waren sie verhaftet worden, als das Gebäude sich ergeben hatte. Seine Mutter saß ein paar Tage im Gefängnis, dann war sie wieder frei. Aber sie war an einer Lungenentzündung erkrankt und, da ihr Herz bereits angegriffen war, zu Ende jenes Winters gestorben. Auch seinen Bruder Felix entließ man nach einiger Zeit, doch er durfte sein Medizinstudium nicht vollenden. Er schlug sich mit Hilfe von Gelegenheitsarbeit durch. Als der spanische Bürgerkrieg ausbrach, verschwand er aus der Heimat. Er fiel, kurz nach der Landung in Alicante, als Sanitäter in seiner ersten Schlacht.

All das erzählte mir Thomas Munk an unserem ersten Nachmittag. Mehr war nicht zu berichten, wie er sagte. Denn nachdem er geflüchtet war, begann für ihn ein Dasein der Enttäuschung, des kleinlichen Zanks unter den Emigranten und der politischen Uneinigkeit, schließlich auch der Sorge und des Kampfes um sein Leben, als ihn der deutsche Vormarsch von Prag nach Paris und von dort nach Bordeaux, Lissabon und in die Vereinigten Staaten trieb. Später, an den vielen Abenden in seiner kleinen Wohnung am Henderson Place, wo man vom Fluß die Schleppkähne tuten hörte wie verliebte Eulen, während ich seine Kleider flickte, ihm das Abendessen kochte und aus der Asche seiner Hoffnungen und Wünsche immer wieder Funken schlug – später sprach er auch von Lisa, mit der er kurz vor jenen unglücklichen Februartagen verbunden gewesen war.

Sie waren einander in der Neujahrsnacht begegnet. Mit sechsundzwanzig Jahren hatte Lisa bereits eine bewegte Vergangenheit. Ihre erste Ehe war geschieden, ihre zweite aufgelöst. Ungeachtet aller Konventionen lebte sie vor sich hin. Dennoch sollte sie in den wenigen Wochen, die sie miteinander verbrachten, ihren üblen Ruf Lügen strafen. Von dem Augenblick ihrer Begegnung an ließ sie all ihre Freunde fallen, änderte ihren ganzen Tagesablauf, um ihm, wann es immer möglich war, nahe zu sein, teilte eine halbe Stunde lang sein Mittagessen in dem kleinen Marktwirtshaus neben seiner Redaktion, wartete oft vergeblich auf ihn in irgendeinem schäbigen Lokal und holte ihn um Mitternacht, wenn die Zeitung in Druck gegangen war, nicht etwa in ihre Wohnung, sondern in das Café de l'Europe am Stephansplatz, wo er mit seinen Freunden die politische Taktik dieser unsicheren Tage besprach. Um vier Uhr morgens setzte sie ihn, völlig erschöpft, in den Nachtautobus nach Sandleiten oder nahm ihn zu sich, wo er in ihren Armen sogleich in Schlaf versank. Immerzu hofften sie auf ein Ende der Krise, auf eine Zeit, in der sie nur einander leben würden. Lisa begriff, was seine Pflicht war. Sie war gleich ihm der Ansicht, daß jetzt jede freie Minute und seine ganze Kraft der Partei gehören müsse. Die beiden hatten einander nicht oft lieben können, aber dennoch liebten sie einander sehr.

In der Nacht des elften Februar war er nach einer Stunde mit ihr und seinen Freunden im ‹Europe› nach Sandleiten zurückgefahren. Anderntags hatten die Ereignisse sie überschwemmt. Er versuchte nicht von ihr Abschied zu nehmen, um sie nicht zu gefährden. Auch aus Prag hatte er ihr keine Nachricht geschickt. Er wollte, so erklärte er, das bittere Brot des Exils in Einsamkeit essen. Ein paar Monate später hörte er von Fleming, der in Wien gewesen war, Lisa habe jetzt ein Verhältnis mit einem hübschen Heimwehroffizier. Nur Faschisten seien gut im Bett, ließ sie Thomas bestellen. Er nahm es ihr nicht übel. Die Gründe für ihren Zynismus waren ihm nur allzu klar.

Wir hatten das Café Mozart gegen Abend verlassen. Fast alle Tische waren bereits leer. Wir dachten, auch Halassy und sein Vetter seien längst gegangen, doch während wir unsere Mäntel in der Garderobe anzogen, traten sie unerwartet hinzu. Auf ihren Mienen malte sich, als sie Thomas und mich erblickten, Befremden und eine kaum verhohlene Antipathie.

Thomas begrüßte sie ein wenig ironisch. «Földvary!» rief er, «schon aus Budapest zurück? Wohl nicht mehr viel Hoffnung auf Horthys Wiederkehr seit dem letzten Umschwung! Immerhin hatten Sie Glück», sagte er dann ernsthaft, «unbeschadet wieder herauszukommen. Na, auf Wiedersehen im Funk.»

Földvary lachte laut: «Die alte Garde stirbt, aber sie ergibt sich nicht.» Halassy schien peinlich berührt. Wir wandten uns zum Gehen. Als ich mich in der Drehtür nach Thomas umwandte, sah ich, wie Földvary ihm einen wütenden Blick nachwarf.

Thomas begleitete mich die vier Straßen weiter zu Lisas Haus. Dämmernis war gefallen. Der Broadway war lichterhell, und in der Luft lag ein rauher Vorgeschmack des Winters. Thomas kaufte mir eine Tüte gerösteter Kastanien. Wir versuchten, in der Menschenmenge beisammenzubleiben, und gingen langsam vor uns hin, als hätten wir unbegrenzt Zeit. Mir war es recht. Aber er dachte vielleicht daran, wie wenig Zeit er damals mit Lisa hatte, daß jeder Augenblick ihnen kostbar wie ein Tropfen Wasser in der Wüste war und daß er jetzt, da sie ihm nichts mehr nützte, ein ganzes Meer von Zeit besaß.

Sowie ich die Tür aufsperrte, hörte ich Stimmen, Gelächter und Musik auf dem Grammophon. Lisa hatte Gäste in ihrem Zimmer – die Schwestern Blatt, Hedy, Dr. Cordans Frau und zwei andere, mir unbekannte Damen – und alle kicherten und schwatzten, probierten Lisas Hüte an, rochen an ihrem Parfüm und bewunderten ihren Schmuck. Im Grunde haßte sie Zusammenkünfte von Frauen; an diesem Samstag hatte sie vielleicht, in Mrs. Langendorfs Worten, ein atavistisches Herdengefühl. Jedenfalls kam sie einen Augenblick in den Vorraum, heiter und erhitzt wie ein Schulmädchen, und holte sich Halassys Brief. Ich sollte ihn, sagte sie, Jeff gegenüber nicht erwähnen. Wahrscheinlich hatte sie sich ihre Absicht, Jeff das Geld zu geben, wieder überlegt. Am nächsten Morgen vertraute sie mir an, daß sie den Betrag ihrem Bruder Sascha schicken müsse, der kürzlich auf einem spanischen Frachtschiff in New Orleans angekommen war. Bis dahin hatte sie ihn kaum je erwähnt. Auch sollte ich sein reizvolles, diabolisches Gesicht nie zu sehen bekommen – außer auf den Fotografien, die er ihr von nun an häufig schickte, wenn er sie um Unterstützungen bat.

Ich ging in die Küche und fand dort Mario, den ich bei Hattie vermutet hatte, im Gespräch mit Jeff. Lisas Mann hatte sich bisher wenig um ihn gekümmert. Als ich eintrat, stand er verlegen auf und ging davon. Mario wußte an diesem Abend eine Menge neuer Worte. Wie es schien, hatte Jeff ihm die Namen der achtundvierzig Staaten beizubringen versucht.

6

In diesem Herbst fand eine Präsidentenwahl in den Vereinigten Staaten statt, und Mr. Truman siegte über Mr. Dewey. All das hätte sich, soweit es Lisa betraf, auf einem anderen Planeten zutragen können. Jeff ging aus und gab in aller Stille seine Stimme für den Republikaner ab, wie es der Brauch war in seiner Familie, und Lisa zuckte die Achseln; mit ihm deswegen zu streiten, fiel ihr nicht ein. Mr. Wallace und seine dritte Partei wurden hier überhaupt nicht erwähnt. Lisas Zimmer war nicht der Ort, um Gespräche über amerikanische Politik zu führen.

Ein paar Wochen noch nahm alles den gewohnten Gang. Jeff hatte nicht mehr von jenen tausend Dollar geredet, die ihm versprochen worden waren, und Lisa sich den Triumph, sie ihm zu überreichen, versagt. Trotzdem waren die beiden nicht mittellos. Jeff hatte einen neuen Auftrag erhalten: er richtete die Wohnung eines neuvermählten Paares ein. Diesmal begleitete ihn Lisa auf seiner Jagd nach Möbeln und Vorhangstoffen. Jeff wußte, wo man hübsche Dinge fand, und Lisa wußte, wonach sie suchte. Obgleich sie kaum je alte englische Stücke gesehen hatte, entdeckte sie auf einer Auktion in der 57. Straße ein paar wunderbare Stühle und Kommoden und einen Sekretär aus Seidenholz aus der Werkstatt eines gewissen John Cobb, der, wie sie meinte, kein geringerer Meister gewesen sein konnte als Thomas Chippendale. Sie kaufte sogar ein Buch über den georgianischen Stil und prüfte einen Tag lang, durch ihr viereckiges Einglas, die Abbildung früher Wedgwoodvasen und goldbronzener Kerzenleuchter, um am nächsten Morgen auszugehen und derlei in einem unwahrscheinlichen Trödelladen der Dritten Avenue aufzuspüren. Damals erfuhr ich auch, daß ihr eigenes schäbiges und wurmstichiges Mobiliar, das den Anschein erweckte, als hätte sie es im Ausverkauf eines abgerissenen Hauses erworben, aus schwerbeschädigten, aber erlesenen Antiquitäten bestand – zumeist Louis-seize, das französische Einwanderer vor langer Zeit herübergebracht hatten. Im übrigen verflog ihre Laune sehr rasch. Bald hatte sie es satt, für andere Leute nach Kostbarkeiten zu stöbern, und Jeff mußte sehen, wie er ohne sie weiterkam.

An diesen Abenden fuhren die beiden häufig aus, was mir Zeit gab, Thomas oder meinen guten, geduldigen Ned zu besuchen. Sie holten alles nach, was Lisa während ihres Sommerschlafes und ihrer Abwesenheit versäumt hatte – Tennessee Williams' ‹Der steinerne Engel›, Sartres ‹Ehrbare Dirne› und Laurence Oliviers Hamletfilm. Nachher nahmen sie noch ein kleines Mahl im ‹Versailles› oder ‹Delmonico› ein, wo Edith Piaf und Greta Keller zu hören waren, die Lisa aus Europa kannte. Molnár, sonst nicht für seine Freigebigkeit bekannt, schickte ihr Karten zu einem seiner Stücke, und nebenan, auf einer anderen Bühne der 45. Straße, trat seine frühere Gattin Lili Darvas mit ihrem Partner Oskar Homolka auf. In Manhattan ins Theater zu gehen, hieß für Lisa häufig, in die Sphäre ihrer Heimat zurückzukehren.

Ende November nahmen sie Talbergs Einladung in seine Loge an: an der Metropolitan wurde, mit Ramon Vinay und Licia Albanese, ‹Otello› gegeben. Ausnahmsweise brachte Lisa nicht ihren üblichen Einwand vor, daß man Opern nur in Wien, Mailand oder Neapel hören könne. Aus dem Schrank fischte sie ein perlenfarbiges Seidenkleid und steckte sich dazu, mit Hilfe eines herbeitelefonierten Friseurmädchens, eine perlendurchwirkte Haarkrone auf. Diesmal wandte sie schöpferische Kräfte an ihre Erscheinung. Als sie angezogen war, schritt sie auf andere Art, redete auf andere Art, bewegte sich mit königlicher Anmut. Jeff konnte es nicht fassen, er starrte sie immerfort an. In seinem Smoking sah er neben ihr aus wie ein netter Schuljunge am Abiturtag. Mir aber schien es, als müsse eine ihrer Behauptungen, die ich immer bezweifelt hatte, wahr gewesen sein, daß sie nämlich auf ihrem ersten Wiener Opernball ihre Rivalin Hedy Kiesler weit in den Schatten gestellt habe. Dennoch hieß Hedy Kiesler jetzt Lamarr, und Lisa, die dreimal so klug war, lebte ungewiß, von der Hand in den Mund, in einer Vierzimmerwohnung auf der Westseite der 76. Straße. Sei es, daß sie von irgendeiner Eigenschaft zu viel, sei es, daß sie von einer anderen zu wenig besaß – jedenfalls hatte sie das Rennen nicht gemacht. Sie wußte es wohl. Aber was immer sie sonst bedauern mochte: daß sie sich an diesem besonderen Rennen nicht beteiligt hatte, bedauerte sie nicht.

An einem frühen Dezembertage traf Paul Bothe aus der Schweiz im Hotel St. Regis ein, um sich vor seinem Weiterflug nach Hollywood eine kurze Weile in New York aufzuhalten. Lisa lud ihn zum Abendessen. Sie dachte lange nach, wen sie dazubitten konnte, denn an ihrem ovalen Tisch war, selbst wenn sie sein Mittelteil auszog, nur für zehn Leute Platz. Schließlich beschloß sie, lediglich die angesehensten oder wohlhabendsten ihrer Freunde einzuladen, denn mit abgetakelten Existenzen gab Paul Bothe sich ungern ab. Halassy war nicht zu bewegen, seinetwegen in die Stadt zu kommen. Sie wählte also Winterstein um seines Ruhmes willen, Talberg, weil er am meisten verdiente, und Fleming wegen seiner mysteriösen Macht. Um die unselige kleine Frau Winterstein wettzumachen, suchte sie sich drei intelligente Frauen aus: Hedy; Talbergs neue Freundin Renata Schaefer, die an der New School of Social Research beschäftigt war; und, zu meiner Überraschung, wieder einmal Katharine Langendorf. Anscheinend hing sie an ihr wie eine Katze an der Maus, die sie in ihren Krallen hält – wenn diese Rollen auch nur allzubald tragisch vertauscht werden sollten.

Das Mahl war zubereitet, der Weißwein eingekühlt, der Burgunder entlang der Heizkörper aufgestellt, als ein Anruf den sorgfältig geplanten Abend bedrohte. Zwei Stunden, ehe sie erwartet war, sagte Hedy ab, weil sie plötzlich zu einer wichtigen Besprechung nach Chikago fliegen mußte. Lisa sah keinen anderen Ausweg, als mich in eines ihrer Abendkleider und an Hedys Platz zu stecken. Wenn ich rechts von Bothe und links von Fleming zu sitzen kam, konnte sie dies weder mir noch ihnen ersparen. Im letzten Augenblick ihre Tischordnung umzustoßen, war sie nicht gewillt.

Ich war kaum umgezogen, als Bothe schon vor der Tür stand. Sie hatte ihn zu früherer Stunde als die anderen zu sich bestellt. Er blickte mich verwundert an, verneigte sich, warf seinen Mantel auf einen Stuhl und begab sich unverzüglich zu ihr.

«Lisa, Liebste», rief er auf der Schwelle. «Es ist wieder einmal

Monate her! Und du gedenkst, deinem Hinterwäldler weiter treu zu bleiben – eine reizende Narretei!»

Niemand sonst hätte gewagt, so mit Lisa zu sprechen. Aber Bothe vertraute auf die Aura seines Erfolges: sie gab ihm immer recht. Ein- oder zweimal hatte ich diesen gut aussehenden, nur etwas zu klein geratenen Mann mit dem sandfarbenen Haar im Café hinter dem Barbizon Plaza gesehen, ehe er Amerika wieder verlassen hatte. Agnes kannte seine Bücher und hatte mir von ihnen erzählt. Lisa beschrieb mir sein Leben. Er war in einer deutschen Kleinstadt als Sohn eines ehrenwerten Bürgers aufgewachsen. Als Student hatte er sich in ein noch jüngeres Mädchen verliebt und mit ihr, als ihre Eltern Einspruch gegen die Beziehung erhoben, einen Selbstmordpakt geschlossen. Sie hatten sich einen Revolver verschafft und waren abends ans Ufer der Mosel gegangen, um sich umzubringen. Bothe erschoß das Mädchen, verlor dann den Mut und stellte sich der Polizei. Sein Prozeß wurde zu einer Sensation. Ein Berliner Anwalt, der sich als Verteidiger junger Missetäter einen Namen gemacht hatte, bekam ihn frei.

Zwei Jahre darauf ließ Bothe seinen ersten Bestseller über die verwirrte und moralisch haltlose Jugend der Weimarer Republik erscheinen. Damit war er ein gemachter Mann. Mit unfehlbarer Sicherheit erkannte er von Mal zu Mal das Thema des Tages und verwandelte die Zeitungsnotiz von gestern in den Roman von heute, auf eine Art und Weise, die Millionen von Lesern verständlich war. Er hatte nie geheiratet, aber eine auffällige Affäre nach der anderen mit Schauspielerinnen und Filmstars hinter sich. Von den Nazis, deren plebejischer Geschmack ihm zuwider war, um sein bayerisches Landgut gebracht, kaufte er sich einen Besitz bei Lugano – auf dem Lisa einmal drei Monate mit ihm verbrachte –, hielt sich aber während des Krieges in New York und Hollywood auf. Die Welt war sein Tummelplatz. Zuerst hatte er ihre Spielregeln durchschaut: jetzt vermochte er sie ihr aufzuerlegen.

Jeff ließ die beiden allein. Er kam erst hervor, als die anderen Gäste eingetroffen waren. Bothe behandelte ihn mit rücksichtsvoller Geduld. Er hütete sich, Jeffs mühsame Versuche, seine Meinung in Worte zu fassen, abzukürzen oder zu durchkreuzen, selbst wenn ihm deren Sinn längst klargeworden war. Er lachte höflich über seine Scherze, und wann immer er sich von ihm abwandte, vermied er, es allzu brüsk zu tun. Er war reich und berühmt genug, um sich vorbildliche Manieren leisten zu können. Und wenn, wie Lisa sagte, sein Herz so tief in der Mosel vergraben war wie des Rheingold im Rhein, war er doch durchaus imstande, ohne es auszukommen. Sein Geschmack umgab ihn wie ein Glassturz – obgleich manche meinten, daß er in Bothes Büchern am wenigsten zum Ausdruck kam. Ich hatte mir den Roman ‹Freudenfeuer›, der vom Ende des Krieges handelte, in einer Taschenbuchausgabe gekauft. Als Lisa mich hineinrief, nahm ich ihn mit, um Bothes Autogramm zu erbitten.

«Paul, das ist Lele. Ein lebender Bestseller – falls sie dir ihre Geschichte erzählt. Ich habe sie bei Tisch neben dich gesetzt, wer weiß, vielleicht trägt es dir eine Erstauflage von fünfzigtausend Exemplaren ein.»

Lisa hockte auf dem Bett. Das Gespräch mit Bothe schien sie aufgewühlt zu haben; beinahe sah es aus, als habe sie geweint. Um so mehr Grund für sie, den ganzen Abend lang kleine Pfeile der Bosheit auf ihn abzuschießen, was seine gute Laune und unerschütterliche Zuneigung zu ihr nur zu verstärken schien.

«Wenn ich sie doch selbst schreiben könnte», sagte ich. «Herr Bothe, wie macht man das?»

«Ganz leicht», lächelte er. «Man darf nur nicht alles sagen, was man weiß.» Er nahm mir das Buch aus der Hand, setzte auf das Vorsatzblatt seinen Namen und dazu die Worte: «Für Lele, die ihre Geschichte schreiben wird.» Seine Antwort hatte mich erstaunt. Ich nahm mir vor, mit Thomas darüber zu sprechen. Aber in den nächsten Tagen überlegte ich es mir wieder und sagte ihm nichts davon.

Luke trug den Champagnercocktail hinein. Ich lief ins Eßzimmer, um die Kerzen anzuzünden, und legte dann die Pelze der Damen auf mein Bett. Wie immer bei solchen Anlässen schlief Mario unten bei Hattie, so daß mein Zimmer als Garderobe zu verwenden war. Es gab einen peinlichen Augenblick, als Mrs. Langendorf, indes ich ihr aus dem Mantel half, zu mir sagte: «Du machst Fortschritte, Lele. Wann hast du eigentlich deinen blinden Freund gegen unseren melancholischen Munk ausgetauscht?» Um so peinlicher, als Lisa, die nicht einmal von meiner ersten Begegnung mit Thomas im Café Mozart wußte, bei diesen Worten hinzugetreten war. «Ich weiß nicht, was Sie meinen», stammelte ich und wurde rot. Lisa warf mir einen sonderbaren Blick zu, schwieg jedoch. Nachdem die beiden hineingegangen waren, stand ich verzweifelt da, hielt Katharines blauen Nerz in der Hand und dachte nach, wie sie von Thomas und mir erfahren haben konnte. Vielleicht hatte ihr einer der Ungarn zugetragen, er habe uns zusammen gesehen, oder wir waren bei einer unserer seltenen Begegnungen außerhalb seiner Wohnung beobachtet worden. Was unsere Freundschaft betraf, hatte sie gewiß nur auf den Busch geklopft. Aber der Zwischenfall vermehrte meine Furcht und meinen Widerwillen vor dieser Frau, die offenbar, wie immer man es sich erklären mochte, unser aller Schicksal in den Händen hielt.

Renate Schaefer und Talberg waren die letzten. Während des Tages war Regen gefallen, der in der Dämmerung zu frieren begann und die Straßen mit Eis bedeckte. Talbergs Wagen war auf der Herfahrt im Central Park ins Schleudern gekommen, mit einem anderen leicht zusammengestoßen und etwas verbeult. Es hatte nur Blechschaden, aber einen Wortwechsel und Unannehmlichkeiten mit der Verkehrspolizei gegeben. Talberg war wütend auf Renate, als wäre es ihre Schuld, und so spuckten die beiden fast den ganzen Abend lang Gift und Galle. Im übrigen – noch davon abgesehen, daß Fleming mich entweder schnitt oder lächerlich zu machen suchte und Jeff zwischen Katharine, vor der er sich fürchtete, und Christa Winterstein, mit der er nichts anzufangen wußte, eingezwängt saß – waren wir eine heitere Tafelrunde. Lisa, tief dekolletiert und mit langen Ohrgehängen, thronte neben dem Schreiber billiger Bestseller und dem Dichter großer, aber unverkäuflicher Romane. Sie hatte sich von Bothes Ermahnungen und Katharines Enthüllungen erholt und peitschte jetzt das Tischgespräch an wie ein Zirkuspferd, ließ es springen und pirouettieren. Niemand wurde an diesem Abend geschont. Sie trieb jeden dazu, die schwierigsten Reiterstückchen zu vollbringen. Winterstein, der sich bei Gesellschaften dieser Art am wohlsten fühlte, war würdig und gewichtig, wie es von ihm erwartet worden war. Der dicke Fleming mit seinem gefährlichen Babygesicht und Talberg, blaurasiert, schlank und aalglatt, die Zigarre im Munde, entledigten sich mühelos ihres Balanceakts. Bothe aber übertraf sie alle. Bothe war heute abend das beste Pferd in ihrem Stall, war sich dessen bewußt und vollführte mühelos die hohe Schule.

Über der Madrilène und dem Krabbencocktail hatten sie den guten Ruf jeder Frau und die Leistungen jedes Mannes ihrer Bekanntschaft in Frage gestellt. Über dem kalten Truthahn hatten sie die laufenden politischen Probleme Europas geklärt, wenn nicht gar gelöst. Über der Kognakcreme hatten sie das moderne Drama begraben, den semantischen Zugang zur Erkenntnistheorie gutgeheißen und die Wurzeln der ‹managerial revolution› in der ‹trahison des clercs› gesucht. Ich weiß es genau – ich notierte mir alles auf einem Stück Papier, nachdem ich die geleerten Dessertgläser abserviert und bevor ich das Obst aufgetragen hatte. Erst nachdem die Kerzen herabgebrannt, Flemings zehnte Zigarette und Talbergs zweite Zigarre geraucht und sie von der Tafel aufgestanden waren, um in Lisas Zimmer Kaffee zu trinken, verwandelten sie sich aus dressierten Tieren in leicht ermüdete Menschen. Drüben gruppierten sie sich um Lisa auf ihrem großen goldschimmernden Bett oder sanken in Lehnstühle, hörten auf, Konversation zu machen und begannen ein Gespräch. Ein Gespräch, wie sich verstand, über das einzige Thema, das ihnen am Herzen lag: ihren Liebeshaß auf Europa und ihre Haßliebe zu Amerika.

«Nun aber zu Ihnen, mein lieber Bothe», sagte Winterstein. «Warum, verehrtester Freund, haben Sie uns alle verlassen? Warum sind Sie nach Europa zurückgekehrt?»

«Hab ich Sie wirklich verlassen, Herr Professor?» fragte Bothe mit lächelnder Unverfrorenheit. «Sind Sie – und ihr anderen – denn nicht im Geist mit mir gekommen? Denkt nicht jeder von euch stündlich an Europa, träumt jede Nacht von Europa, findet alles schal und unersprießlich, was nicht europäisch ist?»

«Ich nicht», sagte Talberg.

«Ich auch nicht», sagte Renate, «so ungern ich deiner Meinung bin. Zurück zu diesem Misthaufen?» rief sie und schürzte verächtlich ihr hübsches Katzengesicht. «Mich nach diesem Schlachthaus sehnen, dieser Grabstätte aller großen Ideen? Jeden Morgen, wenn ich die New School of Social Research betrete, danke ich Hitler auf den Knien dafür, daß er mich aus dem elenden Universitätsinstitut von Breslau vertrieben hat. Als junge Seminaristin war ich dort bereits verknöchert, ja, uralt und modrig und von grünem Schimmel bedeckt. Hier, fünfzehn Jahre später, fühle ich mich jeden Morgen neugeboren.»

Jeff warf ihr einen dankbaren Blick zu. Bei Tisch, zwischen Katharine und Frau Winterstein, war er zu verschüchtert gewesen, um mitzureden. Seither hatte er, indes die anderen sich mit Wein und Kognak begnügten, eine Menge Bourbon getrunken und nahm nur noch durch Grimassen an der Unterhaltung teil.

«Rollen Sie die europäische Landkarte zu!» rief Fleming spöttisch. «Fräulein Renate Schaefer hat keinen Bedarf mehr dafür.»

«Pitt glaubte, sie würde zehn Jahre zugerollt bleiben», sagte Bothe ein wenig von oben herab, «aber es dauerte nicht einmal so lang – gerade eben zehn, von Austerlitz bis Leipzig. Soviel wie diesmal für mich.»

«Jahreszahlen!» dröhnte der alte Winterstein. «Was soll uns das? Hitlers Herrschaft währte halb so lang wie die Napoleons, aber es lag eine Ewigkeit dazwischen. Das eine ein Weltdrama – das andere ein Rüpelspiel! Und doch, meine Lieben, doch ging es in beiden Fällen um die gleiche gute Sache. So falsch und verwerflich er auch in die Wirklichkeit umgesetzt wird: der Gedanke einer europäischen Einheit kann nicht erniedrigt werden. Schon Metternich hatte das richtige Konzept. Der ewige Irrtum besteht darin, alle Instrumente auf einen einzigen schrillen Ton zu stimmen und uns damit in den Ohren zu liegen, statt mit einer schönen, reich orchestrierten Symphonie. Hätten wir einen Dirigenten von der Finesse eines Bruno Walter und der Präzision eines Toscanini, welch ein Konzert, meine Freunde, welch ein Konzert wäre das! Französische Hörner, italienische Flöten, österreichische Geigen, ein russischer Kontrabaß – die Deutschen dürften Trompete blasen oder das Cello streichen, je nach Laune und Geschmack...»

Gelangweilt, aber höflich hörte man sich seine Tirade an. Schließlich entschied Katharine, man habe ihm genug Respekt erwiesen, und unterbrach ihn:

«Ein treffender Vergleich, Herr Professor, gewiß. Aber wer schreibt die Musik? Und gibt es nur diesen einen Konzertsaal? Sehen wir uns doch die Erdkugel an – ein Tümpel, ein Goldfischteich in einer Unendlichkeit längst erforschter Kontinente und ausgeloteter Ozeane, hält sich immer noch für den Mittelpunkt und Maßstab der Welt. Mit welchem Recht? Vielleicht weil seit eh und je alle Katastrophen von Europa ihren Ausgang nahmen?»

«Nicht nur alle Katastrophen», sagte Bothe sanft. «Auch alle Kunst, alle Philosophie und Religion, die nicht in Sackgassen führten. Welche Rolle spielen Buddha und Konfuzius im modernen Denken? Wem haben die Vedanta noch etwas zu sagen? Ein paar Narren und englischen Esoterikern in Hollywood vielleicht, die ihren Blake noch immer nicht verdauen können. Unsere Ethik, unser Glaube, unsere Kosmologie – all das stammt von ein paar kleinen Völkern an den Küsten des Mittelmeers –»

«Ich weiß, ich weiß: die Wiege der Menschheit! Eine gigantische Mutterbindung. Nun, wir heilen sie in Einzelfällen. Warum nicht auch den globalen Ödipuskomplex?»

«Warum nicht, Katharine?» rief Talberg. «Weil das Ganze mehr ist als die Summe seiner Teile. Weil an einem gewissen Punkt die Quantität in Qualität umschlägt. Aber Sie haben wohl niemals Hegel gelesen. Oder Marx. Vielleicht war es falsch, die beiden zu überspringen und geradeswegs auf Freud loszugehen! Ich habe einmal an sie geglaubt, wie Fleming mir gern in Erinnerung ruft. Ich habe auch an Europa geglaubt. Das ist vorbei. Mir erscheint es nicht wie eine große, dicke, herrschsüchtige Mama, sondern wie ein halb verwester alter Leib, faulig und übelriechend, der die ganze Erdatmosphäre mit Gift und Pestilenz erfüllt.»

«Warum so lapidar? Seit siebzig Jahren kommt das Gift ausschließlich aus Deutschland.» Renate zischte die Worte hervor – ihre Augenlider wurden zu schmalen Schlitzen. Wie mir einfiel, hatte Lisa erwähnt, Renates Familie sei in Breslau zurückgeblieben und habe zu den ersten Opfern der Gaskammern in Polen gehört.

Auch Talberg dachte wohl daran. Unvermittelt verfiel er in einen herzlicheren Ton, als bedaure er, den ganzen Abend mit ihr gestritten zu haben. «Ja, mein Herz, ja», sagte er, «du hast recht, uns darauf aufmerksam zu machen. Aber die Deutschen haben dennoch kein Monopol an Grausamkeit – außer in der Methodik. Sie sitzt im europäischen Blutkreislauf: niemand kann vorhersagen, wann und wo sie hervorbrechen wird. Wenn du Goethe liest, siehst du Oradour und Lidice vor Augen. Aber weißt du noch, wie Frankreich sich zu den spanischen Flüchtlingen benahm, die nach dem Bürgerkrieg über die eisigen Pyrenäen herüberkamen – wie man sie zu Hunderten im Schnee erfrieren und zu Tausenden in den Lagern umkommen ließ, die von der Bonnet-Daladier-Regierung errichtet worden waren? ‹Lassen wir uns nicht durch Mitleid erpressen›, stand damals im ‹Matin›. Weißt du noch, wie der junge Bruno Mussolini in einer platzenden Bombe die Schönheit einer sich entfaltenden Rose sah? Und dann denk an Valéry. Denk an Croce. Barbarei auf der einen Seite und auf der anderen – letzte Verfeinerung.»

Bothe wog sein Kognakglas anmutig zwischen zwei wohlgepflegten Fingern. «Wer hat nur gesagt, die Amerikaner seien von der Barbarei geradeswegs zur Dekadenz gelangt, ohne die übliche Zwischenstufe der Zivilisation zu beschreiten? Clemenceau?»

«Wer immer es war, er hatte unrecht», rief Talberg. «Es gibt keine Dekadenz in den Vereinigten Staaten. Nur eine Neigung, logische Schlüsse zu überspringen oder für selbstverständlich zu halten, was man drüben in Jahrhunderten herausgefunden hat. Amerika –»

«Hören Sie, Talberg», sagte Bothe plötzlich und richtete sich auf, «vernebeln Sie die Dinge nicht – Sie schützen das falsche Ziel. Ich greife gar nicht an, was Sie verteidigen wollen. Ich habe nichts gegen Amerika. Aber Sie leben nicht in diesem Land. Keiner von euch. Amerika ist Pittsburgh und das Tennessee-Tal und die Sümpfe von Louisiana und die Kornfelder von Illinois und das Hochland von Colorado und Monterey. Es ist nicht einmal Boston oder Washington. Am wenigsten aber, wie Sie auch ohne mich wissen könnten, ist es New York. Irgendjemand – wieder einmal weiß ich nicht, wer es war – nannte New York eine europäische Stadt in irgendeinem unbestimmten Land. Macht euch doch nichts vor: keiner von euch hat Europa je verlassen. Warum gebt ihr es nicht endlich zu?»

«Wir glaubten es eben», sagte Lisa. «Aber es war nicht wahr. In Pittsburgh wäre es uns genauso ergangen. Oder in Monterey.»

«Sprich für dich selbst, Lisa», sagte Mrs. Langendorf zornig.

Lisa nahm es nicht zur Kenntnis. Sie hatte geschwiegen, seit dieses Thema in ihrem Zimmer angeschnitten worden war. Jetzt starrte sie mit einem unbeschreiblichen Ausdruck auf Jeff, der mit gespreizten Gliedern in einem verblichenen Brokatstuhl lehnte. «Schließlich», sagte sie langsam, «ist nichts wirklich, nichts von Dauer als Gemütsempfindungen und Seelenzustände. Die aber sind in uns – tief drinnen, unauslöschlich und unzerstörbar durch die Zeit oder äußere Veränderungen. Es steht alles in Proust. Jeff weiß es. Jeff hat Proust gelesen, nicht wahr, Honey?»

Fast brach sie – den Blick immer noch auf Jeff geheftet, der sie gutmütig und volltrunken anlächelte – vor Hohn und Selbstironie in Tränen aus. Es war der unerfreulichste Augenblick dieses Abends. Plötzlich wirkte sie schutzlos, immer noch schön, aber verlebt und verbraucht. Niemand sprach oder regte sich. Ich konnte es nicht ertragen. Ich lief hinaus, holte geeistes Wasser aus dem Kühlschrank und legte Backwerk auf ein Tablett. Luke war schon verschwunden. Es blieb mir nichts übrig, als selbst mit dem Tablett ins Zimmer zurückzugehen. Irgendwie hatten sie das Gespräch wieder aufgenommen. Winterstein dröhnte von neuem vor sich hin. Ihm machte es nichts aus, sagte er, wo er lebe, sein Klima sei moralischer und geistiger Natur. Bothe, immer noch gefaßt und Herr der Lage, hielt die Unterhaltung in Gang:

«Sicherlich – wäre ich Mathematiker und hätte eine kühle Leidenschaft für Telemann und Bach, dann könnte ich mich mit einem Rechenschieber und ein paar Grammophonplatten überall niederlassen. Aber das bin ich nicht und, mit Respekt zu sagen, Sie auch nicht, Herr Professor. Als Schriftsteller befasse ich mich mit der sinnlichen Realität. Und nach einem Leben voll italienischem Knoblauch und Weihrauch, von tropfenden Wachskerzen auf einem deutschen Weihnachtsbaum, nachdem man den Bois de Boulogne im Frühling gesehen hat und den Spessart im Herbst – wie kann man da in einer fremden Welt des Kaugummis und Popcorn und Baseball existieren?»

«I declare», kicherte Christa Winterstein in ihr Eiswasserglas. Aber niemand beachtete sie. Unsere Augen waren auf den alten Mann gerichtet, der mit einem Mal die richtigen Worte fand.

«Wie?» fragte er. «Ich will es Ihnen sagen, lieber Freund. Indem ich meine Bedürfnisse und meine Bedeutung nicht überschätze. Was sind wir angesichts der Ewigkeit? Geschöpfe in einem unbeschreiblich frühen Stadium der Entwicklung. Die meisten von uns hängen noch dem Animismus und Götzenglauben an. Wir haben keine gültige Morallehre, außer in Verbindung mit primitiven Religionen, kein gerechtes Sozialsystem und keine Mittel, unsere tierischen Gelüste für längere Zeit zu unterdrücken, sei es kollektiv oder individuell. Wir sind der archaische Anfang der Menschheit, so überzüchtet dieser oder jener von uns auch wirken mag. Was liegt also dran, ob Sie und ich Heugeruch oder Benzindunst atmen, ob wir erreichen, was wir uns wünschen, oder das wollen, was uns versagt bleiben muß? Adprime in vita esse utile, ut nequid nimis. Das Wichtigste im Leben, sagt Terenz, ist von nichts zu viel zu haben. Wenn Sie einmal so alt sind wie ich – vielleicht werden Sie dann alle Düfte gerochen haben, die Sie lieben, und alle Städte und Landschaften gesehen haben, nach denen es Sie verlangt. Dann werden Sie den blauen Luganer See zu Ihrem Glück nicht brauchen, sondern auch ihm zehnten Stock des Hotel Colonial in Central Park West mit Ihrem Los zufrieden sein.»

Mehr war nicht zu sagen. Das Gespräch versandete, der Abend wurde fadenscheinig wie ein zerschlissenes Tuch. Ein paar Gäste erhoben sich und steckten in einer Ecke die Köpfe zusammen. Die anderen bemühten sich, in aller Form ihren Abgang vorzubereiten. Jeff saß glasigen Auges, der Worte nicht mehr mächtig, in seinem Stuhl. Renate und Mrs. Langendorf, in der ein flüchtiger Schimmer des Mitleids aufgeflackert war, versuchten Lisa zu einer Unterhaltung über Kleider zu bewegen. Bothe betrachtete das Modigliani-Bild – denn ein solches war es, wie ich inzwischen wußte – über Lisas Bett und bot ihr halb im Scherz, halb ernsthaft an, es ihr abzukaufen, was sie achselzuckend von sich wies. Der dicke Fleming, der die letzte halbe Stunde mit sarkastischem Lächeln stillgesessen hatte, schlenderte in die Ecke, wo Talberg mit den beiden Wintersteins stand.

«Nun», sagte Fleming laut, «das war ein angenehmer Abend voll angenehmer Gemeinplätze. Was wäre beruhigender, als alles in schöne große Kategorien einzuteilen und wegzupacken, meint ihr nicht?»

»Ich will dir etwas sagen, Fleming», erwiderte Talberg. «Wahrscheinlich ist es noch einfacher, keine Gemeinplätze von sich zu geben, wie es einfacher ist, kein Buch zu schreiben. Der Philosoph, der

«Das Wichtigste im Leben . . .

. . . sagt Terenz, ist, von nichts zuviel zu haben.»

schwieg, statt sich die Zunge zu verbrennen, war klug. Doch er kam nicht sehr weit.»

«Nicht weiter als bis zum Eingang des Time-Life-Gebäudes vielleicht», sagte Fleming. «Aber welcher Philosoph wollte dort schon eintreten? Wie lebt sich's unter Luce, Talberg? Doch besser, mit den Wölfen zu heulen, als mit den Schafen zur Schlachtbank zu gehen? Wie immer du und ich in Paris darüber gedacht haben mochten – uns vom Mitleid erpressen zu lassen, fiele uns heute auch nicht mehr ein.»

Winterstein sah peinlich berührt zur Seite. Talberg beherrschte sich.

«Vielleicht ist sie zu hoch bezahlt», sagte er kalt, «aber meine Arbeit spielt sich zumindest in der Öffentlichkeit ab. Und in sichtbarer Tinte. Was mehr ist, als man von der deinen behaupten kann.»

Der dicke Fleming lachte, ohne die Lippen zu öffnen. Dann wandte er sich an den alten Mann. «Talberg hat gut reden, für ihn besteht kein Problem. Glücklicherweise kann jeder das Vokabular der New Yorker Lebewelt lernen, für die er jetzt das teuerste Modeblatt von Amerika redigiert. Andere haben es schwerer, nicht wahr, Herr Professor? Ein Schriftsteller ohne Sprache ist so lächerlich wie ein Bankier ohne Kapital. Aber während des ganzen Abends hat niemand gewagt, das böse Wort ‹Sprache› auch nur zu erwähnen. Und das», sagte er zu Bothe, der eben dazutrat, «gilt auch für Sie.»

«Ich verstehe nicht –», sagte Bothe hochmütig.

«Ganz gewiß. Sie selbst sind ja imstande, Ihre Drehbücher ohne einheimische Hilfe abzufassen. Ihr Fall liegt anders. Wer von uns hätte sich's auch lange überlegt, in das einzige europäische Land zurückzukehren, das der Krieg verschont hat. Nein, mein lieber Bothe, Sie können hier nicht mitreden, für Sie ist kein Platz *dans cette galère*. Überlassen Sie uns unserem Schicksal. Und jetzt, wenn ihr gestattet, muß ich gehen.»

Er entfernte sich, von lautlosem Lachen geschüttelt. Die abweisenden Blicke der anderen folgten ihm nach. Diesmal bot Katharine sich an, ihn nach Hause zu fahren. Ich brachte ihren Mantel. Während sie ihn im Vorraum anzog, standen Lisa und Fleming dabei, bemüht, den Abend durch ein paar letzte Worte mit Anstand zu beschließen.

«Hast du Földvary gesehen, Lisa?» fragte Fleming.

«Nein. Er ist also wieder da!»

«Wußtest du es nicht?» sagte Katharine. «Er und Halassy kamen neulich, um mit Hermann Karten zu spielen. Sie sind völlig verzweifelt über Ungarn seit dem kommunistischen Coup.»

«Was hatten sie sich vorgestellt?» fragte Fleming.

«Anfangs sah es besser aus. Ferdy setzte alles auf seinen Freund Károlyi. Seit der das Land verlassen hat, bleibt ihm keine Hoffnung mehr.»

«Földvary wohl noch weniger», sagte Fleming. «War er nicht ein ‹erwachender Ungar›, ehe man sich seinen Taufschein genauer besah? Jedenfalls würde ich gern einmal mit den beiden reden.»

«Ich lade Sie zusammen ein. Spielen Sie Tarock?»

Zu ihrem Staunen bejahte es der dicke Fleming. Die beiden schüttelten Lisa die Hand, nickten mir zu wie einem Dienstmädchen und gingen voran aus der Tür. Fleming drückte mir einen Dollar in die Hand, als ich ihnen das Tor aufsperrte.

Bald darauf empfahlen sich auch die anderen. Bothe zog Lisa beiseite und fragte sie, ob sie ein paar Wochen zu ihm in die Schweiz kommen wolle, aber sie lehnte mit einem traurigen Lächeln ab. «Ich melde mich auf dem Rückflug», sagte er, obwohl beide wußten, es werde keine Zeit dazu sein. Wieder ging ich mit zum Tor. Talberg, voll blauer Schatten im Gesicht wie immer zu Ende eines Abends, verfrachtete die Wintersteins in seinem leicht beschädigten Oldsmobile. Renate setzte sich an seine Seite; sie brausten davon. Bothe hatte ihr laue Aufforderung, ihn zum St. Regis zu bringen, abgelehnt und wartete auf ein Taxi. Ich stand neben ihm und blickte auf die eisige Straße und das harte Glitzern der Lichter, die vom Broadway herüberschienen.

«Nun, Lele», sagte Bothe. «Sie waren klug genug, nicht mitzureden, nur zuzuhören. Aber das alles ging Sie ja überhaupt nichts an. Sie werden Europa bald abschütteln. Eines Tages werden Sie eine gute kleine Amerikanerin sein.»

«Ich will es hoffen.»

«Inzwischen geben Sie bitte acht auf Lisa.»

«Soweit ich es kann.»

«Niemand kann es», sagte er. «Aber wir müssen es dennoch versuchen. Hier ist ein Taxi.» Er schwenkte seinen zugerollten Regenschirm, den er wie ein Engländer stets bei sich trug. Dann küßte er mir zu meiner Überraschung die Hand und stieg ein. Durch das herabgelassene Fenster fragte er:

«Und werden Sie auch Ihre Geschichte schreiben?»

«Ja», sagte ich. «Heute hab ich angefangen.»

Das zitronengelbe Auto fuhr los und schnitt ihm die Antwort ab.

Lisas Tür stand halb offen. Als ich hineinguckte, um zu sehen, ob ich Ordnung machen und ihr Bett aufdecken solle, fand ich sie auf dem Boden vor Jeffs Lehnstuhl kauernd, die Arme um seine Beine, ihr Gesicht an seinen Knien, stumm in Tränen gebadet. Jeff hatte sich vorgebeugt, streichelte ihren Rücken, streichelte mit ungeschickten Fingern ihr Haar und bemühte sich auf seine arme, betrunkene Art, sie zu trösten.

«Nur nicht weinen, Baby. Wozu weinen? Mach dir nichts draus. Der alte Käpt'n Curtis läßt dich nicht im Stich –»

Gläser waren abzuräumen, Aschenbecher zu entleeren, der Bettüberwurf abzuziehen und die Laken und Decken aus dem Schrank im Vorraum hereinzubringen. Ich tat nichts davon. Ich drehte Lisa und Jefferson Curtis einfach den Rücken, ging in die Küche, schloß die Tür hinter mir, trat in mein Zimmer und schloß auch diese Tür. All das, sagte ich mir, wird über Nacht in Ordnung kommen. Und noch einmal, ein letztes Mal, behielt ich recht damit.

7

Die nächsten Wochen waren von einer lähmenden Stille. Etwas lag in der Luft. Vielleicht war es das Vorgefühl der traurigen Dinge, die sich ereignen sollten. Vielleicht warf auch nur das Weihnachtsfest – oder der heidnische Brauch, der in dieser Stadt an seine Stelle trat – seinen Schatten voraus.

Seit Oktober hatte es sich langsam genähert, wie ein glitzerndes, klingelndes Gefährt, das auf einer weiten Ebene herangefahren kommt. Plötzlich brach es über uns herein, läutete uns in die Ohren, bewarf uns mit einem Schauer künstlicher Schneeflocken und erstickte uns in einem Wust von Wattebärten, Rauschsilber und gleißendem Christbaumschmuck. Auf jedem Warenhaus prangte, aus jeder Anzeigenspalte sprang Sankt Nikolaus und beschwor uns zum Ankauf junger Puteriche und saftiger Schinken, zum Schenken von Kleidungsstücken, Spielzeug und Küchengeräten aller Art. Tannenbäume schossen in solcher Menge auf, daß ich nie wieder einen Nadelwald hätte betreten mögen, und der Schimmer farbiger Glühbirnen machte mich krank. Was aber die rotumwundenen Adventskränze betraf, die jedermann an seine Eingangstür hängte, so gemahnten sie mich unweigerlich an den Tod. Sie tun es noch immer. Darin, und darin allein, bin ich immer noch eine Europäerin.

Wäre Mario nicht gewesen, ich hätte mich am liebsten für ein paar Tage aus Lisas Haus entfernt und an irgendeinem Ort verkrochen, wo man Weihnachtsfeiern vermied. Im Araberviertel etwa oder unter jenen armen, übelriechenden, orthodoxen Juden in der Lower East Side, aus deren Volk unser Heiland erstanden und deren Erlöser er nicht geworden war. Was hart in mir war, verhärtete sich noch mehr bei dem Anblick dieses irren Betriebes, der mehr einem Tanz um das Goldene Kalb glich als einem Kniefall vor dem sanften Lamm von Bethlehem. Aber Mario hatte im Kindergarten die Weihnachtslegende gehört, oder Hattie und Luke hatten ihm aus der Bibel darüber vorgelesen. Im vergangenen Jahr, bei Mrs. Langendorf, verstand er noch nichts davon. Jetzt war er alt genug, um sich Geschenke und ein Bäumchen zu wünschen. Ich verschob die Vorbereitungen von Tag zu Tag. Die Stimmung bei Jeff und Lisa war unbehaglich geworden. Alles deutete darauf hin, daß ihr schwankendes Einverständnis gänzlich aus dem Gleichgewicht geraten war.

In der Nacht nach Bothes Besuch hatten sie irgendwie zueinander gefunden, aber am nächsten Tag war es mit dem Frieden vorbei. Es reute ihn nicht, sich sinnlos betrunken zu haben; er werde es jederzeit wieder tun, sagte er ihr beim Frühstück, wenn sie diese Bande zu sich einlüde, und vor allem diesen Schundschriftsteller, dem er offenbar nicht gut genug für sie war. Sie war wütend auf Jeff, weil er sie bloßgestellt und die Probe nicht bestanden hatte – jene Probe, der sie ihn unterwarf, wenn sie aus ihm ihren starken, sonnigen, männlichen Mann machen wollte, vor dem das Schreckgespenst der Vergangenheit erblich. Ja, sie haßte ihn, weil er das Europa in ihr nicht besiegen konnte, weil er Amerikas Übermacht mit einer Flasche Kornwhisky versoff. Mehr noch aber haßte sie ihn, weil er nicht imstande war, all das zu begreifen. Es war doch so einfach: jeder hätte ihm sagen können, worin das Problem bestand. Und niemand sagte es ihm.

Überdies gab es echte Sorgen. Das Geld war knapp geworden in der letzten Zeit, Rechnungen lagen unbezahlt herum – von der Garage, von Klotz. Ich erhielt meinen Wochenlohn, aber häufig mußte ich Lebensmittel und andere Ausgaben aus meiner Tasche bestreiten, und da ich um das Geld nicht bitten wollte, erhielt ich es nicht zurück. Bei Klotz zog man mich zur Seite und bat mich, Jeff an den Monatsscheck für sein Bier und seinen Bourbon zu erinnern. Lisa wollte ich damit nicht belasten, und Jeff war selten daheim. Sein Freund Bob McColl, Major MacColl, mit dem Lisa nichts zu tun haben mochte, war aus Washington, wo er in der Armeeverwaltung im Pentagon saß, auf Urlaub in der Stadt. Und wenn sie sich nicht bei Klotz trafen, weil Jeff sich dort nicht mehr gern zeigte, dann verbrachten sie ihre Abende anderwärts. Lisa wehrte es ihm nicht. Das beunruhigte mich am meisten: ihr Mangel an Entschlußkraft, ihre Gleichgültigkeit. Einmal, als sie Karten zu einem Bruno-Walter-Konzert hatte, kam

Jeff nicht rechtzeitig zurück, deshalb nahm sie mich mit und saß den ganzen Abend und auf den beiden Taxifahrten still, reglos und aufrecht da wie eine jener steinernen Prinzessinnen im ägyptischen Saal des Metropolitan Museums. Sie schien immer magerer und blässer zu werden; und während draußen der Winter seinen Fortgang nahm, wurde es auch in ihrem Inneren immer kälter. Jetzt verbrachte sie wieder den ganzen Vormittag im Bett. Jeff ging aus der Wohnung, ohne sie zu wecken oder die Vorhänge aufzuziehen.

Vier Tage vor Weihnachten fiel der erste Schnee. An diesem Morgen ging ich aus und besorgte einen großen Baum, den Lisa selbst aufputzen wollte. Als sie, früher als sonst, um ihren Tee geläutet hatte, sagte sie mir, sie plane eine kleine Bescherung für Mario und Hatties kleine Enkel in Harlem, zu der sie auch Mrs. Kline bitten werde und Thomas Munk, der am Weihnachtsabend sicherlich einsam war. Aus ihrer Schmuckkassette zog sie ein paar Zehn-Dollar-Scheine – offenbar ihre letzte Reserve –, und wir setzten eine Einkaufsliste auf. Dann kam ich noch einmal um das Teetablett zu ihr, schon zum Ausgehen bereit in der braunen Jacke und Mütze aus Lammfell, die sie kürzlich aus ihrem Schrank gezogen und mir gegeben hatte – nach einem Blick auf meinen Wintermantel aus österreichischem Nachkriegstuch.

Sie blickte mich prüfend an.

«Du hast dich verändert, Lele», sagte sie. «Du bist jetzt eine gut aussehende Frau. Soll ich dir etwas verraten?» Ihre Stimme klang heiser; sie hatte eben eine Zigarette ausgedrückt. «Wenn ich mit achtzehn Jahren geheiratet hätte, könntest du meine Tochter sein.» Ein Schauer durchlief sie, obwohl das Zimmer wie gewöhnlich überheizt war.

Es war der falsche Augenblick, aber ich wollte ihr endlich eine Andeutung machen. «Wissen Sie eigentlich, daß ich Herrn Munk damals im Café Mozart begegnet war? Oder hatte ich vergessen, es Ihnen zu erzählen?»

«Du hattest es vergessen», sagte sie und blickte mich unverwandt an. Dabei blieb es. Wenn ich nicht bereit war, ihr mehr davon zu berichten, bestand sie nicht darauf. Erleichtert und mit einem Gefühl der Bewunderung ging ich aus dem Haus und durch den tiefen, knirschenden Schnee. Das kurze Gespräch hatte mich etwas gelehrt: wenn Lisa sich auch nicht immer wie eine Dame benehmen mochte, so hatte sie doch die Ehrbegriffe eines Gentleman.

Als ich zurückkam, war das lang erwartete Gewitter hereingebrochen. Ich vernahm den Lärm, noch ehe mein Schlüssel in der Eingangstür stak. Jeffs schwere Schritte, mit denen er in Lisas Zimmer auf und ab marschierte, wurden durch den rissigen Savonnerie-Teppich kaum gedämpft, sein wildes Gebrüll aber war nicht lauter als ihre empörten Zwischenrufe.

«– mich doch der Teufel holen, wenn ich den Heiligen Abend mit einem Haufen europäischer Versager und New Yorker Nigger verbringe! Wenn das mein Weihnachten sein soll, setz ich mich lieber in ein Flugzeug und fahr heim.»

«Was, nach Indiana?»

«Ja, Ma'm. Nach Indiana.»

Ein zorniger Aufschrei:

«Ich weiß, wer dir das eingeredet hat! Dein rotznäsiger Major, dein Drugstore-Kamerad! Will er auch heim zu seiner Mama?»

«Wenn du's wissen willst, ja!»

«Und du läßt mich hier allein? Lele!» rief sie plötzlich. «Lele, bist du wieder da? Komm herein, hör dir an, wie Mr. Jefferson L. Curtis das Familienfest feiern will.»

Theatralisch riß sie die Tür auf und winkte mich ins Zimmer, wo sie ihm in ihrem türkischen Schlafrock gegenüberstand, im matten Licht ihrer Bettlampe, umgeben von Parfüm- und Zigarettendunst.

«Geh nur», schrie sie ihm zu. «Geh. Geh. Geh heim nach Wabash zu deiner Mama und deinem Papa und deiner süßen kleinen Schwester. Geh zum Santa Claus – hast du das gewußt, Lele, es gibt dort wirklich eine Stadt, die heißt Santa Claus. Und eine, die heißt Attika. Und Frankfurt. Und Libanon. Das alles gibt es in Indiana. Gee, ain't it great! Ain't it just wonderful? Ich hab mir alles auf der Landkarte angeguckt, ehe ich den Kerl da heiraten sollte, meinen sonnigen Mann aus dem grünen Getreidestaat. Weißt du, wie sie sich dort nennen? ‹Hoosiers› nennen sie sich. Bei Theodore Dreiser kommen sie vor. ‹Hoosiers sind anders als die anderen Amerikaner, weicher, weniger geschliffen, dafür von poetischerem Gemüt›! Deshalb haben ihn seine Eltern auch Lovejoy genannt. Liebeslust – Liebeslust ist sein zweiter Name. Jefferson Liebeslust Curtis, was sagst du? Und damit fing er mich auch ein. Geh nur, Liebeslust! Geh nach Santa Claus, Indiana. Und komm um Himmelswillen nicht wieder zurück!»

Erschöpft, hysterisch schluchzend, warf sie sich auf ihr Bett. Jeff, sprachlos vor Wut, blickte sich nach etwas um, woran er sich austoben konnte. Sein Auge fiel auf die grüne und goldene Porzellanlampe. Er stürzte darauf zu, hob sie auf und warf sie krachend zu Boden. Dann eilte er aus dem verdunkelten Zimmer und warf schallend die Tür hinter sich zu.

Es war an mir, die Scherben aufzulesen. Ich tröstete Lisa, gab ihr Baldriantabletten und brachte sie dazu, sich hinzulegen und auszuruhen. Dann rief ich Dr. Cordan an, der bald darauf eintraf, ihr ein Schlafmittel verschrieb und seine Frau, die mit ihm gekommen war, bei ihr zurückließ, um sie abzulenken. Die hübsche kleine Person setzte sich an ihren Bettrand und erzählte ihr Klatsch. Dann holte ich Mario aus dem Kindergarten und schickte ihn, sobald wir zurück waren, zu den beiden Damen hinein. Sie spielten Grammophon. Vorsichtig halfen wir Lisa darüber hinweg, daß Jeff, während sie ein wenig geschlummert hatte, mit einem Koffer aus der Wohnung verschwunden war. Gegen Abend zeigte sie sich bereit, einen kleinen Imbiß einzunehmen und dann gehorsam einzuschlafen, wie ein Kind, das sich ausgeweint hat und der Welt nicht mehr böse ist.

Von Jeffs Telefon sprach ich später mit Thomas und erzählte ihm, was vorgefallen war. Ihm lag nicht mehr daran als mir, das Weihnachtsfest zu feiern, und er hätte Lisa am liebsten abgesagt, doch er versprach mir aus Mitleid, ihrer Einladung zu folgen. Dann rief ich Mrs. Klines Mietspension in Brooklyn an, wo mir eine mürrische Stimme mitteilte, die alte Frau habe sich bereits vor einem Monat nach Australien begeben. Lisa fand sich wortlos damit ab. Anderntags trug sie eine steinerne Miene zur Schau und fuhr fort, ihre Vorbereitungen zu treffen. Ihr Schiffskoffer wurde heraufgebracht, jene Höhle Aladins, die so viele heimliche Schätze enthielt, und sie zog aus ihren Tiefen den berückendsten Christbaumschmuck, den ich je gesehen hatte. Es waren feingesponnene Glassächelchen und wächsernes Obst und kleine Glöckchen, es waren winzige Nachbildungen von Spinnrädern und Kutschen und Kinderwiegen, allesamt aus Kaiser Franz Josephs Jugendzeit. Der altmodische Öldruck eines Engelskopfes, wie er mir aus dem Stammbuch meiner Mutter noch in Erinnerung war, saß inmitten eines silbrigen Strahlenkranzes; den wollte sie an die Spitze des Baumes tun. Darunter sollte eine Krippe aufgebaut werden, mit geschnitzten Holzfiguren aus dem Salzkammergut. Das Jesuskindlein war ihr verlorengegangen. Aber sie stellte die Krippe trotzdem auf.

Am Morgen des Weihnachtsabends, während ich Nüsse und Lebkuchen und Stollen, die ich in Yorkville gekauft hatte, auf Schüsseln häufte und die Kastanien und das Apfelmus herrichtete, aus denen die Fülle unseres Gänsebratens bestand, schloß Lisa sich in ihr Zimmer ein und putzte den Baum. Ich kann ihn nicht beschreiben. Soviel aber muß ich sagen: wenn man zu ihm aufblickte und ihn ganz von zartem Engelshaar umgeben und von kleinen weißen Glühkerzen erleuchtet sah – nicht einmal Lisa hätte gewagt, das Verbot zu brechen und echte Wachslichter anzustecken –, dann meinte man, die Wolken wichen zurück, auf Harfen würde eine Haydnmelodie gespielt, und der Himmel öffne sich, um den Weihnachtsbaum eines kleinen Kindes im vorigen Jahrhundert zu enthüllen. Eine Haydnmelodie erklang in der Tat – denn in Lisas Koffer hatte sich auch eine Spieldose befunden, die sie abends anstellte, als sie uns zur Bescherung rief. Früher am Tage aber, um die Mittagsstunde, war sie entkräftet zusammengebrochen und zu Bett gegangen. Zum erstenmal erwog ich, ob sie ernstlich krank sein könne, ohne daß es einem von uns in den Sinn gekommen war.

Gegen vier Uhr war ich hineingegangen, um sie zu wecken, aber ich fand sie schon wach. Sie hielt ein kleines Stück Papier an die kurzsichtigen Augen, schob es aber, sowie ich eintrat, in ein Buch. In einer Ecke stand der Weihnachtsbaum. Lisa lächelte vor sich hin.

«Setz dich einen Augenblick zu mir, Lele», sagte sie. «Du mußt auch müde sein. Denk dir – eben hab ich was geträumt. Etwas, das ich längst vergessen hatte. Eine Telefonnummer. Ist das nicht eigenartig? Eine Telefonnummer im Traum?»

Sie kicherte.

«Was Katharine dazu sagen würde? Die hätte sofort eine Erklärung bei der Hand. Aber wie könnte sie erklären, daß diese Nummer, die mich früher so gequält und gemartert hat, mich jetzt in einem Traum so glücklich macht? Mir war, als würde sie auf mich zuspringen – über eine Wolkenbank, lauter kleine, rosageränderte Barockwölkchen – wie ein Ball, der von der einen zur anderen hüpft. Und als sie bei mir ankam, war ich selig, Lele. Ja, selig, es gibt kein anderes Wort dafür. Warst du jemals selig?»

«Ich glaube nicht.»

«Nein, es hätte mich auch gewundert. Ich war es oft. Aber nie auf diese Art. Und jetzt kann ich sie nicht mehr vergessen – B 23087, das war die Nummer. Hab ich dir je von der Zeit erzählt, in der ich mit Thomas zusammen war?»

«Niemals», sagte ich entsetzt, denn ich ahnte, was kommen würde.

«Wie ich auf ihn warten mußte! Nie im Leben hab ich so lange auf jemand gewartet. Lieber Gott, was für elende Lokale – stickige kleine Cafés und zwiebelriechende Gaststätten, wo ich Schulter an Schulter mit den gröbsten Markthelfern saß. Es gab da ein jugoslawisches Wirtshaus, das stank nach Paprika und Kernfett. Die anderen Gäste gingen nach Hause, und ich blieb sitzen und hoffte immerfort, daß er doch noch kommen würde, wie es ausgemacht war. Er kam nicht. Dann rief ich ihn an. Damals hatte ich alle Taschen voll mit Zehngroschen-Münzen. Zwei in den Schlitz. Die Nummer – sechsmal drehte sich die Scheibe. B 23087. Kann ich Herrn Thomas Munk sprechen? Nein, Genosse Munk ist in einer Konferenz. Genosse Munk ist in die Setzerei gegangen. Oder er war nicht da, war nicht zu erreichen, kam nicht vor dem Abend zurück. Wo er doch versprochen hatte, sich mit mir in diesem Lokal zu treffen! Wo er geschworen hatte, er würde mir absagen, wenn er verhindert war.»

«Nicht», sagte ich. «Sie regen sich nur auf.» Denn schon hatte sie Tränen in den Augen. «Das ist doch längst vorbei.»

«Ich weiß. Ich weiß. Aber wie kann ich es je vergessen? Warum, Lele, wenn alle Männer in Wien hinter mir her waren, warum mußte ich mich für einen zugrunde richten, der die Politik lieber hatte als mich? Warum mußte ich meine zwei Münzen in den Schlitz stecken, immer wieder, in diesen entsetzlichen Telefonzellen voll abgestandenem Rauch, warum in kalten Winternächten an zugigen

Straßenecken herumstehen, wenn er ganz vergessen hatte, daß er von der Redaktion herunterkommen wollte, um mich einen Augenblick zu sehen? Einmal, nachdem ich einen Nachmittag in einem Volkscafé gewartet und mit dem Kellner Dame gespielt hatte, weil draußen ein Schneesturm wehte und außer mir kein anderer Gast im Zimmer war, rief ich die Nummer an, und Thomas war am Apparat. Denk dir: kein Telefonfräulein dazwischen, kein verdammter Genosse, der mir sagt, daß er nicht zu sprechen ist – nein, seine Stimme war plötzlich da, als wäre außer ihm keine Menschenseele im Haus. Weiß Gott, wie es passieren konnte! Vielleicht war die Leitung nach dem letzten Anruf noch zu ihm geschaltet. Ich hab auch keine Ahnung mehr, was er sagte. Aber ich weinte vor Glück. Und genauso war es in meinem Traum. Nur noch viel schöner, eine wahre Seligkeit.»

Sie weinte und lachte zur selben Zeit. Ich wandte den Kopf ab, vor Angst vor dem Schlimmsten. Und es traf ein.

«Was meinst du, Lele?» sagte sie, rieb ihre Augen und setzte sich auf, achtlos ihre Schultern, ihre Brust, diesen schönen weißen Körper entblößend, der vom Alter nicht gezeichnet war, während ihr Gesicht die Spuren innerer Verwüstung trug. «Ist das nicht ein gutes Vorzeichen? Bedeutet es nicht, daß mit Thomas und mir etwas geschehen wird? Es kam mir unmöglich vor, als ich ihm hier in New York wieder über den Weg lief, nach all den Jahren der Trennung, und noch mehr damals im Herbst, als er zu meiner Party kam. Er hat keinen Schwung mehr, er ist taub und ausgelaugt und ohne Illusionen. Aber vielleicht wird wieder alles gut zwischen uns. Hältst du es für denkbar? Woher hätte ich sonst diesen Traum?»

Ich wußte nichts darauf zu sagen. Wehen Herzens hörte ich ihr zu, versuchte ihr meinen Unglauben zu verbergen und mir nicht anmerken zu lassen, daß es längst anders gekommen war. Zuletzt stand ich auf, legte ihr das Hauskleid zurecht, das sie anziehen wollte, und schlüpfte in die Küche. Mario war bei Hattie und spielte mit ihren Enkeln Jesse und Chick, also blieb ich bei meiner Arbeit ungestört. Aus Lisas Zimmer kam Musik. Einmal meinte ich, sie vor sich hinsummen zu hören. Nun, ich hatte keine Zeit, mich darum zu kümmern! Für sieben Uhr hatte sie das Essen bestellt. Es war der letzte Moment, das Backrohr anzudrehen und den Gänsebraten hineinzutun.

Es dunkelte, als Thomas eintraf – mit Paketen beladen, mit Schnee bestäubt, und glücklicher, als ich ihn seit langem gesehen hatte. Ich öffnete ihm in der Küchenschürze, das Gesicht von der Ofenhitze gerötet und mit zerrauftem Haar.

«Geh hinein», flüsterte ich, «und sei lieb zu ihr. Sie hat es nötig.»

Er packte mich, wie so oft, beim Haarschopf und küßte mich. Ich entzog mich ihm hastig, aus Angst, daß Lisa uns überraschen könnte. Thomas lachte und zeigte seine weißen Zähne mit dem reizvollen kleinen Spalt in der Mitte, der ihm immer ein unverhofft jungenhaftes Aussehen gab. «Sag nur nicht, daß Lisa dir leid tut, weil Jeff sie stehengelassen hat. Sie hat selbst eine ganze Menge Leute stehengelassen. Außerdem kommt er zurück. Die Sorte kommt immer zurück. Kein Grund, auf ihre hysterischen Anfälle einzugehen.»

Vergnügt begab er sich mit seinen wippenden Paketen in ihr Zimmer. Es verschluckte ihn. Ich sah und hörte nichts von den beiden, bis Lisa herausgelaufen kam, mir auftrug, Luke, Hattie und die Kinder zu holen, und uns dann mit ihrem Glöckchen zum Lichterbaum und Gabentisch rief. Aus der Spieldose klimperte metallen die Haydnmelodie. Ich warf einen Blick auf Lisa, ehe ich meine Geschenke auszupacken begann. Was immer zwischen ihr und Thomas vorgefallen war, schien ihren Wunschtraum noch nicht zerstört zu haben. Aber Thomas' gute Laune war verflogen, und er sah grübelnd vor sich hin, in den Widerschein des himmlischen Schimmers getaucht. Das schwarze Ehepaar und die Kinder wühlten in Weihnachtspapieren, Jubelschreie und Gelächter erklangen, Mario schlug seine Trommel, Jesse blies seine Trompete, Chick zog seine Lokomotive auf, der kleine Luke roch an dem Tabakbeutel, und Hattie schwang ihre neue Ledertasche, Lisa aber stand in ihrem langen, wehenden Hauskleid in ihrer Mitte, schön im milden Licht, ein Lächeln auf den Lippen und einen Glanz in den Augen. Ihre Weihnachtsbescherung war gelungen. Wieder einmal hatte sie über das Schicksal gesiegt.

Mir hatte sie Handschuhe, Strümpfe, eine Kaschmirjacke geschenkt, und von Thomas bekam ich die Füllfeder und das große Tagebuch, um das ich ihn – für meine Haushaltsrechnungen, wie ich sagte – gebeten hatte. Meine Freude an diesen hübschen Dingen war jedoch dahin, sobald ich sah, was die beiden einander gegeben hatten. Thomas hatte ihr eine Mappe mit Schallplatten mitgebracht, die der besten Seite ihres musikalischen Geschmacks entsprachen: Vivaldis ‹Jahreszeiten›, gespielt vom Orchester der Academia di Santa Cecilia. Und sie hatte ihm eben jenes Buch gekauft, das er sich in diesem Augenblick gewünscht haben mußte: ‹Three who made a Revolution› von Bertram Wolfe. Diese Geschenke, die sie mit solch unfehlbarem Instinkt, solch genauer Kenntnis der Neigungen des anderen ausgesucht hatten, machten mir einiges klar. Ich begriff, daß ich Thomas in einem ganzen Leben nicht bedeuten konnte, was Lisa ihm ein paar Wochen lang gewesen war. Und ich wußte: da selbst jene Liebe damals nicht vermocht hatte, ihn seine Leidenschaft für die Politik vergessen zu lassen, da sie in einem Tag hatte vergehen und nie wieder auferstehen können, obgleich nichts als die Zeit, die räumliche Entfernung und ein paar zynische Worte zwischen ihnen lagen, mußte meine eigene törichte kleine Zuneigung zu ihm ohne jede Hoffnung und Zukunft sein. Jetzt erkannte ich, daß auch ich bei ihm versagen würde. Beides aber – diesen Ausgang vermeiden oder ihn etwa gar vorwegnehmen zu wollen –, hatte offenbar nicht den geringsten Sinn.

Nach dem Gänsebraten und der Mandeltorte – Luke und Hattie bestanden darauf, ihr Mahl in der Küche einzunehmen, aber die Kinder aßen mit uns –, nachdem unsere schwarzen Gäste gegangen waren und Mario eingeschlafen war, blieben wir drei zusammen und sponnen den unmöglichen Abend weiter aus. Lisa wünschte mich aus dem Weg, denn Thomas hatte zwar, als sie miteinander allein waren, ihre Gefühle geschont und sie vielleicht sogar in dem Glauben gelassen, sie könnte ihn wiedergewinnen, aber ihre Bemühungen waren nicht weitergediehen, und sie sehnte sich danach, sie fortzusetzen. Aus demselben Grund wollte er, daß ich im Zimmer blieb. Und wenn ich ihr auch keinen Schmerz zufügen wollte, ja lieber alles in der Welt getan hätte, um sie glücklich zu machen, wollte ich ihr dieses eine Glück, diese flüchtige, nutzlose Stunde der

Lust nicht gönnen, die ihr Thomas zweifellos gewährt hätte, säße ich heut abend nicht hier. Denn heut abend leuchtete sie. Heut abend war sie bestrickender als je zuvor. Wäre er einsam und allein, wäre vor zwei Monaten im Café Mozart nicht sein Auge auf mich gefallen, so hätte er jetzt aus Mitleid oder aus einem vergänglichen Appetit ihrem Drängen nachgegeben und sich dann wieder – über jene ewige Grenze – von ihr entfernt. Aber ich war hier. Und ich war eifersüchtig. Ich wollte an dem wenigen festhalten, was ich besaß. Wir unterhielten uns also und spielten den Vivaldi und tranken ein paar Gläser Champagner, bis Thomas um Mitternacht aufstand und sagte, er müsse gehen.

Dann geschah es, und auf die dümmste, unnötigste Weise. Ich war in der Küche und kochte noch rasch Kaffee, um Thomas vor dem kalten Heimweg zu stärken, da kam er mir nach, trat hinter mich, umklammerte meine Schultern und drückte die Wange an meinen Nacken. Es war ein Zeichen der Vertrautheit mehr als der Liebe, denn wenn er an diesem Abend eine körperliche Begierde empfand, dann galt sie Lisa, dessen bin ich gewiß. Aber diesmal überraschte sie uns. Sie war ihm gefolgt, mit einem halb gefüllten Glas in der Hand und ein paar Worten auf den Lippen, sah uns und erstarrte. Ich hatte sie zuerst erblickt. Es wäre mir möglich gewesen, mich um den Bruchteil einer Sekunde früher aus seiner Umarmung zu lösen. Ich tat es nicht. Sie stand still. Das Glas zitterte nicht in ihren Fingern, nur sprach sie den Satz nicht zu Ende. Langsam wandte sie sich um und kehrte in ihr Zimmer zurück. Thomas und ich wichen auseinander. Er trank den Kaffee, zog den Mantel an und ging zu ihr hinein, um Abschied zu nehmen. Sie gab ihm ruhig die Hand, so sagte er mir später, ließ sie ihn aber nicht küssen. Dann war er fort. «Gute Nacht, Lele», rief sie durch die Tür, «weck mich morgen nicht, ich möchte länger schlafen.» Und das, Ladies und Gentlemen – wie es auf Lisas alter Platte ‹Fiesta› hieß –, war unser Weihnachtsfest.

Die Klotze hatten mich und Mario zu ihrem Schmaus am ersten Feiertag eingeladen, einem großen, schweren und üppigen Mahl, dem alljährlich die gesamte Familie und alle unverheirateten Angestellten beizuwohnen pflegten. Ned wollte unbedingt, daß ich komme, Lisa legte keinen Wert auf mich, und Thomas hatte die Absicht, zu Hause zu bleiben und zu lesen. Ich verließ das Haus um zwölf. Alles war still; es drang kein Licht durch den Türschlitz aus Lisas Zimmer. Draußen schien die Sonne, und die Luft war frisch. Mario stapfte an meiner Seite durch den Schnee, er freute sich auf die neue Unterhaltung. Bei Klotz mußten wir am Nebeneingang klingeln, weil das Eßlokal und der Delikatessenladen geschlossen waren. In dem Gastbetrieb standen für gewöhnlich sechs oder sieben kleine Tische, die sie jetzt zusammengerückt und in eine lange Tafel verwandelt hatten. Momma und Poppa Klotz saßen an der Spitze. Sie empfingen uns mit überströmender Herzlichkeit.

Es wurde ein köstliches Familienfest – überaus ‹deutschgemütlich›, obgleich Jack Klotz vor mehr als vierzig Jahren in die Vereinigten Staaten eingewandert war und seine Kinder echtbürtige Amerikaner waren. Ned hatte drei große, rundliche, blonde Schwestern, alle drei glücklich vermählt mit großen, rundlichen, blonden Männern, und wenn auch der einzige Sohn, aus irgendeiner Laune der Natur, mit zwei hellblauen, aber blinden Augen zur Welt gekommen war, hatte sich das Schicksal im allgemeinen gnädig zu den Klotzen erwiesen. Neds Gebrechen war die Ursache einer gewissen Schüchternheit – er hatte die Annäherungsversuche einer Reihe von Mädchen, Freundinnen seiner Schwestern oder Kellnerinnen, zurückgewiesen. Ich war die erste Frau, an die er sich anschloß; wie er sagte, meiner tiefen skandinavischen Stimme wegen. Nun war es freilich die Stimme meiner Mutter, eine russische Stimme, die er an mir liebte. Aber die Klotze stammten aus Schlesien, und ich merkte bald, daß man von russischer Verwandtschaft in ihrer Gegenwart besser nicht sprach.

Ich wurde neben Ned, Mario an meine Linke gesetzt. Man stopfte uns mit Essen voll, bis wir uns kaum rühren konnten. Nach dem Schmaus wurden die Lichter an dem gewaltigen Christbaum angeknipst und Weihnachtslieder gesungen. Zuletzt begann man sich zur Musik eines alten Grammophons zu drehen. Ned nahm meine Hand in die seine, indes Mario von seinen kleinen, dicken, rosigen Neffen und Nichten davongezogen wurde, und das Fest fing an, bedrohlich nach einem Verlöbnis auszusehen. All diese freundlichen Riesen, die um uns einher hüpften und stampften, schienen uns einzukreisen, sich um uns zu scharen und uns aneinanderzuschmieden in einem rituellen Zaubertanz. Ned aber, mein guter Ned, groß und gutmütig wie die anderen, zugleich jedoch hilflos, verletzlich und von so empfindsamem Gemüt, daß er Gefühlsschwingungen und unausgesprochene Gedanken erraten konnte, saß glücklich neben mir und streichelte beruhigend meine Hand, als wollte er sagen: du mußt nicht, niemand zwingt dich, aber wenn du's tätest, wäre ich froh. Beinahe war ich soweit, nachzugeben, und doch wieder nicht – wie gestern Thomas bei Lisa, obschon aus einem anderen Grund. Und als das letzte ‹O Tannenbaum› verklungen und der letzte Krümel Dresdener Stollen aufgegessen war, erhob ich mich und sagte, nun müsse ich Mario schlafen legen. Auch er hatte sich verliebt, in ein entzückendes Geschöpf mit zwei blonden Zöpfen, das Gretchen hieß und ein halbes Jahr älter war als er. Gretchen wirbelte ihn rundherum und immer rundherum, bis sie beide schwindlig wurden. Zum erstenmal in seinem kleinen Leben weinte er, weil er weggehen mußte und ein Mädchen verließ.

Mit Geschenken und Tortenschachteln beladen, liefen wir die paar Häuser entlang über den dunklen, verhärteten Schnee. Ich hörte das Telefon schon im Korridor des Hauses. Es brach ab, begann jedoch von neuem zu klingeln, als ich mit Mario die Wohnung betrat. Ich raste ins Atelier und hob den Hörer ab.

«Hören Sie mal, kennen Sie 'ne Dame namens Lisa Curtis? Ja? Na schön. Die Adresse klang richtig, aber die Nummer war verdreht, drum mußte ich das Amt anrufen. Ja, sie ist hier. Donny's Taverne in Greenwich Village, Sullivan Street. Sie spinnt, aber kräftig. Nehmen Sie sich gleich 'ne Taxe, und holen Sie sie ab, sonst muß ich sie der Polizei übergeben.»

Als ich ankam, war sie nicht mehr in der Taverne, sondern in einem kleinen, schmutzigen Kabinett, wo man sie auf ein Sofa gebettet hatte. Dort lag sie auf einer Armeedecke, in kalten Schweiß gebadet, murmelte unverständliche Worte und stöhnte vor sich hin. Ihre Augen waren riesig in dem zerstörten Gesicht. Vielleicht wirkten sie auch nur so groß, weil die Pupillen zum Umfang von Stecknadelköpfen zusammengeschrumpft waren. Ich dachte erst, sie sei betrunken, aber sie roch nicht nach Alkohol, und man ließ mich auch nur für eine Flasche Mineralwasser bezahlen, das sie stehengelassen hatte, weil ihr davon übel geworden war. Gemeinsam mit Donny, der verboten aussah, sich aber als anständiger Kerl entpuppte, brachte ich sie ins Taxi. Der Fahrer, ein Tscheche mit dem Namen Kohut, redete auf der ganzen Heimfahrt aus dem rechten Mundwinkel auf mich ein.

«Kommt vom Saufen», sagte er, «vom Saufen. Was ich bin, so rühr ich keinen Tropfen Alkohol an. Da sehen Sie's ja. Eine feine Dame aus einer feinen Familie. Was braucht die sich anzusaufen, bis sie den Verstand verliert?»

«Ich könnt es Ihnen sagen», sagte ich. «Aber es würde zu lange dauern.»

«Ich versteh.»

Aber er schwatzte immer weiter, die Sechste Avenue hinauf und den Broadway entlang. Daß wir sie in den Entwöhnungsklub ‹Alcoholics Anonymous› einschreiben und ihr gesunde Milkshakes mischen und ihr Pfefferminzbonbons kaufen sollten, die sie lutschen konnte, wann immer sie der Durst befiel. Ich ließ ihn reden und stützte Lisa, die offenbar bewußtlos geworden war. Als wir ankamen, stellte Kohut, ein unrasierter Gnom mit einer plattgedrückten Boxernase, den Motor ab, lief mit meinem Schlüssel voraus, um die Wohnungstür zu öffnen, kam zurückgerannt und half mir, Lisa ins Haus zu zerren und auf ihr Bett zu legen. Während all dies vor sich ging, merkte ich, daß er mit einem neuen, entsetzten Ausdruck auf ihre Augen sah. Er sagte nichts, bevor wir ihr Zimmer verlassen hatten und ich ihm das Fahrgeld gab.

Dann machte er den Mund auf. «Lassen Sie die Milkshakes», sagte er. «Bringen Sie sie lieber gleich ins Narrenhaus. Das ist nicht der Suff, an dem Ihre Dame leidet. Die hat was geschnupft.»

8

Es fällt mir schwer, im klaren kalifornischen Sommerlicht an jenen bitteren Winter in New York zu denken. Nach Weihnachten wurde es grausam kalt; die Palisaden am anderen Ufer des Hudson waren weiß wie ein Hochgebirge, ganz Manhattan knirschte unter den Füßen und knisterte von eisiger Elektrizität. Wenn Taxis ihre Hörner bliesen oder die Polizeisirenen schrillten, ging es einem wie ein Schmerz durch Mark und Bein. Nachts wehte ein Grabeshauch, der die Knochen gefrieren machte. Schneestürme sprangen auf und endeten ebenso unvermittelt. Aber unablässig fauchten die großen Pflüge durch die Stadt und schaufelten den Schnee beiseite, der rascher fiel, als er weggeschaufelt werden konnte. Dann und wann schien die ganze Halbinsel in den Böen, die vom Meer über sie hereinbrachen, zu erschauern. Nur in Riga, in meiner Kindheit, hatte ich solche Winter erlebt – meine Stimmung wurde durch diese Erinnerungen nicht gehoben.

Die Kälte draußen war nicht schlimmer als der Frost in uns selbst. Da war Lisa in ihrem Zimmer – trockenen Auges, einem erloschenen Feuer gleich –, lag zu Bett oder saß untätig herum in ihrem verblaßten türkischen Morgenrock, grübelnd, trödelnd, dösend, umgeben von unordentlich verstreuten Dingen, die sie irgendwo herausgezogen und wieder fallen gelassen hatte, die Sittiche träg in ihrem Käfig, kein Laut ringsum als dann und wann ein leichtes Glucksen in der Heizung. Und hier war ich in der Küche oder in meinem kleinen geblümten Raum, wagte mich nicht in ihre Nähe, außer wenn sie mich rief, und fühlte mich ebenso einsam und allein wie sie, wenn ich Mario nicht bei mir hatte. Lisa war nicht unfreundlich zu mir, nur abwesend, nur abgeneigt, aus dem besonderen Winkel ihrer Vergangenheit, jenem Niemandsland ohne wirklichen Bestand, in dem sie sich aufhielt, hervorzukommen.

Hatte sie an jenem Weihnachtstag wirklich ein Rauschgift genommen – und sie wies am nächsten Morgen meine vorsichtigen Andeutungen scharf von sich; es wäre ihr nur übel geworden –, so nahm sie jetzt fast nichts zu sich, weder Essen noch Trinken. Die kärglichen Mahle, die ich ihr hineintrug, berührte sie kaum. Manchmal schlürfte sie eine Tasse Tee und knabberte an ein paar Keksen. Von Tag zu Tag schwand sie mehr dahin, wurde gleichsam körperloser. Das Telefon ausgeschaltet; der Apparat im Atelier, sagte sie, genüge für mich. Ihre Freunde durch irgendwelche Ausreden ferngehalten. Ihre Post ungeöffnet. Die Zeitung ungelesen auf dem Tisch. Es war nicht, als hätte Jeffs Verschwinden oder Thomas' Weigerung, zu ihr zurückzukehren, sie in diesen Zustand versetzt. Sie erklärte es mir eines Abends rundheraus, als ich Mut gefaßt und davon zu sprechen begonnen hatte. All das falle nicht ins Gewicht, behauptete sie, hätte sie nicht im mindesten berührt zu einer Zeit, in der das Leben sie noch stürmisch weiterzog, in der jeder Tag den vorhergegangenen durch seine Frische, seine Unerwartetheit auszulöschen vermochte und eine Unzahl von Möglichkeiten, von Straßen ins Ungewisse, vor ihr zu liegen schien. Aber seit einer Weile, sagte sie, stehe die Zeit für sie still, sie wisse nicht, warum. Es sei etwas in ihr, das sie nicht an sich kannte, das nicht mehr in ihrem Machtbereich lag. Wenn ich sie dann aus ihrer Starre aufzurütteln versuchte, sie bat, aus dem Bett zu steigen, sich anzukleiden, eine Freundin zu besuchen, zu einem Arzt zu gehen, zog sie die Schultern hoch und winkte mich hinaus. «Geh, Lele, laß mich in Frieden. Du bist ein nettes Mädel. Ich hab nichts gegen dich. Ich kann nur deinen Anblick nicht ertragen.»

Das alte Jahr ging und das neue kam, ohne etwas zu ändern. Ich blieb nicht ganz ohne Mittel, um unsere wenigen Ansprüche zu erfüllen. Jeff schickte mir wortlos etwas Geld aus Wabash, Indiana – ausreichend für meinen Lohn und unseren Lebensunterhalt, nicht genug, um unsere Schulden zu bezahlen. Bei Klotz hatte man Geduld und versprach, auf seine Rückkehr zu warten. Ich konnte nicht mehr tun, als ihm seine Post nachschicken und manchmal ein paar Worte beifügen, daß Lisa sich nicht wohl fühle und daß ich hoffe, er bleibe nicht mehr allzulange aus. Doch er schrieb den ganzen Januar keine Zeile, bestätigte mir nicht einmal, daß er meine Briefe regelmäßig erhielt. Vor Weihnachten war er ohne Arbeit gewesen; es sah nicht so aus, als bahne sich ein neuer Auftrag an. Einmal, als ich sein Atelier aufräumte, stieß ich auf eine Mappe mit der Aufschrift ‹Unilever› und fand darin ein Schreiben vom 16. Dezember, in dem ihm mitgeteilt wurde, daß die endgültige Entscheidung über die Wahl des Projektes getroffen sei und man bedaure, ihm seine Entwürfe, mit denen man sich eingehend beschäftigt habe, zurückreichen zu müssen. Das erklärte ein wenig, weshalb er bald darauf den Wutanfall bekommen hatte. Und weshalb er der Stadt, die ihn so enttäuschte, seitdem ferngeblieben war.

Auch Thomas war seines Lebens nicht froh. Ich besuchte ihn, wann immer ich mich frei machen konnte, aber er fand nur selten Trost in dem bißchen Nähe und Wärme, das ich ihm bot. Zuweilen erschreckte er mich, wenn er so schweigsam in seinem harten Stuhl unter der Lampe saß, den Tisch bedeckt mit Büchern und Seiten um Seiten handgeschriebener Notizen. Es waren endlose Auszüge mit ein paar Randbemerkungen, niemals der Versuch, all diese unzusammenhängenden Aufzeichnungen zu etwas Neuem, Eigenem zu verschmelzen. Wie ein Knauser saß er da und häufte Wissen an, ohne es nutzbar zu machen und in Umlauf zu bringen, als ließe er es durch seine Finger rollen gleich Münzen, die einer zählt und wieder in der Schatulle vergräbt. «Willst du wirklich kein Buch daraus machen, wenn du all das ausgelesen hast?» fragte ich ihn einmal. «Nein, mein Kind. Es ist alles schon gesagt. Es wird zuwenig gelesen in der Welt und zuviel geschrieben. Man sollte nichts weiter tun als auswählen und zusammenfassen, auswählen und zusammenfassen, wie der alte Kaiser von Persien es seinen weisen Männern befahl. Vielleicht stößt man dann zuletzt auf eine Formel, die an alle Hauswände geschrieben werden könnte, ein Zauberwort, das alles Böse auf Erden bannt.» Ich nahm eines der Bücher in die Hand, einen dicken Band von mehr als tausend Seiten: «Wie könntest du das auf eine Formel bringen?» Er sah es an. Es war ‹Krieg und Frieden›. Dann schlug er es an einer Stelle gegen Ende auf, die er sich bezeichnet hatte, und las mir Tolstois Nachbemerkung zu jener Szene vor, in der Graf Rostopschin dem Volk von Moskau Vereschtschagin als Sündenbock übergibt:

«Seit die Welt begann und Menschen einander zu Tode brachten, hat noch niemand ein solches Verbrechen gegen seinen Mitmenschen begangen, ohne sich mit derselben Idee zu trösten. Diese Idee ist *le bien public*, das fragwürdige Wohl der Allgemeinheit.»

«Meinst du jetzt nicht auch», fragte Thomas, «daß alles schon gesagt ist? Hätte ich diese Worte aufmerksam gelesen, hätte ich ihren Sinn begriffen, ehe ich den Kommunisten beitrat, vielleicht wäre ich davon abgehalten worden. Doch obwohl ich meinen Tolstoi zu kennen glaubte, hatte ich die wichtigste Lehre übersehen, die dieses Buch enthält. Ich mußte erst mühsam herausfinden, daß die gegenwärtigen Schmerzen und Ängste der Menschen wirklich sind, ihr künftiges Glück aber fragwürdig. Ich mußte erst den verhängnisvollen Glauben an Abstraktionen verlieren, bevor ich in der Politik zu einer humaneren Haltung fand. Dann aber fing die Schwierigkeit erst an. Wieviel Schmerz, wenn überhaupt, durfte man verursachen, um dem Volk seine schwer errungenen Rechte zu sichern? Wie weit war es gestattet, wenn sonst nichts mehr half, die üblen Methoden ihrer Unterdrücker nachzuahmen? Womit mußte man sich abfinden, um einen Krieg zu vermeiden, der unsagbares Elend und Morden nach sich zog? Wenn Hitler um den Preis von Coventry und Dresden vernichtet werden durfte, wieviel war Stalin wert? Wenn der Faschismus die Inkarnation des Bösen, der Kommunismus aber nur ein gefallener Engel war – sollte man für ihren Sturz die gleichen Opfer bringen?» Thomas zuckte die Achseln und lächelte auf seine alte, verzweifelte Art, wie an jenem ersten Abend bei Lisa. «Erinnerst du dich, Lele», sagte er, «wie ich dir von dem Tausendfüßler erzählte, der nicht mehr gehen konnte? Ich habe dir nur fünf von seinen tausend Füßen genannt, und schon ist das arme Tier gelähmt.»

Ich sah nirgends eine Schere, also biß ich den Faden, mit dem ich seinen abgerissenen Pyjamaknopf angenäht hatte, mit den Zähnen ab. «Thomas», sagte ich, «auf deine Fragen weiß ich keine Antwort. Ich bin schon froh, wenn ich sie überhaupt verstehen kann. Aber eines weiß ich. Du bist im Irrtum, wenn du glaubst, du seist von deinen Abstraktionen losgekommen. Sie haben dich wieder in ihrer Gewalt – hier bei deinen Büchern und Notizen. Als du noch mittendrin warst, damals in Wien, als du jeden Tag Entscheidungen zu treffen hattest, warst du da je im Zweifel, welchen Fuß du vor den anderen setzen sollst? Bist du nachts wach gelegen und hast dir alle deine Schritte überdacht? Keine Spur! Du wußtest instinktiv, daß sie gerechtfertigt waren. Wenn du dir etwas vornahmst, hast du es ausgeführt und bist ruhig deinen Weg gegangen, was immer auch der erste Anstoß gewesen war. Du mußt zurück ins politische Leben, Thomas. Warum tust du es nicht?»

«Wo denn? Vielleicht hier, in meiner ‹zweiten Heimat›?»

«Warum nicht?»

«Schau mal, Lele», sagte er, stand auf und ging zum Fenster. «Schau da hinunter.» Er zog die Vorhänge beiseite und zeigte auf den schneebedeckten Park am Fluß, den der sinkende Nachmittag mit blauen Schatten bedeckte. «Hast du je von dem Mann gehört, nach dem der kleine Park genannt ist? Ich werde dir erzählen, wer das war. Carl Schurz war ein Deutscher, der nach der Revolution von 1848 aus seinem Land floh und genau vor hundert Jahren in New York an Land ging. 1860 war er Kongreßabgeordneter für Missouri und unterstützte Abraham Lincolns Präsidentschaftswahl. Im Jahr darauf wurde er Gesandter der Vereinigten Staaten in Spanien. 1869 wurde er in den Senat berufen, und als er zu Beginn dieses Jahrhunderts starb, war er pensionierter Innenminister und ein hochverehrter Mann im ganzen Kontinent. Das alles konnte ein deutscher Revolutionär zu seiner Zeit erreichen. Damals warst du nicht während der ersten fünf Jahre ein Fremder und hernach ein naturalisierter Bürger bis zum Tod. Sobald du deinen Fuß auf diese Erde setztest, warst du Amerikaner.» Er zog verächtlich die Vorhänge wieder zu. «Zu denken, daß ich mir einbildete, ein zweiter Carl Schurz zu sein, als ich 1941 aus der europäischen Hölle herkam! Daß ich in dieses Haus zog, nicht allein, um seinem Gedächtnis nahe zu sein, sondern auch, um jeden Morgen zu sehen, wie die Sonne meiner Zukunft über dem East River aufging! Eine lächerliche Idee. Ich hätte mich mit dem Los meiner Kollegen in der deutschen Abteilung der ‹Stimme Amerikas› begnügen sollen – mit dem Anblick des Hudson, des Sonnenuntergangs und der beginnenden Nacht.»

Darauf konnte ich nichts erwidern, außer um ihm zu raten, noch einmal alle Brücken abzubrechen und nach Europa zurückzukehren. Dazu aber war ich nicht bereit; noch nicht. Es blieb mir nichts übrig, als seinem Körper Trost zu spenden, da sein Geist untröstlich war – den Riß in seinem Bettlaken zu stopfen, ihm ein gutes Abendessen zu kochen und, wann immer er mich ließ, dieses arme zerfurchte Gesicht zu liebkosen, das taub war, aber entspannt und gelöst ohne sein Hörgerät, ja, nichts anderes, als diesen großen, gutgebauten Mann, der sich einfach fallen ließ, zu lieben und in meinen Armen zu halten. Häufig ging ich dann, wenn wir zusammen gewessen waren und ich, sobald er sich mir entwand, den düsteren Blick wieder in seine Augen steigen sah, mit schwererem Herzen heim, als ich es je empfunden hatte. Denn sein Gram, den ich nun teilte, war nicht klar und erfaßbar wie der Gram darüber, Vater und Mutter verloren zu haben, fern von der Heimat in einem Arbeitslager zu hausen oder in Lebensgefahr zu sein. Es war die äußerste Bedrängnis eines Menschen, der mit seinem Dasein nichts mehr anzufangen wußte und mit der Schöpfung nicht mehr im Einklang war.

Eines Morgens, gegen Ende Januar, Mario war noch nicht aus dem Haus, hörte ich Lisa aufstehen und sich zum Badezimmer schleppen. Sie blieb lange darin; und nachdem Hattie dagewesen war, um den Jungen auf ihrer frühen Einkaufsrunde in den Kindergarten zu bringen, klopfte ich an die Tür und fragte, ob ich ihr behilflich sein könne. Sie schob den Riegel beiseite. Ich sah sie kreidebleich auf dem Rand der Wanne sitzen, in ein Handtuch gehüllt und unfähig, sich von der Stelle zu rühren.

«Was haben Sie, um Himmels willen?»

Die Antwort strengte sie an. «Nichts. Nichts, Lele. Reg dich nicht auf. Ich fühle mich nur schwach. Vielleicht hab ich wieder einmal ein Kind verloren. Es ist schon vorbei. Reich mir die Watte und schau, daß du hinauskommst. Ich bin gleich wieder soweit.»

Als sie im Bett zurück war, wagte ich mich zu ihr und beschwor sie, mich Dr. Cordan rufen zu lassen, doch sie verbot es mir. Sie konnte seine häßliche Visage nicht ertragen, wollte niemanden sehen, wünschte nicht, daß man sich in ihre Angelegenheiten mische. Als ich versuchte, sie umzustimmen, blickte sie mich stumm aus ihren schönen, tief umränderten Augen an und bezwang mich so lange, bis ich meine Absicht aufgab. Während der nächsten Tage schien es ihr nicht schlechter zu gehen, also fand ich es nicht nötig, ihren Anordnungen zuwiderzuhandeln. Ein paar Abende darauf erschien plötzlich Halassy vor der Tür und schob mich beiseite, als ich ihn abweisen wollte. Schließlich mußte ich ihm dankbar sein, daß er sich den Eintritt zu Lisa erzwang, die in ihrem Zimmer vor einer Schublade vergilbter Fotografien auf dem Boden saß, das Haar tief in den Nacken gewachsen, das Gesicht ungepudert, die Fingernägel abgebrochen und halb mit Lack bedeckt, der alte schwarze Jumper und die Hosen, die sie trug, um ihren abgemagerten Körper schlotternd. Als sie ihn eintreten hörte, fuhr sie wütend herum und starrte mich mit bitterem Vorwurf an. Halassy ließ sie nicht zu Wort kommen.

«Gib der Kleinen nicht die Schuld», sagte er, «ich hätte ihr den Hals umgedreht, wenn sie mir im Weg gestanden wäre. Was soll das alles heißen, Lisa! Du bist krank, das sehe ich. Es muß sofort etwas geschehen.»

Sie winkte mich hinaus – wollte nicht, daß ich dabei sei, wenn sie seinem Drängen nachgab. In der Tat hatte sie bereits so wenig Kraft, daß sie sich gegen niemand mehr wehren konnte; deshalb hielt sie sich die Leute vom Leib. Es kostete Halassy wenig Mühe, ihr die Erlaubnis abzuringen, den Arzt anzurufen. Während wir auf Dr. Cordan warteten, saß er bei ihr und erzählte ihr Geschichten. Ich ging draußen unruhig auf und ab und machte mir Vorwürfe, nicht früher gehandelt zu haben. Wieder einmal hatte ich versäumt, hinter der frechen, herausfordernden Miene das trotzige, verschreckte Mädchen zu erkennen. Wieder einmal hatte ich meine Pflicht vernachlässigt, sie vor sich selbst in Schutz zu nehmen, wie Jeff es getan hatte, solange er konnte, wie es Bothes Bitte an mich gewesen war. Ich hatte nicht einmal Thomas erzählt, in welchem Zustand sie war, aus Angst, daß ihr Elend in ihm bewirken könnte, was ihren Reizen nicht mehr gelang. Jetzt war das Unglück da; ich spürte es in allen Gliedern. Mir schien, als habe Halassys entschlossenes Vorgehen irgendeinen furchtbaren Tatbestand, der im verborgenen von Tag zu Tag unrettbarer geworden war, ans Licht gebracht.

Diesmal hatte der kleine rothaarige Chirurg seine Frau daheim gelassen. Halassy sprach wohl zu ernst, zu dringlich am Telefon. Während er bei Lisa war und sie untersuchte, verbrachten Halassy und ich eine schier endlose Zeit im Atelier. Wir redeten nicht miteinander, wir blickten uns nur an. In dieser halben Stunde, die es in Wahrheit dauerte, kam mir zu Bewußtsein, daß es neben dem gepflegten Dilettanten und Weiberhelden einen zweiten Baron Halassy gab, einen Mann, der tagelang in seinem Gartenhaus in Pinehill über alten Folianten saß, der daheim in Europa nicht nur in den besten Restaurants, sondern auch in allen Bibliotheken und Bildergalerien zu Hause gewesen war, und der seinen Zynismus, seine Gefühlskälte und Immoralität abzustreifen vermochte, wenn es um historische Wahrheit, wirkliche Schönheit oder eine menschliche Notlage ging. Im weiteren Verlauf sollte ich reichlich Gelegenheit finden, ihn zu hassen. An jenem Abend in Jeffs Atelier aber war er für eine kurze Weile mein Verbündeter und Freund.

Schließlich erschien Dr. Cordan. Er wirkte tief betroffen. Anstatt sofort mit uns zu reden, bat er Halassy, sich von Lisa zu verabschieden, und mich, ihr ein Glas Wasser zu bringen, damit sie gleich ein Schlafmittel nahm. Nachdem ich ihr Licht gelöscht hatte – sie war gehorsam und erschöpft zurückgesunken, durchaus bereit, sich gründlich auszuruhen –, ging ich ins Atelier zurück. Dr. Cordan war eben dabei, eine medizinische Erklärung abzugeben, doch sowie ich eintrat, unterbrach er sich. Was immer ich jetzt gegen Halassy vorzubringen habe, ich kann doch nie vergessen, wie er damals ausrief: «Nur weiter, Cordan, sagen Sie's ihr doch. Im Augenblick ist sie Lisas ganze Familie!» Dann ließ Dr. Cordan mich niedersetzen und teilte mir mit, er habe bei Lisa einen Tumor gefunden, von dem man noch nicht wisse, ob er bösartig sei; auf keinen Fall aber dürfe die Operation auch nur einen Tag hinausgeschoben werden. Ich sollte Jeff in einem Kabel ersuchen, sofort zurückzukehren, und Lisas Bruder verständigen, der sich, wie Halassy versicherte, noch immer in New Orleans befand. Inzwischen wollte er ein Zimmer im Medical Center bestellen. Morgen früh um zehn habe sie bereit und ihr Koffer gepackt zu sein. Dann ging er. Bald darauf verließ mich auch Halassy, nachdem er mir auf freundliche und väterliche Art noch ein paar praktische Ratschläge gegeben hatte, und ich blieb mit dem kleinen Kind und der schwerkranken Frau in der Wohnung zurück. Manchmal, zum Beispiel, als ich den Antrag auf meine ersten Bürgerpapiere ausgefüllt hatte, fiel mir ein, daß ich erst einundzwanzig war. Die meiste übrige Zeit kam ich mir vor, als wäre ich noch weitere einundzwanzig Jahre älter.

Lisa fuhr am anderen Morgen ins Hospital, verbot mir aber, sie zu begleiten. Es war ein letztes unsinniges Auftrumpfen ihrer Kraft. In Wahrheit sah sie so hilflos und gebrechlich aus, daß man meinte, sie müsse jeden Augenblick zusammenbrechen. Ich setzte sie ins Taxi. Ehe sie einstieg, beugte sie sich plötzlich vor und küßte mich auf beide Wangen. Ich wurde rot und spürte, indes das Taxi verschwand, wie mir die Tränen in die Augen traten. Sie hatte kein Wort gesagt, doch mir war klar, daß sie wußte, worum es ging.

Nachdem sie fort war, hatte ich keine Ruhe vor dem Telefon und den Besuchern. Jeder von ihren Freunden, der sich bisher durch Ausreden hatte fernhalten lassen, rief jetzt an oder tauchte auf, um mich über Lisas Krankheit auszufragen. All meine Energie verbrauchte sich in diesen überflüssigen Gesprächen, und die Mühe, die sie mir bereiteten, rieb mich völlig auf. Überdies hatte ich Geldsorgen. Dr. Cordan hatte rundheraus erklärt, daß er zwar bescheiden sein werde, aber dennoch ein Honorar erwarte – schließlich war Jeff ein Amerikaner fünfter Generation. Das Medical Center verlangte eine Vorauszahlung, die Halassy vorgeschossen hatte, aber nicht aus eigener Tasche zu bestreiten imstande war. Ich fiel fast um, als ich hörte, was diese Operation um Tod und Leben in Dollars und Cents bedeuten würde. Vorläufig aber schien keiner ihrer Angehörigen zur Übernahme dieser Last bereit. Ihr Bruder Sascha, dessen Adresse – auf der ‹Esplanade› in New Orleans – ich in ihrem Notizbuch gefunden hatte, telegrafierte zurück, er sei verzweifelt über die Nachricht und werde herbeieilen, sowie er das Flugbillett und fünfhundert Dollar für seine Auslagen von uns erhielt. Auf das Kabel an Jeff jedoch erhielt ich Antwort von Reverend Jonathan W. Curtis in Wabash, der mich wissen ließ, sein Sohn sei für eine Woche nach Chikago gereist, ohne eine Adresse zu hinterlassen, und werde sogleich nach seiner Rückkehr über den bedauerlichen Zustand seiner Frau in Kenntnis gesetzt.

Über all dem drohten meine Nerven zu versagen. Aber das Schlimmste trat nicht ein. Am Tag ihrer Einlieferung bekam Lisa eine Bluttransfusion und wurde am nächsten Morgen operiert. Als der Chirurg Halassy und mir, nachdem er den histologischen Befund erhalten hatte, das Ergebnis mitteilte, klang er zuversichtlich. Lisas Krankheit, sagte er, sei einer jener Grenzfälle, in denen die Möglichkeit einer bösartigen Entwicklung nicht auszuschließen war. Um ihrer überreizten Seelenhaltung willen würde man sich freilich an die Regeln, den Patienten die volle Wahrheit zu sagen, nicht halten. Die Hauptsache war jedoch, daß die Operation noch rechtzeitig hatte durchgeführt werden können und kein Grund bestand, eine Wiederkehr des Übels zu befürchten. Lisa würde zwei Wochen im Hospital bleiben und sich dann aller Voraussicht nach völlig erholen. Obwohl wir sie noch nicht sehen durften, gingen wir sehr erleichtert davon, und Halassy, der bei den Langendorfs zum Abendessen eingeladen war, brachte mich bis zur Wohnung. Ich fühlte mich jetzt stark genug, weiter auszuharren, auch wenn Jeff noch nicht so bald wiederkam.

Wie ich zu Anfang sagte, hätte ich nichts lieber vermieden, als jenen ersten Abend zu schildern, an dem ich Mario, dem Vater meines Sohnes, begegnet war. Das gilt noch immer. Verwunderlicherweise finde ich es leichter, ein Ereignis zu erwähnen, das man für weniger entschuldbar halten mag. Vielleicht gelingt es mir jetzt besser, mich in die Stimmung zu versetzen, der es entsprungen, ja mich sogar für einen Augenblick in den Menschen zurückzuverwandeln, dem es zugestoßen war. Wenn ich in den Fährnissen der letzten Jahre eins gelernt habe, dann ist es dies: daß wir im Lauf unseres Lebens nicht nur ein, sondern viele verschiedene Wesen sind; daß uns nicht mehr Dauer, Einheit und Bestand innewohnen als einer ganzen Reihe von Generationen; und daß – wie in einer gewissen Zeitspanne unsere Haut von uns abfällt und unsere Blutkörperchen sich ersetzen, wodurch unser Körper immerfort erneuert und ausgewechselt wird – unsere Identität beständig abblättert und einer anderen Platz macht. Glaubte ich das nicht, dann könnte ich auch nicht mit solchem Freimut meine Geschichte schreiben, die nicht nur mein Mann, sondern auch mancher unserer Freunde in San Francisco lesen wird. Mir scheint jedoch, daß die Person, der das geschah, wovon ich jetzt berichten werde, nicht mehr und weniger mit dem Mädchen gemeinsam hat, das jener Mario verführte, als mit der Frau, die zwei

Jahre später und dreitausend Meilen weiter östlich in einer glücklichen Ehe lebt.

Am vierten oder fünften Tag, nachdem Lisa eingeliefert war, erlaubte man mir, sie zu besuchen. Sie hatte ein sonniges Zimmer hoch über dem blaugrünen Hudson, auf dem jetzt die Eisschollen trieben, und der George-Washington-Brücke mit ihrem schönen Schwung – wenn auch nicht im Harkness Pavillon, wo man nur die reichsten Patienten unterbrachte. Ich fand sie aufrecht im Bett sitzen und so wohl, wie ich sie seit langem nicht gesehen hatte. Es mag unglaubwürdig klingen, daß sie so bald nach einer schweren Operation bereits wiederhergestellt schien, aber ich verbürge mich dafür. Gestern sei es ihr noch schlecht gegangen, sagte sie. Aber heute fange eine neue Zeitrechnung an. Sie hatte die Nacht durchgeschlafen und morgens gefrühstückt, war frisiert, zurechtgemacht und in ein blütenweißes Spitalshemd gehüllt, die Wintersonne schien und ein frischer Tag war angebrochen. Sie war imstande, ein paar Modehefte durchzublättern und eine Zigarette zu rauchen, ja sogar, eine kleine Pose einzunehmen, ihre alte Primadonnenpose, die dadurch erleichtert war, daß ein wahrer Blumenflor ihr Bett umgab. «Nichts ist besser», sagte sie heiter, «als sein Inneres loszuwerden, wenn man einen neuen Ausblick auf das Leben gewinnen will. Warum mache ich das nicht öfter?» Und wenn ihr Frohsinn auch ein wenig künstlich und ihre Pose ein wenig erzwungen klang, wenn sie nach einer Weile zu ermatten schien, so war es doch eine bewundernswerte Leistung. Bald darauf schob mich die Krankenschwester auch schon zur Tür hinaus, und sie konnte sich wieder zur Ruhe legen. Sehr vergnügt fuhr ich im Bus den Broadway hinab, sprang bei der 77. Straße hinaus, um Mario aus dem Kindergarten zu holen, und erzählte ihm in meinem Überschwang, seiner ‹Isa› gehe es gut und sie werde bald wieder da sein, um wie früher mit ihm zu spielen. Er nickte ernst und verständig, wie kleine Jungen es häufig tun, als hätten sie nicht nur aufgefaßt, was man ihnen sagt, sondern es auch in all seiner Bedeutung begriffen.

Ich hatte mich für Lisa hübsch angezogen und daheim, immer noch in meinem Putz, Marios Abendessen gemacht, als die Türklingel ging. Ich öffnete und sah vor mir einen jungen, ein wenig fülligen, auffallend gut gekleideten Mann, dessen erwartungsvolles Lächeln erlosch, sobald er mich erblickte.

«Wohnt hier nicht Mrs. Lisa Curtis?» fragte er zweifelnd.

Ich erkannte den Akzent sofort.

«Si Signore», sagte ich. «Leider ist sie nicht zu Hause.»

Er sah enttäuscht aus. Dann gab er sich einen Ruck und begann, mich anzustarren. Sein neuerliches Lächeln galt bereits mir. «Und woher wissen Sie, daß ich Italiener bin?»

«Treten Sie doch ein», sagte ich an Stelle einer Antwort. «Mrs. Curtis wird bedauern, daß Sie umsonst gekommen sind.»

«Ach, ich weiß nicht –», erwiderte er, kam in den Vorraum und folgte mir in Lisas Zimmer, wo ich jetzt gewöhnlich ihre Besucher empfing. «Vielleicht macht es ihr nichts aus, wissen Sie. Lisa mochte mich gern, aber ich bin ihr niemals abgegangen. Und ihr Mann, der ist auch nicht da?»

«Zur Zeit nicht.»

«Und Sie? Wer sind Sie?»

Irgend etwas veranlaßte mich, ihn herausfordernd anzulächeln. «Ich bin das Dienstmädchen.»

Er prüfte mich von Kopf bis Fuß, wie nur Italiener es vermögen. «So? Das glaube ich nicht. Ich kenne Lisas Dienstmädchen und ich kenne die kleinen Freundinnen, mit denen sie ihre Wohnung schmückte. Ihre Dienstmädchen sind schnurrbärtige alte Hexen aus Sizilien, die sich für sie in Stücke reißen lassen. In Rom zumindest war es so. Aber auch New York ist voll von Sizilianern. Sie kommen mir eher wie eine kleine Freundin vor.»

«Vielleicht bin ich's auch. Aber ich führe ihr das Haus. Und das –», denn in diesem Augenblick war Mario eingedrungen, «ist mein kleiner Sohn.»

Der Besucher hatte den Mantel ausgezogen und ihn mit seinem Hut auf einen Sessel gelegt. Jetzt fing er Mario in seinen Armen auf, setzte ihn sich aufs Knie, redete in raschem und fehlerhaftem Englisch auf ihn ein, was den Jungen zum Lachen brachte, und ließ ihn auf und ab hüpfen, wie Luke es häufig tat. Kein anderer Mann, der zu uns gekommen war, hatte sich so reizend zu Mario benommen. Eine Sekunde lang hatte ich das unheimliche Gefühl, als hielte ihn sein Vater im Arm. Dann wandte sich der Gast zu mir:

«Verzeihen Sie, ich habe mich nicht vorgestellt. Ich bin delle Torre. Luciano delle Torre. Und wie heißt du?» fragte er das Kind.

«Mario.»

Fast pfiff er durch die Zähne, als er den italienischen Namen hörte. Aber die Art, wie er sich beherrschte, keine weiteren Fragen stellte, nicht danach forschte, wer der Vater meines Sohnes war, sondern lediglich fortfuhr, mich auf eine höchst vertrauliche Weise zu betrachten, war mir ein Beweis, daß er jenem Mario zwar in manchen Dingen gleichen mochte, aber aus einer anderen sozialen Sphäre kam. Der Charme jedoch war ähnlich – vielleicht besaßen ihn die Männer aller Schichten in jenem Land. Jedenfalls fühlt man sich nur bei Italienern so leicht und ruhig, als wären die Räderchen des Lebens plötzlich gut geölt und surrten hurtig dahin, um sich, wenn sie verschwunden sind, wieder rasselnd und keuchend fortzubewegen.

Ich gab ihm zu trinken und setzte mich zu ihm. Er begann, mir von sich zu erzählen. Nach New York war er nur für ein paar Monate gekommen, um im Büro einer italienischen Fluggesellschaft zu arbeiten, in deren Aufsichtsrat sein Vater saß. Lisa kannte er aus ihren früheren Jahren in Rom. Und obzwar sie seit ihrer Heirat die Verbindung miteinander verloren hatten, wäre es ihm nicht eingefallen, in ein und derselben Stadt zu weilen, ohne den Versuch zu machen, sie zu sehen. Ich deutete nur an, weshalb sie nicht anzutreffen war, ohne ihm Einzelheiten ihrer Krankheit zu verraten. Er sprach denn auch von ihr, als wäre sie noch immer jenes gesunde, lebenslustige Geschöpf, mit dem er in Rom befreundet gewesen war.

«Che donna, mamma mia! Wie kann sie es mit einem einzigen Mann aushalten – und an diesem Ort? Verzeihen Sie, aber wenn ich daran denke, wie sie in Rom gelebt hat! Sie hatte ein wunderbares Appartement in Parioli – eigentlich gehörte es meiner Tante di Stefano, die im Krieg auf ihr Gut gezogen war und nicht sofort zurückkommen konnte, als die Deutschen fortgejagt wurden – sie mußte sich noch ein bißchen still verhalten, verstehen Sie, weil meine Tante Margherita nämlich eine alte Faschistin war. Ihr Appartement hat den schönsten Dachgarten in Parioli. Tropische Pflanzen, Sträucher, Blumen, was immer Sie wollen. Lisa hielt sich dort zwei Katzen, eine Schildkröte und einen riesigen Vogelkäfig – hier hat sie zwei Sittiche, wie ich sehe, aber dort flogen Dutzende herum. Was für Einladungen sie nur gab in diesem Garten!»

«Mitten im Krieg?»

«Warum nicht? Man kann doch nicht immerfort weinen! Lisa tanzte ohnehin auf Eiern, wie wir sagen. Sie wissen ja, wer sie war und woher sie kam! Nun, sie legte sich einen falschen italienischen Namen zu, einen dummen Namen, den niemand gern getragen hätte, sie nannte sich die Witwe Pia Passalaqua. Wie wir darüber lachten! Mit diesem Namen spazierte sie geradewegs in die deutsche Kommandantur im Hotel Flora, um zu fragen, ob der Sohn ihrer Gemüsehändlerin, der sich zwei Tage lang nicht zu Hause gezeigt hatte, verhaftet worden sei!»

«Und war er verhaftet worden?»

«Ja. Man hatte ihn als Geisel aufgegriffen, nach irgendeinem Überfall auf zwei deutsche Offiziere der SS. Als sie sich nach ihm erkundigte, war er bereits im Regina Coeli erschossen worden. Aber zumindest bekam sie es heraus. Der Gestapobeamte sagte es ihr. Sie redete ihm ein, sie sei nach dem Tod ihres Mannes Deutschlehrerin geworden, sprach mit italienischem Akzent, und der Mann verliebte sich geradezu in sie. So hat sie alles über den Sohn ihrer Gemüsehändlerin erfahren.»

«Wie entsetzlich!»

«Ja, entsetzlich.» Er kreuzte elegant die Beine – Mario war davongelaufen, um mit seinem neuen Farbkasten zu spielen – und nippte an seinem Martini. «Sie ist fabelhaft mutig, Lisa. Ich weiß noch, wie sie den englischen Offizier im Sommer 1943 versteckt hielt, Reggie. Das Komische war, sie mußte ihn noch besser vor dem alten Algarotti verstecken als vor den Deutschen, die zwar wußten, daß er irgendwo herumsaß, aber nicht wußten, wo. Der alte Algarotti zahlte für die Wohnung. Zweimal die Woche mußte Reggie aus dem Haus und auf der Gasse spazierengehen. Ein Glück für ihn, daß Algarotti schon so alt war.» Er lachte entzückt, voll kindischer Heiterkeit. «Rom war damals voll von versteckten englischen Offizieren», sagte er. «Nette Jungen. Manchmal saßen wir mit ihnen im ‹Orso›, und der Gastwirt flehte uns an, unsere Freunde, die Signori Inglesi zu bitten, ihre Taschentücher nicht in den Ärmel zu stopfen, wie es die Sitte ist bei den guten Regimentern, weil es den Herren von der OVRA am Nebentisch aufzufallen begann.»

Er erhob sich und spazierte herum, anmutig und geschmeidig wie ein wohlgenährtes Tier. «Mir gefällt's hier», sagte er, «ich hab sofort gesehen, daß das Zimmer Lisa gehört. Hier ist nichts, was nicht schön ist.» Dies mit einem langen Seitenblick auf mich. «Sie hat eine merkwürdige Anziehungskraft für alles Schöne. In Rom, wissen Sie, wo sie Schränke voll teurer Kleider hatte, zog sie irgendeinen kleinen Fetzen an, Sandalen, weder Puder noch Schminke, ging in einen dieser Trödelläden in der Via dei Coronari und stand einfach da. Dann kam alles auf sie zugeflogen wie – wie nennt man das? – wie *limature di ferro* zu einem Magneten. Miniaturen, altes Porzellan, Bronzen, eine frühe florentinische Duchessa. Die mußte sie freilich wieder verkaufen, als die Alliierten Rom einnahmen, als Algarotti in den Norden ging und eine Weile keiner von uns auch nur zehn Lire besaß. Aber ein Jahr lang hing sie bei ihr an der Wand. Eine blasse kleine Duchessa. Sehr blond. Wie du.»

Delle Torre strich auf seinem Gang durch das Zimmer an mir vorbei und ließ, wie unabsichtlich, seine Hand über meinen Hals und meine Schulter gleiten. Er hörte jedoch keinen Augenblick zu reden auf, über Lisas römische Marotten, über ihre Freunde und Liebhaber – den Bankier Algarotti und Dado den Tunichtgut, mit dem sie sich kurz nach dem Fall von Rom zusammentat –, über jene alte unglückliche Sache mit Giàncarlo, von der er annahm, ich wüßte genau Bescheid darüber, und über das plötzliche Auftauchen von Bob MacColl und Jeff Curtis, diesen beiden schlaksigen Amis, die sich von Salerno auf brutale Weise durchgekämpft hatten. Er traf keine Anstalten, sich wieder zu entfernen, sondern hielt es, mit jener göttlichen italienischen Leichtigkeit, die Lisa einmal *disinvoltura* genannt hatte, für durchaus selbstverständlich, daß er mir willkommen war, daß er sich zu Hause fühlen durfte, daß ich seine Gegenwart genoß und mir nicht mehr daran lag, ihn wieder gehen zu sehen, als ihm, bei mir zu bleiben. Von Zeit zu Zeit, während er auf mich einsprach, die Sittiche neckte oder sich den Modigliani über Lisas Bett genauer besah, gab er mir zwischendurch einen raschen Blick und ein Lächeln, denen ich hilflos ausgeliefert war. Das

Schlimmste war, daß er es wußte. Er wußte so gut, was jeder seiner Blicke mit mir tat, als wären wir ein Fleisch und Blut. Und dies, obwohl wir uns nicht länger als eine halbe Stunde kannten.

Zuletzt sagte er rundheraus, wie nett es wäre, wenn wir zusammen zu Abend äßen. Er selbst würde natürlich kochen. Er sei ein wunderbarer Koch und wollte es mir sogleich beweisen. Ohne meine Zustimmung abzuwarten, ging er in die Küche und riß den Kühlschrank auf. Er fand gefrorene Garnelen drin, Salat, Eier und ein paar Flaschen Wein, nahm meine Schürze vom Haken und machte sich an die Arbeit. Mario tanzte um ihn herum und sträubte sich, schlafen zu gehen. So trug ihn denn delle Torre, nachdem er die Garnelen paniert und den Salat gewaschen hatte, eilig ins Bad, seifte und schrubbte ihn unter viel Geplätscher und Gelächter, zog ihm den Pyjama an und legte ihn ins Bett. Ich hatte inzwischen schweigend seine Kleider von Lisas Stuhl genommen und sie im Vorraum aufgehängt. Während die ‹Scampi› im heißen Öl brutzelten und er den Zabaglione, der ihm plötzlich noch eingefallen war, zu quirlen begann, deckte ich einen kleinen Kaffeetisch in Lisas Zimmer. Ehe er das Essen auftragen wollte, stürzte er rasch herein und wollte das Radio aufdrehen, um ein bißchen Tafelmusik zu machen. Als ich ihm sagte, es sei in der ganzen Wohnung kein Apparat vorhanden, stellte er das Grammophon an und fischte aus dem Stoß von Platten einen römischen Schlager aus dem Vorjahr heraus – ‹Serenata Celeste›. Dann war alles für sein ‹petit souper à l'italienne›, wie er es nannte, bereit.

Mario, der Chefkoch, hätte mir kein besseres Mahl bereiten können. Überdies behandelte delle Torre Lisas Wein, als wäre es Wasser, und schenkte mir unablässig nach, wie Mario, um mich betrunken zu machen. Diesmal aber goß ich nichts weg. Diesmal wollte ich alles trinken, in der Hoffnung, daß es die Sorgen dieser letzten Wochen wegschwemmen würde, Lisas Krankheit und Jeffs Verschwinden und die tiefe Gleichgültigkeit, die Thomas im Innersten seines Herzens für mich empfand. All mein Kummer darüber, daß ich ihm gegenüber versagte, daß ich nicht fähig war, ihn in meiner Gegenwart die Unzulänglichkeit dieser Welt vergessen oder zumindest übersehen zu lassen, all die Scham darüber, daß ich zuwenig schön war, nicht genug Verstand hatte und zu unbedeutend war, um das Dunkel, in dem er sich häuslich eingerichtet hatte, ein wenig zu erhellen, wurden jetzt in ein paar Flaschen importierten und, wie delle Torre bedauernd feststellte, arg verschnittenen Rheinweins ertränkt. Obendrein schilderte mir dieser bezaubernde Junge alle meine Reize, mein weißes kleines florentinisches Herzoginnengesicht, mein Haar, meine hübschen Hände, meine schmalen Füße, meine schlanke Gestalt und meine Stimme, vor allem meine Stimme, die ihn bewogen hatte, hierzubleiben, sowie er sie zuerst vernahm, die ihn dazu verführt hätte, mich heute abend nicht mehr von seiner Seite zu lassen, ob Lisa und Jeff zu Hause gewesen wären oder nicht. Wann immer er mich berührte, ob aus Zufall oder Absicht, wurde ich schwach, und er wußte es jedes Mal genau. Wie hätte es anders enden können als auf Lisas Bett, mit halb gelöschten Lichtern und einer Art von Liebe, wie sie mir bisher noch nie widerfahren war? Ich ahnte nicht, wie spät nachts es war, als er mich verließ. Halb im Traum, glücklicher als je im Leben, ja, in jenem Zustand der Seligkeit, den Lisa mir mit Recht nicht zugetraut hatte, küßte ich ihn und streichelte ihn zum Abschied und murmelte: «Seh ich dich morgen?» und hörte ihn antworten, «Ja, Piccina, ciao.»

Damit war er davon. Er zeigte sich nicht am nächsten Tag, auch nicht am übernächsten. Um ehrlich zu sein: obwohl ich noch eine Woche wie in einem Taumel umherging, zu zittern begann, wenn das Telefon oder die Türklingel ging, von einem Schauer befallen wurde, sobald ich nur an seinen Namen dachte, rief delle Torre weder an, noch ließ er sich blicken oder machte den leisesten Versuch, mich wiederzusehen. Nach dieser Woche gab ich es auf, weiter zu hoffen und zu zittern, und legte die Erinnerung an das kleine ‹souper à l'italienne› in eine Schublade wie einen Fächer oder ein Paar Abendhandschuhe, die sich für den einen und einzigen Ball gelohnt haben, an dem man sie trug.

9

Die Woche war kaum um, als ein anderes Ereignis eintrat: Jeff kehrte so still wieder, wie er gegangen war. Eines Morgens kam ich vom Einkauf zurück und sah seinen Hut und Mantel im Vorraum. Bald darauf erschien er, begrüßte mich mit abgewendeten Augen und bat mich, ihm das Sofabett im Atelier zu überziehen. Ich wußte nicht, ob diese unpersönliche, fast verletzende Haltung auf Verlegenheit oder Unmut zurückzuführen war. Vermutlich auf beides. Offenbar widerstrebte es ihm, sein altes Leben wieder aufnehmen zu müssen, widerstrebte ihm der Gedanke an Lisas Krankheit – wie alle Amerikaner sich dagegen wehren, an körperliche Leiden oder gar an den Tod erinnert zu werden –, widerstrebte ihm am meisten, von ihr dazu genötigt, ja erpreßt worden zu sein, all seine Zukunftspläne aufzugeben. Eines war klar: er hatte in jenen Wochen im Mittelwesten versucht, sich von Lisa loszulösen; seine Reise nach Chikago war die Vorbereitung einer neuen Existenz. All das war durch die Nachricht, die er bei seiner Rückkehr nach Wabash erhalten hatte, zunichte gemacht worden. Obschon sein Vater Lisa verabscheute – später erfuhr ich, daß er Jeff verboten hatte, sie je nach Hause zu bringen –, gebot ihm sein Gewissen als episkopalischer Geistlicher, Jeff nahezulegen, seine Frau nicht zu verlassen und ihr unverzüglich beizustehen. Jeff war dann sogleich nach New York weitergeflogen, in ein Dasein, das ihm bereits zur Qual geworden war.

Seine schlimmsten Befürchtungen wurden freilich durch seinen ersten Besuch bei Lisa zerstreut. Gleich mir fand er sie in einem besseren Zustand als seit langer Zeit. Danach begann er wieder mit mir zu reden, vor sich hin zu pfeifen und manchmal sogar, wie früher, wenn Lisa lange geschlafen hatte, sein Frühstück mit mir in der Küche einzunehmen. Einem Telefongespräch, das er mit Katharine Langendorf führte, entnahm ich, daß er sich auf einen Bußgang in die Park Avenue begab, wahrscheinlich, um ein neuerliches Darlehen von ihr zu erbitten und sie um ihre Hilfe bei seiner Arbeitssuche anzugehen. Jedenfalls war er in der Lage, die Rechnung bei Klotz zu bezahlen. Und bald darauf meldete sich eine Mrs. Lilian D. Dondero, eine ältliche Witwe und Patientin Katharines – wie er mir am anderen Morgen über seinen Pfannkuchen mit Ahornsirup erzählte –, um ihn mit der Einrichtung einer neuen Privatbar in ihrem Haus auf Long Island zu betrauen. Auch sein Beruf war ihm inzwischen langweilig geworden; die Innenarchitektur hing ihm zum Hals heraus. Aber Lisa kostete eine Menge Geld, selbst Bob McColl hatte aushelfen müssen, wenn er auch nicht genau wissen durfte, welchem Zweck die zwölfhundert Dollar dienten, die er Jeff telegrafisch anwies, und immer war es noch nicht genug, denn sie sollte noch ein paar Wochen in einem Erholungsheim verbringen. Ganz überraschend trieb sie schließlich selbst die fehlende Summe auf. Als Jeff sie das nächste Mal besuchte, ermächtigte sie ihn, anscheinend ohne die geringste Gemütsbewegung, Bothe zu kabeln und in ihrem Namen den Modigliani zum Kauf anzubieten. Für einen Betrag, der die beiden monatelang über Wasser halten sollte, wenn auch nur für ein Zehntel des Wertes, den das Bild bereits drei Jahre später besaß, folgte die langhalsige junge Dame der florentinischen Duchessa. Sobald Lisa zu Hause eintraf, holte sie aus ihrem Koffer eine üppigsinnliche heilige Katharina in einem rotgefältelten Rock, einem goldenen Mieder und einer goldenen Krone, die in ihren Grübchenhänden einen Palmzweig und ein Wagenrad hielt, und hängte sie an die leere Stelle. Es war ein Bild im ‹Bauern-Barock›, das sie einmal für den Gegenwert von fünf Dollar in einem Salzburger Dorf erstanden hatte. Jetzt lächelte die Heilige an der Wand, als wäre sie froh, ihrem Kellerverlies entronnen zu sein.

Sowie Lisa wieder daheim war, berichtete ich ihr auch von delle Torres Besuch. «Was», rief sie. «Ciano delle Torre! Ist der in New York? Na, warten wir's ab. Wenn er Lust hat, taucht er wieder auf. Wenn nicht, so schadet es auch nichts. Ein netter Junge, der kleine Graf. Ein bißchen langweilig im Bett.» Das war alles. Es erstaunte sie nicht, nach einer Weile von einem anderen Italiener, der sie anrief, zu hören, daß delle Torre nach Los Angeles weitergeflogen war, ohne den Versuch zu machen, sie zu sehen. «So sind sie eben.

Ich hab viel zu lange mit ihnen gelebt, um einen dieser römischen Giovanotti ernst zu nehmen.»

Für eine kleine Weile hielt sie sich freilich noch in Weir Creek auf, während Jeff, nicht weit davon, Mrs. Donderos Bar in Locust Point installierte. Ich war mir selbst überlassen. Als Luke und Hattie mich eines Tages einluden, mit ihnen zu einem Gesellschaftsabend ihres Vereins in Harlem zu gehen, nahm ich mit Vergnügen an. Luke fragte, ob ich Lust hätte, einen Freund mitzubringen, und ich forderte Thomas auf, uns zu begleiten. Er war entzückt. Seit langem, sagte er, wolle er mit Negern in Verbindung kommen. Ned hätte sich gewiß, bei all seiner Gutmütigkeit, gegen ein Zusammensein mit einem Haufen Schwarzer gesträubt.

Small's Paradise, wo das Fest stattfand, lag in der Siebenten Avenue in der Nähe der 135. Straße. Wir fuhren mit der Untergrundbahn hin und wollten uns dann zu Fuß in das Lokal begeben. Es war eine finstere Nacht, kalter Schneeregen fiel, aber nahe dem Ausgang hielt die African League eine Straßenversammlung ab. Um einen pechschwarzen Neger mit Kinnbart, der mit heiserer Stimme, aber in gewählter Rede und voll Nachdruck sprach, hatte sich eine große Menschenmenge geschart. Hattie zog uns am Ärmel, aber Thomas und ich blieben einen Augenblick stehen, um zuzuhören, und fanden uns im nächsten Augenblick durch das Gedränge voneinander getrennt. Zufällig fiel ich dem Redner auf der Seifenkiste ins Auge – mein Haar, über dem ich nur ein schmales Band trug, mußte im Regen unter der Laterne geglitzert haben – und er wandte sich mir zu und wies mit dem Finger auf mich.

«Seht sie nur an», rief er, «seht euch die hübschen weißen Damen an, die zu uns nach Harlem kommen und uns hinter unseren Gittern bestaunen wie wilde Tiere im Zoo. Feine weiße Damen mit goldenem Haar, Gottes Lieblingskinder – wie man aus ihren grinsenden Gesichtern schließen kann. Aber das Grinsen wird ihnen vergehen, meine Freunde, und der Schmerz wird in ihre Gesichter steigen, wenn der schwarze Mensch sich erhebt und der Tag der Vergeltung kommt. Ja, Ma'am, der Tag ist nicht mehr weit –»

Doch in diesem Augenblick hatte Luke sich durch die Menge gekämpft und mich am Arm ergriffen, Hattie hatte Thomas am

Rock gefaßt, und wir eilten unter dem zornigen Gemurmel der Umstehenden davon, vorbei an dem einsamen schwarzen Polizisten, der reglos im Eingang der Untergrundbahn stand und keine Miene machte, sich in den Vorgang einzumischen. «Ein böser Kerl», sagte Luke zu uns, als wir die nasse, matschige Straße im Vergnügungsviertel von Harlem hinunterliefen. «Hören Sie nicht auf ihn, Miß Lele, das ist nichts als ein böser Kerl, der uns alle ins Unheil stürzen wird.» Thomas hielt mich umklammert, immer noch erschreckt von der Gefahr, in der ich mich befunden hatte. Trotzdem fragte er Luke, warum der Mann auf der Seifenkiste nicht das Recht haben solle, sich über unsere Anwesenheit zu ereifern. Wenn man Neger nicht in die Gaststätten und Ballsäle der Weißen einlasse, sagte Thomas, dürften auch wir uns nicht an Orten zeigen, wo sie unter sich sein wollten. «Ich kann es Ihnen sagen, Mr. Munk, warum», erwiderte Luke. «Weil's ihm nicht zusteht, Leute aufzuwiegeln und gegen Weiße zu hetzen, die weder ihm noch jemand anders was zuleide tun. Wozu macht er sich da oben breit, statt im ‹Nationalverband für die Förderung farbiger Menschen› ein gutes Werk zu verrichten? Walter White, das ist ein braver Kerl. Der erreicht was für uns, in aller Ruhe, statt an Straßenecken den wilden Mann zu spielen. Radikale! Was die sagen, weiß ich genau. ‹Jeder Neger, der von Negern abstammt, muß ein Neger sein, ein Radikaler, ein Kämpfer zu jeder Zeit.› Aber unsereins will nicht immerzu kämpfen. Unsereins will lustig sein, Spaß haben, tanzen, singen, mit den Kindern spielen. Wie oft kommt der zur Welt? Ein einziges Mal, genau wie Sie und ich. Ein Leben ist zu kurz dafür, daß man immerzu kämpfen soll.»

Ich warf Thomas einen Blick zu. Sein Gesicht war ausdruckslos.

«Na, Poppa, du nimmst den Mund aber voll», sagte Hattie. «Ich hab nicht gewußt, daß wir einen Prediger in der Familie haben. Wer weiß, wer nächstens an der Straßenecke auf die Kiste springt und anfängt loszulegen?»

Damit waren wir vor Small's Paradise angelangt, traten ein und wurden sogleich von der warmen, lärmenden, freundlichen Atmosphäre des Tanzsaals aufgenommen. Es war ein riesiger Raum, voll kleiner und größerer Tische, an denen Familien im Sonntagsstaat saßen, um ihre Söhne und Töchter geschart. Die jungen Damen trugen rosafarbene, blütengelbe oder hellblaue Kleider, hatten Mäschchen in ihr entkräuseltes Haar gesteckt und Schleifen gleich orientalischen Ordensbändern über die Schulter geschlungen, auf denen der Name ihres Gesellschaftsvereins zu lesen war. Wir wurden mit überströmender Herzlichkeit begrüßt von Hatties und Lukes Tochter Mildred – der Mutter von Chick und Jesse –, von ihrem Mann und seiner Mutter, seinem Vater und seiner unverheirateten Schwester. Roy war ein großer, kräftiger Mann, der vor seiner Heirat als Boxer Ruhm geerntet hatte und jetzt, dank einer guten Stellung bei einer Versicherung, ein nettes Haus auf Sugar Hill, im besten Viertel von Harlem, besaß. Wenn er und Mildred miteinander tanzten, sahen sie sehr würdevoll aus, nicht im mindesten ‹hep› wie die wilden Höllenkatzen unten in der Sechsten Avenue und im Greenwich Village. Es wurde auch nur ‹sweet Jazz› gespielt, und niemand hätte gewagt, sich hier im ‹Shim-sham› oder ‹Razzle-dazzle› oder ‹Lindy-hop› zu schwingen; jeder Drang, in den raschen Rhythmus zu verfallen, wurde niedergebügelt wie das krause Haar. An unserem Tisch war von nichts anderem die Rede als von Mrs. Charles T. Gardener, die ein größeres Apartment bezogen hatte, von Ruth Andrews, die ihr Abitur mit Vorzug hinter sich gebracht hatte, und von Random Lee, dessen Verlobung mit Marylin Dubois endlich angekündigt war. Unsere Gegenwart schien niemanden im Saal zu stören, aber man hätte auch nicht eben behaupten können, daß man uns nicht zur Kenntnis nahm. Von allen Tischen guckte man verstohlen zu uns herüber, und manche lächelten uns zu, um uns zu zeigen, daß ein Weißer hier willkommen war. Als ich auf die Damentoilette ging, nannte die Wartefrau mich ‹honey› und streichelte mein Kleid, dessen Farbe ihr gefiel. Später am Abend bestiegen die Veranstalter das Podium, verteilten Preise und gaben Vereinsnachrichten bekannt. Nach jeder kurzen Ansprache wurde ein Tusch geblasen.

Hatte Thomas erwartet, etwas über die Lage des Negers in einer weißen Zivilisation zu erfahren, so wurde er enttäuscht. Er versuchte höflich zu sein und an den Gesprächen teilzunehmen, aber ich merkte, wie die Langeweile ihn befiel. Er tanzte nicht. Und nachdem ich ein- oder zweimal mit Roy die Runde gemacht hatte, blieb ich ebenfalls sitzen, denn die Männer an den anderen Tischen hielten sich taktvoll zurück. Wir blieben noch eine Weile; dann sagte ich, als es nicht mehr ungezogen erscheinen konnte, daß ich heim müsse, um meinen Babysitter abzulösen. Thomas wollte mich begleiten. Unter einem ungeheuren Austausch von Liebenswürdigkeiten und Händeschütteln und Danksagen für ihre Einladung und unser Kommen machten wir uns endlich davon. Ich weiß nicht, ob man im Saal erleichtert war, die beiden einzigen weißen Besucher gehen zu sehen. Auf jeden Fall vergaß man uns, sobald wir zur Tür hinaus waren, denn in eben diesem Augenblick hatte zur allgemeinen Aufregung die Tombola begonnen, in der ein Diamantarmband und ein riesiger Korb mit Früchten zugunsten eines neuen Anbaus an das Manhattanville College des Herz-Jesu-Klosters zur Verlosung kamen. Wir hatten es nicht leicht, ein Taxi zu finden, weil die Harlemer Chauffeure sich häufig weigern, Weiße zu fahren oder sich über die Grenze des Negerviertels hinauszubegeben. Schließlich hatten wir Glück. Als wir auf den Sitz zurücksanken, stieß Thomas einen tiefen Seufzer aus und teilte mir mit, es sei dies die erste und letzte Zusammenkunft in ‹guter Gesellschaft› gewesen, aus der er nicht nach fünf Minuten hinausgestürmt war.

Er kam noch auf eine Tasse Kaffee herauf, wollte aber Lisas Zimmer nicht betreten, und so saßen wir in der Küchenecke am Frühstückstisch. Jeff war an diesem Abend außer Haus, Thomas ging jedoch nach einer Stunde. In dieser Stunde legte er mir einige Geständnisse ab. Vor allem bekannte er, daß er sich heute abend lächerlich vorgekommen war und Small's Paradise wieder eine seiner Illusionen vernichtet hatte.

«Ich weiß, Thomas», sagte ich. «Luke und Hattie wollten uns ihre Leute eben von der feinsten Seite zeigen. Unten in Kentucky, wo ihre übrige Familie wohnt, würdest du solche Sitten bei den Negern nicht finden. Auch in Harlem nicht überall.»

«Gewiß. Aber was kann ich den armen Teufeln bieten, denen der Mann auf der Seifenkiste den Tag der Vergeltung verspricht? Die brauchen mich ja auch nicht – so wenig, wie man mich im öffentlichen Leben der Weißen braucht. All diese harten Verhandlungspartner in den Gewerkschaften sind meilenweit von meiner alten Ideologie entfernt. Das ist Machtpolitik im Ausmaß eines Kontinents, Lele – was haben meine provinziellen Vorstellungen vom Aufstieg der Arbeiterklasse noch damit zu tun? Glaubst du, es ist ein Zufall, daß Talberg, der zu Hause ein Kampfblatt herausgab, jetzt im Dienst eines republikanischen Parteibonzen Leitartikel über die Probleme der Bekleidungsindustrie verfaßt? Er ist ein Realist, und er hat recht. Ich dagegen bin ein romantischer Narr. Sowie ich mich einen Fußbreit in die amerikanische Politik wage, trete ich schon daneben. Wann immer mich ein Mann oder eine Sache begeistern, wird mir nach sechs Monaten klar, daß ich in meiner Blindheit einer Chimäre nachgejagt bin.»

Dann erzählte mir Thomas, daß er fast ein Jahr lang für Henry Wallace und dessen ‹Fortschrittspartei› eingetreten war. Er habe sich, sagte er, zu Wallace aus Unzufriedenheit mit jener demokratischen Regierung gesellt, die nach dem Tod von Roosevelt von der bisherigen Linie abgewichen sei. In drei Punkten habe er sich nicht mit ihr in Einklang befunden: dem der Wiederbewaffnung Deutschlands, der neuen Gesetze gegen die Arbeitnehmer und ihrer veränderten Haltung zur Negerfrage, die ihr von den eigenen Machtgruppen in den Südstaaten aufgezwungen worden war. Nachdem er nun einmal in Frankreich die ganze Wucht der Hitlerschen Kriegsmaschine erfahren hatte, mißfiel ihm die Hast, mit der man den Deutschen eine neue Armee aufzwang. Obgleich ihn die Taktik der beiden großen Gewerkschaften, der A.F.L. und der C.I.O., häufig verärgert hatte, war er den Manövern, mit denen man ihre Rechte einzuschränken versuchte, noch mehr abgeneigt. Angesichts des Rassenhasses aber, der in der demokratischen Partei wieder um sich zu greifen begann, hielt er es für nötig, neue Anstrengungen für die dreizehn Millionen unterdrückter Neger zu machen. Truman war ein fähiger Mann und ein gerissener Politiker. Aber ihm fehlte Roosevelts Vision. Diesen Weitblick hatte Thomas bei Henry Wallace zu finden gemeint.

«Wußtest du denn nicht, daß er Kommunist war?»

Zum erstenmal wurde Thomas wütend mit mir. «Wer hat dir das gesagt? Wer hat dir diesen Unsinn eingeredet?» Und als ich erwiderte, ich hätte es einmal in der Zeitung gelesen, schüttelte er traurig den Kopf, wie immer, wenn er sich dem Zwang unerfreulicher Tatsachen gegenübersah. «Ich weiß, was man über ihn schreibt», sagte er langsam, «aber es ist nicht wahr. Wallace war kein Kommunist. Er war ein geschickter Landwirt und ein unbeholfener Idealist. Er war naiv und verwirrt, wenn du willst, aber er tappte nach den richtigen Zielen. Sein unverzeihlicher Fehler bestand darin, sich zum Werkzeug linksradikaler Agenten machen zu lassen, ja sogar, Wahlgelder aus undurchsichtigen Quellen anzunehmen, hinter denen Moskau stand. Am schlimmsten war, daß er die Stimmung im Land nicht erkannte. Zweifellos war Henry Wallace eine Katastrophe! Aber er war ein anständiger Mensch, Lele, niemand überzeugt mich vom Gegenteil!»

«Bist du ihm je begegnet?»

«Nein. Auch niemandem von seiner Partei. Ich sagte dir ja, ich habe in der amerikanischen Politik nichts zu suchen. Der einzige Anhänger von Wallace, den ich kannte, war ein Engländer, der hier in New York eine kämpferische Wochenschrift herausgibt. Ich bekam den Auftrag, einen Artikel über das Mittel der passiven Resistenz zu schreiben, das die österreichischen Arbeiter erfunden hatten. Er wurde nie gedruckt.»

«Hast du jemandem davon erzählt?»

«Meinen Kollegen in der ‹Stimme Amerikas› meinst du? Natürlich nicht.» Er lachte. «Du weißt doch, welch ein Eremit und Eigenbrötler ich bin. Ich las die Veröffentlichungen der Wallace-Partei und dachte darüber nach. Ein- oder zweimal bin ich zu einer ihrer Versammlungen gegangen. Als die Wahl stattfand, war der ganze Schwindel bereits aufgedeckt. Wer immer die 190000 Stimmen für Wallace abgab – meine war nicht darunter. Als gehorsamer, wohlerzogener Sozialdemokrat alter Schule wählte ich die Niederlage von Mr. Dewey. Und das bedeutete eine Stimme für Mr. Truman. Du siehst: Zusammenbruch des irregeleiteten Phantasten! Er hat sich immer noch nicht davon erholt.»

Thomas lächelte entwaffnend, erhob sich und streckte seine langen Glieder. Seine Züge wurden weich. Er kam mir vor wie ein trotziges Kind, das seinen eigenen zornigen Gesichtsausdruck im Spiegel erblickt und sich dafür entschuldigen will. Dann zog er mich vom Stuhl und hielt mich einen Augenblick in seinen Armen. Ich sah gelassen zu ihm auf, mit jenem neuen Selbstvertrauen, das mir trotz allem von dem Vorfall mit delle Torre geblieben war.

«Thomas», sagte ich, «warum gehst du nicht nach Europa zurück?»

«Ja», sagte er. «Warum nicht? Es wäre die einfachste Lösung.» Er unterbrach sich. «Vielleicht tue ich's eines Tages. Wenn ich soweit bin. Wenn ich es ertragen kann, meinem völligen Versagen ins Gesicht zu sehen.»

Er drückte mich an sich, ohne weiterzureden. Wieder einmal machte ich, wie so oft in der letzten Zeit, die erstaunliche Entdekkung, daß Thomas, seit ich ihm ohne sein Wissen untreu gewesen war, weit zärtlicher an mir hing. ‹Der Lohn der Sünde ist der Tod›, hatte ich einmal an der Wand einer Baptistenkirche gelesen. Aber der Lohn dieser Sünde war mehr Liebe, mehr Verständnis und sogar mehr Achtung vor mir. Ich grübelte nicht weiter darüber nach. Ich nahm es hin, wie ich gelernt hatte, das unerklärliche Gute und das unerklärliche Böse, das mir vom Schicksal beschert wurde, ohne Widerspruch hinzunehmen.

Lisa war es jedoch, die mich nach ihrer Rückkehr in lange und wiederholte Gespräche über derlei Dinge verwickeln sollte, über das, was sie unter der ‹Mechanik des Lebens› verstand. Während dieses ganzen naßkalten, von eisigen Regenstürmen durchschauerten März, bis in den April mit seinen schneidenden Winden und sonnig aufgehellten Stunden, saß ich bei ihr und horchte ihren Grübeleien zu, all diesen müßigen Versuchen, den Rätseln und Widersprüchen in ihrem eigenen Gemüt und in ihren Beziehungen zu anderen Menschen nachzugehen. Es war ein eigentümlich wienerischer Hang, wie mir auffiel, immer weiter zu forschen, immer tiefer zu schürfen, bis man auf eine Ebene der Wahrheit stieß, nur um eine neuerliche und noch schwerer durchdringbare Schicht darunter zu entdecken. Ich entdeckte die gleiche Neigung bei den Schriftstellern, die ich ihr vorlesen mußte, in all den feingesponnenen Untersuchungen von Beweggründen, Impulsen und Querverbindungen in den Büchern von Hofmannsthal, Kafka und Musil. Keine andere Stadt, so wurde mir klar, hätte die Psychoanalyse hervorbringen können. Lisa, die mit Katharine Langendorf zerfallen war und alles verabscheute, was mit ihr zusammenhing, übte doch selbst – träge und ziellos, aber nicht minder verhängnisvoll – jene Seelenzergliederung, aus der meine frühere Arbeitgeberin in ihrer Praxis Gewinn zu schlagen wußte.

Unsere geheimen Spiele waren nur möglich, weil Jeff wieder ständig an der Arbeit war. Eine zweite vereinsamte alte Dame auf Long Island, bezaubert von seiner männlichen Erscheinung und Kenntnis des Stils der Jahrhundertwende, hatte ihn beauftragt, einen Anbau ihres menschenleeren Palastes in einen viktorianischen Wintergarten umzuwandeln. Jetzt suchte er in Trödelläden nach Korbstühlen, hohen Teetischen, Petroleumlampen und troddelbesetzten Chaiselongues, bestellte in Treibhäusern Unmengen riesiger Blattpflanzen oder stand drohend über den säumigen Bauarbeitern in Hampton Bays. Selten kehrte er vor dem späten Abend heim. Dennoch versuchte Lisa, sich alle Besucher vom Leib zu halten. Hatte sie früher ihre Freunde um ihrer Krankheit willen verscheucht, so vermied sie jetzt den Umgang mit ihnen Jeff zuliebe – um alle Hindernisse zwischen sich und ihm aus dem Weg zu räumen, um eine Beziehung wiederherzustellen, die bereits unrettbar verloren war.

Wann immer Jeff nach Hause kam, stand sie auf, zog sich an, fragte ihn über die Fortschritte seiner Tätigkeit aus. Doch die traurige Tatsache blieb bestehen, daß er ihr auswich, daß er beinahe Angst vor ihr hatte. Als er vor ihr geflohen war, hatte er sie gehaßt, aber sie war in seinen Augen immer noch begehrenswert gewesen. Bei seiner Rückkehr fand er eine veränderte, eine unterwürfige und liebenswürdige Lisa, aber auch eine Frau, der sich zu nähern er nicht wagte, ja nicht einmal Lust empfand. Wovon sie befallen worden war, jagte ihm Furcht ein, als wäre ein Dämon in sie gefahren. Er wollte nicht glauben, daß sie geheilt war, sei es zeitweilig oder ganz. Ihr Körper war ihm entfremdet – es war der Körper einer Krankheit, nicht der seiner Frau. So zog er sich denn, wenn er mit ihr gegessen und geplaudert hatte, in sein Atelier zurück. Ihre einzige wirkliche Vertrautheit war zu Ende. Lisa indessen, so sehr sie sich beschäftigte, die Vergangenheit aufzuwühlen, hütete sich vor jedem Einblick in die Gegenwart. Statt dessen bemühte sie sich, Jeff das Leben zu erleichtern, fand sich mit seiner Haltung ihr gegenüber ab, sagte ihm jeden Abend, wenn er ihr Zimmer verließ, gelassen gute Nacht.

Schließlich spürte sie ja, wie sie täglich gesünder wurde, an Gewicht und Kraft zunahm. Die Zeit, so meinte sie, war auf ihrer Seite. Wie wenig das zutraf, ahnte sie nicht einmal.

Wir aber hatten unsere kleinen Gespräche, Wochen einer martervollen Faszination – denn ich empfand das gleiche Unbehagen auf diesen Wanderungen durch unterirdische Labyrinthe wie in den Tagen, da Katharine Langendorf mich zu ähnlichen Gedankenübungen zwang. Immerhin war es Lisas Leben, in das wir uns versenkten, und obschon der Vorgang mir widerstand, war es doch nicht meine eigene Seele, die von innen nach außen gekehrt wurde wie ein Lederhandschuh, dessen geborstene Nähte abgesucht werden. Wieviel sie mir auch von sich erzählte: sie erwartete keine Gegenleistung von mir. Auch von Thomas war nicht mehr die Rede; sie betrachtete ihn jetzt als mein Eigentum und erwähnte mit keinem Wort, was sich an jenem Weihnachtsabend begeben hatte. Einmal, als ich ihr aus einem schmalen Gedichtband vorlas, fiel ein Blatt Papier heraus, auf dem jene alte Telefonnummer stand, die ihr im Traum erschienen war, und darunter die Worte: ›le numéro revenant‹. Ich ließ es hastig verschwinden, zerknüllte es und warf es fort. Unausgesprochen oder nicht – meine Freundschaft mit Thomas hatte alles zwischen uns verändert. Denn jetzt behandelte sie mich, als wäre ich ihr ebenbürtig oder zumindest nicht mehr das unscheinbare Wesen ohne Gefühle und ohne Gesicht, dem sie sich eröffnen konnte, ohne sich um die Regungen, die in ihm ausgelöst wurden, zu kümmern. Immer schon hatte sie mit mir in ihrem eigenen Idiom geredet, gleichgültig, ob ich es verstand oder nicht. Wenn sie jetzt von Büchern, von Musik oder von Städten sprach, die ich nicht kannte, war es, als nehme sie an, ich sei mit ihnen vertraut. Und so bezwingend war ihre Ausstrahlung, war die Macht ihres Willens, daß ich zuletzt meinte, ich hätte all das längst gesehen und gewußt.

Es ist schwer, diese Unterhaltungen wiederzugeben, denn ich habe sie nicht gesondert in Erinnerung behalten, sondern wie eine einzige fortgesetzte, wenn auch nicht folgerichtige Reihe von Monologen, die ich nur unterbrach, um diese oder jene Frage zu stellen oder um Lisa zu versichern, daß ich bei der Sache war. Darum kann ich nicht mehr als ein paar Bruchstücke daraus berichten, die noch zusammenhangloser erscheinen mögen, als ich sie damals empfand, aber einiges Licht auf wissenswerte Vorfälle werfen. Schließlich hatte Lisa selbst diese Fragmente nicht miteinander in Einklang gebracht. Obschon sie durchaus imstande war, ihr Leben in seine Bestandteile zu zerlegen, hatte auch sie es nicht wieder zusammenzusetzen vermocht.

Lisa über Heldentum: «Einmal», sagte Lisa, «als ich mit einem langweiligen jungen Mann, der mich an einem Kärntner See kennengelernt und um meine Hand angehalten hatte, in Brüssel war, ging ich mit ihm zu einer ‹Fête› – einem kleinen Jahrmarkt, wie sie in Frankreich und Belgien auf den Straßen der Städte aufgeschlagen werden. Paul stammte aus einer streng religiösen Familie und war aktives Mitglied der ‹Jeunesse Estudiantine Catholique›, zu deren Zusammenkünften er bis nach Rom oder Dublin fuhr. Seine Mutter wohnte allein mit zwei Dienstboten in einem Hotel de Maître der Avenue Louise. Sie trug Spitzenjabots, die mit Brillantnadeln festgehalten waren, und wechselte unablässig Briefe mit ihren Schwestern, Schwägerinnen, Kusinen und Nichten. Am Morgen des Tages, an dem Paul mich ihr vorstellte, hatte sie eben gehört, daß der Mann ihrer ältesten Schwester den Ordre de la Couronne erhalten hatte, und reichte Paul die Nachricht, indem sie mit großer Befriedigung sagte: ‹Le voilà convenablement décoré›. Es wurde zu einem Scherzwort zwischen uns, zumindest so lange, bis Paul sich an den Busen seiner Familie und zu den Kriterien der Avenue Louise zurückbegab. Er war ein netter junger Mann, aber vollkommen farblos. Er war beige am ganzen Leib. Überaus wohlerzogen außerdem. Er betete nicht, wenn ich dabei war, sondern machte es irgendwo in aller Stille ab, wie gewisse andere Verrichtungen, die zum leiblichen Wohlergehen nötig sind, aber nicht öffentlich ausgeführt werden. Ich hatte nie daran gedacht, mich in ihn zu verlieben oder gar ihn zu heiraten. Aber dann gingen wir, wie ich schon sagte, zu diesem Straßenmarkt. Es gab dort eine Schießbude, wo man auf Pingpongbälle zielen konnte, die auf Wasserstrahlen tanzten. Paul nahm eine Flinte und brachte drei Bälle um. Dann lud er die Flinte von neuem. Einen nach dem anderen schoß er die kleinen Bälle tot. In diesem Augenblick war etwas geschehen. Der langweilige junge Mann mit dem beigefarbenen Gesicht und beigefarbenen Haar und beigefarbenen Körper, der sich nur über *la vie spirituelle* und *le mystère de la charité* mit mir unterhielt, war plötzlich interessant für mich geworden. Ich konnte es mir selbst nicht erklären, denn mir war jede Vorliebe für aggressive Handlungen bis dahin fremd. Aber es war etwas in mir erwacht, ein Gefühl der Bewunderung, ja der Leidenschaft für den Jäger, den Krieger, der mit einer Waffe umzugehen versteht. Ich war zu ihm hingezogen, als könnte er mich vor allen urweltlichen Gefahren beschützen. Zu denken, daß Paul, der friedfertigste und christlichste aller Männer, Paul, der keiner Fliege etwas zuleide getan oder das geringste Lebenwesen mit Absicht verwundet hätte, diesen heidnischen Urinstinkt in mir weckte! Und nur, weil er als Kadett auf der Schule schießen gelernt hatte und an dem mechanischen Vorgang, an seinem eigenen Geschick im Handhaben der Flinte, Vergnügen fand. Er wäre entsetzt gewesen, wenn ich ihm gesagt hätte, weshalb ich meine Weigerung zurücknahm. Ich war selbst nicht weniger entsetzt.»

«War er Ihr erster Mann?»

«Ja.»

«Lebten Sie in Brüssel mit ihm?»

«In Gent. Wir verbrachten sechs angenehme Monate miteinander. Aber es wurde doch nichts daraus. Er streichelte mich in der falschen Richtung. Und so trennten wir uns wieder.»

«Wie konnten Sie geschieden werden?»

«Unsere Ehe wurde annulliert. Das ist sehr einfach in hohen katholischen Kreisen. In dem Gesuch an den Papst bezichtigte man mich unnatürlicher Neigungen. Des vertrauten Umgangs mit meinem früheren Stubenmädchen.»

«Unmöglich!»

«Es war nicht völlig unwahr. Ich hatte es selbst vorgeschlagen, um uns allen die Sache zu erleichtern. Danach hätte mich die Avenue Louise am liebsten auf dem Scheiterhaufen verbrannt.»

Lisa über den ‹acte gratuit›: «Du hast natürlich davon gehört. Er stammt aus den ‹Verliesen des Vatikans› und war eine Weile unser höchstes Ziel. Das heißt: für meinen Bruder Sascha und mich. Gide war unser Vorbild in jenen Tagen. Ich war siebzehn und Sascha zwei

Jahre jünger, aber wir lasen gemeinsam die ‹Nourritures terrestres› und alles andere, was wir in die Hand bekamen. Unaufhörlich redeten wir von der Versuchung, die ‹zwecklose Tat› zu begehen – zum Beispiel, einen losen Leitungsdraht zu berühren und einen elektrischen Schlag, vielleicht sogar den Tod zu erleiden oder auf einer Gesellschaft der Erwachsenen aufzustehen und unaussprechliche Dinge zu sagen. Wir hatten ein Kampflied, das uns befeuerte, jeden Tag anders, jeden Tag unerwartet zu sein:

> Hier j'étais ici; aujourd'hui je suis là
> Mon Dieu! que me font tous ceux- là
> Qui disent, qui disent, qui disent:
> Hier j'étais ici, aujourd'hui je suis là...

Das war aus den ‹Nourritures› – jetzt scheint mir manchmal, Gide habe es anders als wir gemeint. Nun, eines Tages beging Sascha den *acte gratuit*. Es war in seiner Schule, während der Deutschstunde, als einer der Jungen vortreten und eine Rede über ein vorgeschriebenes Thema halten sollte. Bei solchen Anlässen saß der Lehrer unter den Jungen, am Pult desjenigen, der vom Katheder aus zur Klasse sprach. Es war der Platz vor Saschas Sitz. Mitten in der Rede erhob sich Sascha und legte seine flache Hand langsam und in vollem Bewußtsein dessen, was er tat, auf die Glatze seines Lehrers. Er ließ sie zwei Sekunden dort ruhen. Er zählte laut: einundzwanzig – zweiundzwanzig.»

«Was geschah mit ihm?»

«Er wurde hinausgeworfen. Er wollte nicht erklären, was sein Beweggrund gewesen war. Er wollte sich nicht entschuldigen. Man schickte ihn in ein Schweizer Internat. Dort blieb er keine zwei Wochen. Er riß aus und kam wieder heim.»

«Warum heim?»

«Er hing zu sehr an mir. Als ich heiratete und nach Belgien ging, wurde er fast verrückt. Er schrieb mir fürchterliche Briefe. Die Eltern konnten nichts mit ihm anfangen, er geriet einfach außer Rand und Band.»

«Was ist aus ihm geworden?»

«Überhaupt nichts. Er hat in seinem Leben keinen Cent verdient. Ein Schmarotzer, Lele, bei allen möglichen Leuten, vor allem bei mir.

Aber siehst du nicht – ich hatte ihn doch verdorben, dafür muß ich bezahlen, solange ich auf der Welt bin. Manche sagen, wir hätten böses Blut. Woher wäre es denn gekommen? Von unserem gottesfürchtigen Urgroßvater Jakob Kantor, der im Getto von Minsk zwei Pogrome überlebte? Oder von unserem anderen Urgroßvater Johann Leitner, der bei Königgrätz verwundet wurde und das abscheuliche Adelsprädikat ‹von Latschendorf› erhielt? Nein, es war kein böses Blut. Es war die Luft, die wir atmeten, die Bücher, die wir lasen. Es war der Zeitgeist. Wir waren die Zwanzigerjahre, Lele. Und wir sind es noch. Keine zwecklose Tat wird uns je davon befreien.»

Lisa über Moral: «Du glaubst wohl, ich wäre unmoralisch. Aber ich bin es nicht. Ich habe nur einen anderen Sittenkodex, der vielleicht allein für mich gilt. An der Polyandrie habe ich nie etwas Sündhaftes gefunden, auch nicht an den unnatürlichen Neigungen, die ich gegen mich vorbringen ließ. Weshalb denn auch, da ich nie ein Kind besaß, das unter meiner Unbeständigkeit oder meinen Verirrungen hätte leiden können? Ich kann eben nicht glauben, daß ein Mann oder eine Frau für ein Leben ausreichen sollen, wenn es Hunderte von Bäumen, Blumen, Bergen und Städten gibt, an denen man sich freut. Warum sollte man nur die Liebe eines einzigen Menschen erfahren? Es gibt so viele Arten, so viele Worten und Gesten, die zu erforschen es sich lohnt. Und dann – der innere Aufruhr, die herrliche Unruhe, die einen bei jedem neuen Erlebnis befällt! Mir erschiene es unnatürlich, ja geradezu unheilig, sich irgendeiner erreichbaren Gemütsbewegung zu entziehen. Das ist meine Religion. Aber sie hat auch Tabus und Verbote – glaube ja nicht, daß ich ohne die auskommen kann. Das Tabu, eine Stimmung zu durchbrechen. Das Tabu, im unechten oder unpassenden Ton zu sprechen; zu neckisch, zu ernst, zu dramatisch für die gegebene Situation. Und das Tabu, das Falsche zu sagen oder das Richtige im falschen Augenblick, sich hinter Ausflüchten zu verschanzen, wenn absolute Aufrichtigkeit geboten ist, nicht zu lügen, wenn man jemandem Schmerz ersparen kann, oder jemand aufzuwecken, der in tiefem Schlummer liegt. Das sind für mich Todsünden. Und noch eine letzte: Menschen mit voller Absicht zu verletzen. Wenn man in Wut gerät, wenn man herausgefordert oder von seinen Gefühlen mitgerissen wird, darf man anderen mit Worten weh tun. Aber niemals kaltblütig, Lele, hörst du, niemals kaltblütig, sonst gibt es in meinem Himmel keine Vergebung dafür. Hingegen habe ich nichts gegen Bosheit, solange sie offen ist und niemanden unvorbereitet trifft. Bosheit ist wie Schach oder Tennis: man spielt das nicht mit Leuten, die einem deutlich unterlegen sind. Ich verachte nur eins, und das ist Eifersucht. Warte mal, ich zeige dir eine Stelle bei Rilke, in der er davon spricht. Laß sehen. Hier ist sie schon.»

Dann, mir vorlesend, durch das viereckige Monokel:

«Eifersucht gehört gar nicht zur Liebe, sie wird so daneben mit herumgereicht, sie steht da, wie für die Leute, die es nicht lassen können, der Pfeffer da ist, wenn sie Melone essen – aber sicher, sicher, wer weiß, was Früchte sind, nimmt nicht davon.»

Lisa über Sinnbilder und Vorzeichen: «Mein Leben lang war ich von verborgenen Hinweisen, Orakeln, Mahnungen und Verboten des Schicksals geplagt. Wahrscheinlich muß sich, wer ungläubig ist, seine eigene Mythologie erschaffen. Willst du wissen, in welchem Maß sie meine Entscheidungen beeinflußt haben? Als die Amerikaner nach Rom kamen, hielt ich mich weiter im Dunkeln, obwohl mein Geld zu Ende war. Große, schöne, kraftstrotzende Burschen waren das, meine Befreier, aber ich ließ mich nicht sehen, denn ich hatte Angst vor ihrer dröhnenden Wirklichkeit. Wir waren alle wie Mäuse gewesen, die ihr Leben unter einem großen Stein verbrachten, und sobald er weggewälzt wurde, huschten wir erschreckt vom Tageslicht davon. Am Anfang des Krieges, in Mailand, hatte mich der Vater eines jungen Mannes, den ich kannte, als lästige Ausländerin verhaften lassen. Man sperrte mich eine Weile ein, und bevor ich wieder herauskam, wurde Giàncarlo mit der Armee über das Meer geschickt. Ich schlug mich durch nach Rom, fand jemand, der mich erhielt, besorgte mir falsche Papiere und lebte zwei Jahre lang in ständiger Gefahr, wenn auch keineswegs schlecht. Als das alles vorbei war und ich meine zwielichtige Existenz hätte aufgeben können, lag mir nichts daran. Sie schien mir noch immer ein besserer Schutz als der Alltag meiner rauhen Retter. Ich tat mich sogar mit einem Triestiner namens Dado zusammen, der Penicillin und andere Dinge vertrieb. Vielleicht wollte ich nicht, daß der Krieg zu Ende ging, denn wenn das geschah, dann mußte Giàncarlo wiederkehren, und das konnte er nicht, denn er war in einem Gefecht in der Wüste gefallen. Darum schob ich den Augenblick hinaus, an dem er keinen Grund mehr haben konnte, nicht zurückzukommen, spielte weiter Besetzung, wandte den Blick ab, wenn ein Ami vorbeikam, wie ich es vorher bei den Deutschen tat, behielt meine falschen Papiere und holte mir nicht einmal die UNRRA-Rationen, zu denen ich als Flüchtling berechtigt war. Eines Tages wurde ich erwischt. Dado war in irgend etwas verwickelt worden, die Militärpolizei durchsuchte die Wohnung, nahm mich mit ins amerikanische Feldsicherheitsamt, und da saß Hauptmann Curtis, um mich auszufragen. Ich wollte eigentlich alles leugnen. Ich hätte ihn herumgekriegt – er war nur um eine Spur aufgeweckter und wußte weit weniger über europäische Mundarten und Rassenmerkmale als die Leute von der Gestapo, die ich ein- oder zweimal hinters Licht geführt hatte. Ich fing sogar damit an. Da reichte er mir seine Zigaretten herüber. Während ich mich bediente, blickte ich auf das Paket. Es waren Pall Mall. Auf dem roten Glanzpapier sah ich ein Wappen und die Worte IN HOC SIGNO VINCES. Es lag etwas so Kühnes, so Hochfahrendes, so unendlich Schamloses und dennoch Entwaffnendes in der Idee, ein Zigarettenpaket mit diesen heiligen Worten des Abendlandes zu bedrucken, den Worten der Vision des Kaisers Konstantin, daß ich mich geschlagen gab. Hier kam die Neue Welt und trampelte auf dem erhabenen Erbe der alten mit einer blauäugigen Unschuld herum, der ich nicht widerstehen konnte. Es war ein Omen, mit diesem Frieden meinen Frieden zu machen, ein Omen, Europa von mir abzustreifen. Ich ließ mir die Zigarette von ihm anzünden und sagte: ‹Sie haben gewonnen.› Dann legte ich ihm ein volles Geständnis ab.»

Lisa über Zauberformeln: «Habt ihr Abzählreime in Lettland? Ich sammle sie für Beschwörungen und Zaubersprüche. Ah, jetzt hältst du mich auch für eine Hexe, wie meine frühere Verwandtschaft in der Avenue Louise. Aber ich bin keine Hexe, Lele, obwohl ich dir einige von der Sorte nennen kann. Katharine Langendorf zum Beispiel. Die braucht nur keine Magie. Die ist einfach ein Knotenpunkt, an dem alle üblen Strömungen zusammenfließen. Meine eigenen kleinen Zaubereien sind harmlos, aber ich glaube an sie, ich hab mich schon oft auf sie verlassen. Hier ist ein solcher Spruch, aus Österreich:

Am dam dess
dise male press
dise male pumperness
am dam dess.

Wir haben ihn als Kinder gerufen und einander ausgezählt, bis ein letztes übrigblieb, auf das die Hand des Schicksals fiel. Ich weiß noch einen Reim auf italienisch:

Ara, bell' Ara
dicese Cornara
dell'oro, del fin'
del Conte Marin'.

Ich konnte sie zu allen möglichen Zwecken verwenden. Einmal, als ich mit meinem zweiten Mann nach London flog und wir Motorschaden bekamen, sagte ich mein ‹Am dam dess›, und wir stürzten nicht ab. Wer beweist mir, daß es nicht meinem Reim zu verdanken war, sondern dem Vaterunser, das fast alle im Flugzeug in den Himmel entsandten? Und wann immer ich etwas nicht tun wollte, etwa zum Zahnarzt gehen oder ins Bett mit einem ungeliebten Mann, murmelte ich mein italienisches Sprüchlein ‹Ara, bell' Ara›. Manchmal half es sogar. Nicht immer. Es half bei Algarotti – einem meiner Freunde in Rom. Aber nicht bei Cadorna, der mich in Mailand aushielt. Cadorna, mußt du wissen, war der erste der beiden Männer, mit dem ich des Geldes wegen lebte. Es war Anfang 1940, während des sogenannten falschen Kriegs. Ich wollte meine Eltern aus Wien herausholen. Mein Vater war herzkrank. Wenn er starb, blieb meine Mutter schutzlos zurück. Er war verrückt vor Angst um sie. Meine Mutter war häßlich – er war schön genug für zwei –, aber selbst wenn er sie betrog, gehörte ihr seine wahre Liebe. Sie war die beste und schwächste Frau, die es jemals gab. Lassen wir das. Jedenfalls saß ich in Italien ohne Geld oder Einfluß. Keiner von meinen Bekannten war zu helfen bereit. Bothe hatte Europa schon verlassen. Fleming lebte recht gut in Zürich, aber als ich mich an ihn wandte, schrieb er nur zurück, wir alle müßten heutzutage unser Talent prostituieren: er zum Beispiel verfasse Fortsetzungsromane unter einem Pseudonym für ein schweizerisches Wochenblatt und wünschte nur, er wäre eine Frau und könnte sich dem ältesten Beruf zuwenden, statt ein Schmierant zu sein. Fleming hatte immer eine sonderbare Art von Humor. Dann traf ich Cadorna. Er versprach mir alles. Vielleicht bemühte er sich wirklich um ein Visum für meine Eltern. Jedenfalls sagte er, es würde ihm gelingen. Ich ließ mich mit ihm ein. Es war die Hölle. Dann kam etwas über mich. Ich verliebte mich in Giàncarlo. Er war etwas jünger als ich, aber wir sahen ganz ähnlich aus. Wir verbrachten einen wolkenlosen Sommertag am Comer See, beide in weißen Hemden und Hosen, unsagbar glücklich. Wer uns sah, lächelte uns zu. Am Abend, als wir auf Giàncarlos Motorrad nach Mailand zurückfuhren, brach ein Gewitter über uns herein. Wir wurden völlig durchnäßt. Am nächsten Morgen schickte mir sein Vater die Polizei auf den Hals. Cadorna verweigerte mir die Hilfe. Ich hatte nicht einmal Zeit, ehe man mich wegholte, den letzten Brief meines Vaters zu beantworten, in dem er mich anflehte, das Visum zu beschleunigen, weil er eben wieder einen Anfall erlitten habe und nicht viel länger auszuhalten imstande sei.»

Es war das einzige Mal während unserer Gespräche, daß Lisa in Tränen ausbrach.

«Ihr kleiner Spruch hat also nichts genützt», sagte ich mit einem kläglichen Versuch, zum Anfang ihrer Geschichte zurückzukehren.

«Nicht das mindeste», sagte sie und trocknete sich die Augen. «Aber er half bei Algarotti. Ja, er wirkte Wunder, wenn es nicht um Tod und Leben ging. Vielleicht bin ich nur zu den zweitbesten Zauberformeln vorgedrungen. Aber schließlich waren auch die Gebete der Christen nicht stark genug, um die Löwen abzuhalten. Was will man also von einem bißchen weißer Magie?»

Lisa über die Liebe: «Es wird dich überraschen, aber ich werde dir etwas verraten, Lele. Letzten Endes glaube ich nicht an die Liebe als eine Realität. Oder sollte ich vielleicht sagen: ich glaube nur an die abstrakte Liebe? Ach, es ist keine Kunst, den äußersten irdischen Genuß zu gewinnen, obgleich es einer Menge von Frauen nie gelingt. Wenn die chemischen Bestandteile die rechte Mischung ergeben, wenn die Wellenlänge stimmt, dann besteht kein Grund, weshalb zwei Menschen, die in keiner anderen Weise füreinander gemacht sind, nicht zusammen den Himmel auf Erden erleben sollten. Aber es ist niemals der Himmel im Himmel, wie das Adagio im Schubert-Oktett oder dieser Augenblick der letzten Szene, wenn Figaro singt ‹Tutto è tranquillo, e placido; entrò la bella Venere› und der Mond durch die Wolken bricht. Wie hätte ich sonst im herkömmlichen Sinn des Wortes mit Männern glücklich sein können, deren Politik oder Geschmack mir zuwider waren? Mit Robert zum Beispiel. Er war ein abscheulicher Maler, Lele, ein Gesellschaftsmaler, der farbenblind war, der ein weibliches Knie, wie Picasso es im Schlaf mit dem Finger auf die Bettdecke zeichnet, nicht zustande gebracht hätte, wenn es um sein Leben gegangen wäre. Zuerst porträtierte er die Gattinnen der Bierbrauer und Textilfabrikanten, aus denen die gesellschaftliche Elite in Wien bestand. Dann trieb er sich auf den Gesandtschaften herum, um zu sehen, wer anbeißen wollte. Die Engländer bissen am geschwindesten an, darum begab er sich zur Saison nach London und später nach Ägypten, um die Creme der Gäste des Mena House abzuschöpfen. Ich fuhr mit ihm. Ich hatte ihn aus Enttäuschung geheiratet, nachdem meine Ehe mit Paul annulliert worden war, weil ich mich langweilte und mir betrogen vorkam und meinen Eltern Freude machen wollte, denen der Fehlschlag meines ersten Versuchs, ein bürgerliches Leben zu führen, nahegegangen war. Robert war, was man einen guten Liebhaber nennt. Was er tat, war richtig. Aber Lele – wie wenig das genügt! Welche Ironie, welche Schande sogar, mit einem Flachkopf, einem Entehrer der Kunst, einem Falschmünzer ohne Talent solche Ekstasen zu erleben! Er war nicht einmal ein braver Junge wie Jeff. Er war habgierig und schlau, und es lag ihm nichts an mir, er benützte meine Schönheit nur als Köder und Reklame. Zu meiner Erleichterung wurde ich in Ägypten krank, mußte nach Hause fahren und ließ ihn im Schoß einiger alter Gräfinnen und Admiralswitzen zurück, die er mit all ihren Halsbändern und Diademen in Wolken von staubrosa Tüllschleiern malte. Er wagte nicht, von mir zu verlangen, daß ich mit ihm weiterlebte, als er geschwellt von seinen Triumphen wiederkam.

Die Art Liebe, die ich von Robert empfing, berührt nur einen Teil in uns; und wenn sie auch in gewissen Momenten ausstrahlen und unser ganzes Empfindungsvermögen erfassen kann, so zieht sie sich doch, sobald sie erkaltet, von neuem zusammen und wird zu einem ekligen Klumpen wie alter Kartoffelbrei. Selbst der Anstoß zu dieser Liebe entspringt einer einzigen isolierten Attraktion. Soll ich dir sagen, womit ich in meinem Leben ins Bett gegangen bin? Ich ging ins Bett mit einem Haus in Ischia. Ich ging ins Bett mit einer genauen Kenntnis der Quantentheorie. Ich ging ins Bett mit der raschesten Abfahrt vom Hahnenkamm, mit einem Streichquartett der Schönberg-Schule, mit allen Anekdoten, die man je im Café Herrenhof in Wien zu hören bekam. Niemals mit einem ganzen Mann. Man geht niemals mit einem ganzen Mann ins Bett. Man kann einen ganzen Mann nur außerhalb des Bettes lieben, in der eigenen Einbildungskraft – wenn man darauf wartet, seine Stimme am Telefon zu hören, wenn man ihm nachsieht, wie er fortgeht und um eine Ecke biegt, oder ihm in einem Zimmer voll Menschen gegenübersitzt, die nicht wissen dürfen, was er einem bedeutet. Jede weitere Annäherung ist eine Einengung. So zumindest kommt es mir vor. Ich will es nicht zum Gesetz erheben; das will ich nie. In meinem Land war man immer wie auf Prosperos Insel: unsere Visionen waren mächtiger als die greifbare Welt, und was immer uns nahe kam, hatte Calibans schreckliches Gesicht. Ich weiß nicht, Lele, wie du über mich denkst. Aber ich bin, was ich bin, und was ich tue, muß ich tun, weil mir nichts auf Erden so wirklich erscheint wie meine Träume. Wenn ich nur nicht immer erleben müßte, daß jeder Traum mir zum Alptraum wird!»

Das war eines unserer letzten Gespräche. Aber ihre Alpträume entsprangen noch keiner berechtigten Angst, und wenn sie auch unter ihnen litt, so bemühte Lisa sich doch ernsthaft, zu dem, was wir unter der Wirklichkeit verstanden, zurückzukehren. Sie begann sogar, wieder auszugehen, und fuhr Ende April zur Stadt, um ein paar Kleider zu kaufen – amerikanische Kleider nach dem Geschmack ihres amerikanischen Gatten, dem es nicht einmal auffiel, als sie eins davon zum erstenmal trug. Sie telefonierte lange herum, bis sie Karten zu Arthur Millers ‹Tod eines Handlungsreisenden› auftrieb, der in diesen Wochen die Sensation des New Yorker Theaters war. Und sie ging so weit, ein ausnehmend langweiliges junges Ehepaar zum Essen einzuladen, das mit Jeff verwandt, aber bisher in ihren Räumen noch nie gesehen worden war. Den Mißerfolg dieses Abends zu beschreiben, will ich nicht einmal versuchen. In ihrem Bemühen, sich an die letzten Pfeiler ihrer Existenz zu klammern, aus dieser Ehe mit Jeff, die ihr einziges Band mit dem Leben war, noch etwas zu retten, unternahm sie eine nutzlose Anstrengung nach der anderen, um ihn wiederzugewinnen. Sein Wert für sie bestand wohl nur darin, ein ‹braver Junge› zu sein, aber eben dies war so selten, daß sie es auf ihren europäischen Irrfahrten nie gefunden hatte. Ein ‹braver Junge› war alles, was sie jetzt brauchte. Und obgleich er trotzig in der Ecke saß und sich weigerte, hervorzukommen und mit ihr zu spielen, so hoffte sie doch, das würde sich ändern, wenn sie wieder auf der Höhe ihrer Anziehung war. Ihre Zaubersprüche mochten sie manchmal im Stich gelassen haben: mit ihren Reizen war ihr das nie geschehen. Nein, es bestand kein Grund zur Verzweiflung, noch weniger zu einem völligen Zusammenbruch, bevor Katharine Langendorf sie eines Tages im frühen Mai besuchte.

10

Sie kam an einem warmen und goldenen Nachmittag, dem ersten seiner Art, der diesen schier endlosen Winter beschloß. Es war ein Sonntag, wie ich mich noch erinnern kann, denn Mario war zu Hause geblieben, und Lisa hatte am Morgen beschlossen, mit ihm im Central Park spazierenzugehen. Jeff war nicht da, hatte aber versprochen, zum Mittagessen zurückzukehren, wir riefen ein Taxi, und Lisa fuhr mit dem Jungen davon. Sie zog ihr römisches Kostüm an, das sie im vorigen Sommer in den Catskills getragen hatte, und legte ihre vielen Goldreifen um. Mir schien, als liege ein wenig von dem Schimmer, der sie damals umgeben hatte, auf ihr. Schade, sagte ich mir, daß Jeff sie jetzt nicht sehen kann. Aber er war weggelaufen, um seinen Wagen in Ordnung zu bringen, den alten Chevrolet mit dem Aufklappdach, der wieder einmal aufmuckte und einiger Überredungskünste bedurfte, um Jeff nach Tisch zu seinem Baseball-Match zu bringen. Als Mario mit Lisa zurückkam, erzählte er mir aufgeregt, daß sie um den ganzen See gewandert waren, sich über die Tiere unterhalten und neue Namen für sie erfunden hatten, ‹Miß Swishy› für die Eichhörnchen und ‹Mr. und Mrs. Wannamaker› für die Enten und ‹Lady Elondine› für den schönsten Schwan, und dann im Café ein Milch-Frappé tranken und Gedichte über die Leute am Nebentisch machten. Er wollte die Gedichte aufsagen, aber sie waren ihm schon wieder entschlüpft, und ich war ohnedies zu beschäftigt, um ihm zuzuhören.

Ich aß rasch mit ihm und deckte dann den Tisch im Eßzimmer für Jeff und Lisa. Es paßte zu dem Tag, ihnen ein gutes Mahl vorzusetzen und nicht wie sonst auf einem Tablett, das ich an Lisas Bettrand stellte oder das sie allein aufgetragen bekam, indes Jeff ein paar hastige Bissen in der Küche aß. Lisa hatte nach dem Spaziergang wieder ihren Schlafrock umgenommen und sich etwas ausgeruht, stand aber auf, um in aller Form mit ihm zu speisen, als wären Gäste da oder als feierten sie ein kleines privates Fest. Jeff schien in bester Laune, wie immer, wenn er ein paar Stunden in der frischen Luft und bei einer mechanischen Arbeit verbracht hatte, und Lisa wagte zu bemerken, daß er vermutlich doch ein Mann sei, der sich mit seiner Hände Arbeit sein Leben verdienen sollte, was er glänzend aufzunehmen schien. «Vielleicht sollte ich's wirklich», sagte er. «Und vielleicht komm ich noch einmal dazu. Jetzt legen wir aber erst mal Hand an dieses gebackene Hühnchen, Mrs. Curtis.» Sie wurde rot vor Freude. Es war Monate her, seit sie von ihm mit Mrs. Curtis angeredet worden war.

Er eilte davon zu seinem Baseball. Aber es sah alles hoffnungsvoller aus als zu irgendeiner Zeit, seit er nach Wabash gegangen und sie verlassen hatte. Oder vielleicht auch nicht. Das Leben denkt sich manchmal Kunstgriffe aus wie in Theaterstücken und Filmen – falsche Höhepunkte oder dramatische Wendungen, von denen man erst später merkt, daß alles Blendwerk war. Vielleicht hätte dieser Umschwung ohnehin nicht angehalten und die Spannung zwischen den beiden sich bald wiederhergestellt. Immerhin kam dadurch das, was dann geschah, zu einer ganz besonderen Wirkung, und wer immer es sich ausgedacht haben mochte, war ein Szenario-Schreiber von großem Talent. Denn kurz bevor Lisas Welt vollends in Stücke brach, saß sie heiter an ihrem geöffneten Fenster, badete in dem goldenen Licht dieses Nachmittags, horchte dem Frühlingslärm von Manhattan und dem Gezwitscher und Getratsche ihrer Vögel zu, las ein wenig in einem Buch und blickte dann und wann auf die Töpfe von Zyklamen und die Vasen voll Tulpen und weißem Flieder, die sie ringsum in ihrem Zimmer aufgestellt hatte. Sie saß ganz still in ihrem Lehnstuhl mit den verblaßten Streifen, so still und zufrieden, daß ich dachte, jetzt sei endlich Ruhe in sie eingekehrt. Ich meinte, es würde ihr guttun, in dieser Stimmung alleingelassen zu werden, ohne eine fremde Gegenwart ganz darin einzugehen. Darum hatte ich kein Bedenken, gemeinsam mit Mario meinem guten Ned einen Besuch abzustatten. Lisa wandte sich um und lächelte mich an, als ich hineinschaute, um es ihr zu sagen. Und so sehe ich sie jetzt vor mir, wann immer sie mir im Schlaf erscheint – reglos am Fenster, ihren Unhang leicht vom Wind gebläht, das Gesicht halb zu mir gewendet und von Gold umflossen.

Immer wirkt sie heiter, immer gelassen, nicht verwüstet wie nachher, aber ihr Anblick peinigt mich darum nicht minder.

Neds Schwester Irmingard, Gretchens Mutter, die ich bei den Klotzens traf, führte uns alle in eine Eiscremebude am Fluß, wo die Kinder eisgefüllte Bananen aßen und zuschauten, wie die Schiffe den Hudson hinabglitten. Diesmal fühlte ich mich jedoch nicht wohl in dieser deutschen Gemütlichkeit. Irmingard plapperte zuviel, und Neds nutzlose Muskelkraft ging mir auf die Nerven. Selbst Gretchen fand ich heute gar nicht reizend, sondern einen verwöhnten kleinen blondgezopften Balg, der in seinem gestärkten Musselinkleid umherhüpfte wie ein koketter Schmetterling und Mario immerfort zu dummen Streichen verführte. Ich saß wie auf Nadeln und wollte nur so rasch wie möglich heim. Ned spürte es wohl, half mir aber nicht, bis schließlich seine Schwester die Geduld verlor und wir in einer Wolke gegenseitiger Abneigung, die sich auf die Kinder übertrug, nach Hause fuhren. Ich ahnte noch nicht, weshalb ich mich so benahm. Aber ich hatte begonnen, mir über diese stille Gestalt im Lehnstuhl Sorgen zu machen, sobald ich die Tür hinter mir schloß. Irmingard setzte mich in der 76. Straße ab und nahm Mario mit sich, der noch eine Stunde mit Gretchen spielen sollte. Ich raste die wenigen Treppen zur Wohnung hinauf. Als ich eintrat, wußte ich, weshalb ich den Nachmittag in solcher Unruhe verbracht hatte. Auf einem Stuhl im Vorraum lag ein Cape aus blauem Nerz. Aus Lisas Zimmer aber hörte ich eine wohlbekannte Stimme – Katharine Langendorf, die gekommen war, um ihr den Todesstoß zu versetzen.

«– mehr als erstaunt darüber, wie du es aufnimmst. Sag nur nicht, du hättest es nicht gewußt. Jeder von uns war im Bild. Natürlich tat Cordan, als sei es harmlos – wer hätte gedacht, daß du das nicht durchschaust? Jetzt reiß dich aber zusammen, Mädel. Höchste Zeit, daß du dich mit einer echten Situation auseinanderzusetzen lernst.» Keine Antwort erfolgte, aber die Stimme rasselte weiter in demselben hohen Ton, wie ein Mühlrad, das sich ächzend im Kreis dreht. Selbst durch die geschlossene Tür klang es, als redete Katharine sich in eine kalt berechnete, künstliche Wut hinein, um Enthüllungen auszuspeien, die niemand bei klarem Verstand seinem Mitmenschen aufzudrängen vermag. «Wollte ja gar nicht zu dir – wollte Jeff an das Darlehen mahnen, das er mir seit zwei Jahren schuldet. Willst du mir vielleicht erzählen, daß du auch davon keine Ahnung hast – wo hast du denn gelebt, Mädel, auf dem Mond? Wie, denkst du, hat er denn diese Wohnung bezahlt, seine ersten Aufträge eingeleitet? Mit seiner Armee-Abfindung? Die ging schon in der prunkvollen Hochzeit am Monte Palatino auf, und im Kleidersalon der Prinzessin Bonavente. Jeff stand ein dutzendmal am Rande des Ruins, ohne daß du es merktest. Und es wird bald wieder soweit sein, wenn er keine alten Damen mehr auf Long Island findet. Du hast dich viel zu lange blind gestellt, mein Kind. Ein jähes Erwachen vielleicht – sogar ein Schock. Aber du wirst begreifen», sagte sie, indem das Mühlrad sich verlangsamte und endlich stillestand, «daß es besser ist, den Dingen ins Aug zu sehen.»

Damit öffnete sich die Tür, und Mrs. Langendorf kam herausgesegelt, siegreich und mit hochrotem Gesicht. Lisa begleitete sie nicht. Es war ein schlimmes Zeichen, denn sie hatte derlei gesellschaftliche Pflichten noch nie versäumt. Überrascht, mich im Vorraum, mit entsetzter Miene, vorzufinden, erholte sich Mrs. Langendorf doch sofort wieder von ihrem Schreck. «Tut mir leid, Lele, daß du an all diesen Unannehmlichkeiten teilnimmst. Du hast dir eben nicht den richtigen Ort für dein neues Leben ausgesucht. Sei jetzt so gut und beruhige Lisa. Sie hat eine traurige Entdeckung machen müssen – an mir liegt es nicht. Aber es wird ihr helfen, ihr Schicksal zu tragen, wie jeder von uns es muß.» Sie wendete sich mir nicht zu, während sie all das sagte, sondern zerrte ihr Cape vom Stuhl, warf es sich um und ging, ohne meine Antwort abzuwarten, zur Tür hinaus wie ein wohlkorsettierter Dämon. Hätte ich damals schon, wie es mir jetzt vergönnt ist, meinen Glauben an Gott wiedererlangt, ich hätte das Kreuzzeichen gemacht, um die letzten Spuren ihrer teuflischen Gegenwart zu tilgen. Statt dessen beeilte ich mich, zu Lisa in das dunkelnde Zimmer zu gehen.

Sie lag auf dem Bett, das Gesicht in den Kissen vergraben, die Hände über dem Kopf, als wolle sie ihn vor weiteren Keulenschlägen schützen. Ich stand da, unsicher, ob sie mich kommen gehört hatte oder nicht. Draußen wurde es kühl, und die Vorhänge flatterten in der Abendbrise, aber ich rührte mich nicht vom Fleck. Nach einer langen Weile fing sie zu reden an, auf tonlose Art, als wären alle ihre Lebensgeister bereits dahin. Sie flüsterte: «Katharine hat es mir gesagt. Ihr wußtet es alle. Warum war keiner von euch ehrlich zu mir?» Ich erwiderte so ruhig, wie ich konnte, daß man ihr nichts verborgen habe, daß die Ursache ihrer Erkrankung nicht feststehe, aber jedermann von ihrer Heilung überzeugt sei. «Heilung!» stieß sie hervor, «Heilung? Du bist nicht bei Trost. Es gibt keine Heilung. Es gibt nur einen Aufschub.» Dr. Cordan, antwortete ich, habe ausdrücklich gesagt, die bösartige Natur ihres Übels könne nicht nachgewiesen werden, es handle sich um einen Grenzfall, und jede Wiederkehr sei durch die Operation unmöglich gemacht. «Das ist die Wahrheit», sagte ich, «und wenn Sie wollen, kann ich's beschwören.»

Bei diesen Worten richtete Lisa sich auf und zeigte mir ein zerstörtes Gesicht, uralt, verweint und fürchterlich. «Die Wahrheit?» rief sie wild. «Wer von euch weiß die Wahrheit? Nur ich weiß die Wahrheit, hier in mir drin. Ich wußte sie längst, ehe ich in die Klinik ging und mich alle belogen. Hab ich dir nicht damals gesagt, daß ich etwas in mir spürte, was mir fremd war? Jetzt ist es mir klar. Ich hab Dr. Cordans erste Frau dran sterben sehen, hier in New York, ein paar Häuser entfernt. Er hat ihr nicht mehr helfen können als mir. Es ist vorbei, Lele, es ist alles vorbei.» Dann brach sie zusammen, löste sich vor mir auf, verlor jedes bißchen Würde, das sie besessen hatte, und verwandelte sich in ein Tier, ein geängstigtes, hilfloses, gedemütigtes, abstoßendes Geschöpf. Tränen rannen ihr herunter, indes sie sich mit den Fäusten an den Kopf hämmerte, am ganzen Leib zitterte und schrie: «Ich muß sterben, ich muß sterben, verstehst du, alles wird finster werden und leer, erst kommen die Schmerzen, furchtbare Schmerzen, und dann – nichts. Ach, warum hat sie mir's gesagt, Lele, ich ertrag es nicht, ich ertrag es nicht, ich ertrag es nicht –»

Sie schüttelte sich unter Schluchzen, sie hob die geballten Fäuste, fiel nach vorn und reckte sich wieder hoch, überließ sich ihrer Verzweiflung mit solcher Heftigkeit, daß es unmöglich war, auch nur ein Wort zu sagen, und hätte sich gewiß auf mich gestürzt, wäre ich ihr nur einen Fußbreit näher gerückt oder hätte versucht, sie zu umarmen. Dann war es plötzlich zu Ende. Ihr Körper erstarrte, und sie kniete auf dem Bett, die Augen niedergeschlagen, als wäre sie durch die Unausweichlichkeit ihres Schicksals versteint. Schließlich stand sie auf, schleppte sich zum Fenster, schloß es und zog die Vorhänge zu. «Genug, Lele», flüsterte sie. «Genug. Es ist aus. Wenn Jeff zurückkommt, sag ihm, ich fühle mich nicht wohl. Sag ihm nichts von Katharine. Ich will mit keinem Menschen mehr darüber reden. Mit keinem Menschen, verstehst du. Nie mehr.»

Als Jeff wiederkam, hatte sie bereits das Licht gelöscht und war, ich weiß nicht wie, zu Bett gegangen. Er fand mich in der Küche und fragte, was geschehen war. Ich teilte ihm kurz mit, Mrs. Langendorf sei dagewesen und habe Lisa das Geheimnis ihrer Krankheit enthüllt. Obwohl Lisa mir verboten habe, es ihm zu erzählen, halte ich dies doch für meine Pflicht. Ich fügte hinzu, daß sie nicht mehr darüber sprechen wollte und ich zumindest bereit sei, ihren Wunsch zu achten. Bewirke der Vorfall in ihr keine einschneidende Veränderung, dann könnte man sich ersparen, Dr. Cordan zu bemühen. Fiel sie aber in den Zustand zurück, in dem sie vor ihrer Operation gewesen war, dann müsse man ihn zu Hilfe rufen. Jeff hörte mir zu, blaß vor Schreck. Dann bedankte er sich für alles, was ich getan hatte, und erklärte sich einverstanden. Er schien allzu aufgewühlt, um sich zu äußern oder irgendeinen praktischen Vorschlag zu machen. Offenbar war er noch weniger imstande als ich, die Lage zu meistern. Wenn ich Trost suchte oder Hilfe brauchte, mußte ich mich an jemand anderen wenden. Und so bat ich Jeff, nachdem ich Mario, der inzwischen an der Tür abgeliefert worden war, ins Bett gebracht hatte, für zwei Stunden ausgehen zu dürfen. Er schien nicht sehr davon entzückt, mit einem Kind und einer zusammengebrochenen Frau alleingelassen zu werden, aber ich erinnerte mich daran, daß auch ich dazu gezwungen gewesen war, und nahm keine Rücksicht auf ihn. Es gab mir zu denken, daß in den ernstesten Augenblicken, wenn es um Kinderkriegen, Kranksein und Sterben geht, die schwächsten Frauen mehr Kraft besitzen als die stärksten Männer.

Nach all dem hatte ich gehofft, von Thomas aufgerichtet zu werden. Als ich aber bei ihm ankam, schien er nicht in der Stimmung, mir beizustehen. Schon auf meinem Weg über die wacklige Treppe zum Obergeschoß des alten braunen Ziegelhauses hörte ich ihn im Zimmer auf und ab laufen, auf und ab wie immer, wenn er mit seinen eigenen Gedanken unentrinnbar eingesperrt war. Diesmal aber fürchtete er sich nicht vor sich selbst. Er hatte einen wirklichen Anlaß. Der Anlaß lag auf seinem Schreibtisch – in Gestalt einer Wochenschrift, die mit riesigen Schlagzeilen und kleinem Text auf grobes Papier gedruckt war. An der Spitze der Mitarbeiter dieses Heftes stand der Name Thomas Munk.

«Man hat ihn gedruckt», rief Thomas mir erregt entgegen, «acht Monate, nachdem er abgeliefert wurde, hat man meinen Beitrag publiziert, ohne mir vorher die Korrekturbogen zu schicken oder mich sonst zu warnen! Nachdem ich mit den Leuten gebrochen habe, längst nichts mehr mit ihnen zu tun haben will. Nur um mich festzulegen! Mich an eine Politik zu ketten, an die ich nicht mehr glaube. Warum hab ich nur das Manuskript nicht zurückverlangt!»

Ich las die ersten Zeilen.

«Das ist doch gar nicht aktuell», sagte ich. «Du schreibst hier über österreichische Arbeiter in den dreißiger Jahren. Wer kann dir das zum Vorwurf machen?»

«Viele», sagte Thomas. «Das Pack, das seit langem hinter mir her ist. Du weißt nichts von den Dingen, mein Herz, und ich kann dir's in der Eile nicht erklären. Ihre Gründe sind so verschieden, daß sie gar nicht alle aufzuzählen sind. Ein paar handeln aus Berufsneid. Es gibt immer wieder Intrigen bei der ‹Stimme Amerikas› – denk an eine Menge europäischer Einwanderer, die nach den besten Stellungen angeln. Andere hassen mich, weil ich ein gutes Gedächtnis habe, wie Földvary in der ungarischen Abteilung, den ich als Mitglied einer faschistischen Bewegung kannte. Die meisten anderen glauben, daß ich den Kommunisten gegenüber zu milde bin. Und sie sind schlimmer als Senator McCarthy, wenn sie in anderer Leute Vergangenheit wühlen.»

«Aber du sagst doch selbst, daß du 1924 aus dieser Partei ausgetreten bist. Daß du schon damals ihre Unmenschlichkeit erkannt hast.»

«Das ist es ja eben! Ich hab's getan, als die meisten der Knaben, die jetzt hinter mir her sind, noch in Stalins Schoß geborgen ruhten. Du hast vielleicht von der Bezeichnung ‹vorzeitiger Antifaschist› gehört. Mein Bruder Felix, der in Spanien umkam, war einer von ihnen. Nun, ich war ein vorzeitiger Antistalinist. Ich hatte die Nachteile des Systems durchschaut, als es noch unmodern war – vor den Schauprozessen, ja sogar noch vor Beseitigung der Kulaken. Ich machte mich vor Trotzki aus dem Staub. Das war unverzeihlich. Und ich ging, ohne Schaden an meiner Seele genommen zu haben, bevor ich von meiner Unfehlbarkeit überzeugt oder von der eisigen Wut der Enttäuschten ergriffen war. Ich trug ein relativ unverletztes Gehirn davon, ein Gehirn, das nicht nur eine einzige Lösung zuläßt, so daß ich jetzt imstande bin, all das Elend der sibirischen Arbeitslager und die Morde an ‹Abweichlern› gegen einen weltweiten Atomkrieg abzuwiegen und zu zögern – nicht mehr als zu zögern –, ehe ich auf den Knopf drücken will.»

Er sank in einen Stuhl.

«Hast du etwas getan, was man dir vorwerfen kann?»

«Nein. Aber es kommt nicht darauf an, was ich getan, sondern was ich unterlassen habe. Ich habe mich nicht an ihren wilden Reden gegen die gesamte Sowjetbevölkerung beteiligt. Ich habe nicht jede wissenschaftliche oder künstlerische Leistung verdammt, wenn sie jenseits des Eisernen Vorhangs entstand. Ich habe die offizielle westliche Version unserer Auseinandersetzung in Deutschland nicht Wort für Wort übernommen. Kurzum, ich habe nicht den Teufel mit Beelzebub ausgetrieben, sondern mir meine eigene Meinung zurechtgelegt, mich auf Tatsachen gestützt und mir jenen Individualismus bewahrt, den sie in der Garderobe abgegeben hatten, als sie in die kommunistische Partei eintraten, und am Kleiderhaken vergaßen, als sie es plötzlich eilig hatten, auf und davon zu gehen.»

«Schon gut, Thomas, schon gut. Ich bin keine politische Versammlung. Sag mir klipp und klar, was dir auf Grund dieses Artikels zustoßen kann.»

«Ich weiß nicht, Lele. Vielleicht erst einmal gar nichts. Aber ich spüre, daß sich etwas gegen mich zusammenbraut. Ich höre sie im Büro hinter meinem Rücken wispern. Ich hab es bei der Weltfriedenskonferenz bemerkt, die hier im vorigen Monat stattfand. Ich ging als bloßer Zuhörer hin wie die anderen. Ich wollte mir Schostakowitsch und Fadejew ansehen, um herauszufinden, was in ihren Köpfen vorgeht. Das wollten die Knaben wohl auch. Mir aber schoben sie andere Motive unter. Sie waren gekommen, um Kritik zu üben. Meine Anwesenheit war ein Beweis dafür, daß ich ein Spion der Sowjets und ihr Werkzeug bin. Wer soll mir jetzt glauben, daß dieser Artikel ohne mein Wissen erschienen ist? Man wird behaupten, ich hätte ihn in einem Augenblick drucken lassen, in dem er neue Unruhen unter der Arbeiterschaft stiften kann. Wenn Leute wie die einmal das Kreuz über dich gemacht haben, wird alles, was du tust oder sagst, gegen dich ausgelegt. Es ist die alte Methode der Radikalen gegen jeden Gemäßigten, der sich ihnen widersetzt. Rote Radikale oder antirote Radikale – sie hetzen jeden, dem sie mißtrauen, mit der gleichen Unbarmherzigkeit zu Tod. Aber hier handelt es sich um mehr als politische Motive. Es steckt böser Wille dahinter, Mißgunst und Neid. Das sind scheußliche Leute, Lele, krank an Seele und Leib. Wenn sie einmal auf dich losgehen, gibt es keine Rettung.»

«Was kann sich denn gegen dich zusammenbrauen?»

Thomas streckte seine Beine und verzog die Miene. Das Zerrbild eines Lächelns trat in sein Gesicht. «Eine kleine Vorladung vor den Ausschuß gegen unamerikanische Umtriebe? Vielleicht sogar vor das FBI?»

«Nein! Das ist nicht dein Ernst.»

«Meinst du? Nun, wir werden sehen. Das Schlimmste hab ich dir noch gar nicht erzählt. Fleming haßt mich. Und Fleming ist ein höchst gefährlicher Mann.»

«Warum sollte er dich hassen?»

«Ach, das ist eine alte Geschichte, Lele. Ganz privater Natur. Als ich nach Paris ging, am Beginn meines Exils, nahm Fleming sich meiner an. Eine Weile lang sorgte er für mich. Ich war sein geliebtester Freiheitskämpfer. Er zeigte mich überall herum. Aber dann wendete sich das Blatt. Seine Bekannten fanden zuviel Gefallen an mir. Seine hübschen Damen machten mir Avancen. Die große deutsche Zeitung in Prag bot mir eine Stellung an. Leider versuchte auch seine damalige Freundin, mich zu verführen. Ich wollte all das nicht, Lele, dazu kennst du mich gut genug. Die Frauen bemerkte ich gar nicht, nur über die Stellung war ich froh. Aber Fleming begann, eine wilde Abneigung gegen mich zu fassen. Er gab es niemals zu, unternahm nichts gegen mich. Trotzdem hab ich seither gewußt, daß er losschlagen wird, wenn er mich einmal soweit hat.»

«Er ist doch ein Flüchtling wie du. Welchen Einfluß hat er auf die offiziellen Stellen?»

«Er ist ein Agent, Lele. Von Zeit zu Zeit muß er etwas liefern – auch wenn es sich als falsch erweist. Selbst unbegründete Denunziationen rechtfertigen ein Monatsgehalt. Und diese Denunziation wird gar nicht so unbegründet sein. Denn wenn man mich vor den Ausschuß oder das FBI zitiert, werde ich mich der Aussage enthalten.»

«Du bist verrückt, Thomas.»

Er sprang auf und stand vor mir, die Hände in den Taschen, ein sonderbares Funkeln im Auge.

«Gut», sagte er, «dann bin ich verrückt. Aber ich mache diese ehrlose Komödie nicht mit. Ich beharre auf meinem Vorrecht, zu denken und zu handeln wie ich will, solange ich nicht gegen die amerikanische Konstitution verstoße. Ich leugne das Vorrecht der anderen, mich über meine angebliche Mitgliedschaft bei einer legalen Partei auszufragen. Und wenn ich noch nie die Möglichkeit hatte, für etwas öffentlich einzutreten, dann hab ich sie jetzt! Bisher mag ich zu dumm und unwissend gewesen sein, um mich in der amerikanischen Politik zurechtzufinden. Aber ich bin nicht zu dumm und unwissend, um zu entscheiden, was recht und unrecht ist. Es muß nicht unbedingt dazu kommen. Ich will dir etwas gestehen, Lele. Ich habe mich um einen Paß beworben und will nach Europa fliegen, sobald ich kann.»

«Willst du wirklich?»

Er legte seinen Arm um mich. Wir standen eine Weile still. Ich kann diesen Augenblick nie mehr vergessen. Zuletzt sagte er, immer noch an mich gedrückt, seine Wange an meinem Haar, in die Leere:

«Ich weiß, daß du nicht mit mir kommst. Deine Zukunft liegt in diesem Land. Du bist um so viel jünger als ich.»

«Ja, Thomas.»

Mehr redeten wir nicht. Danach fanden wir unausgesprochenen Trost in einer kurzen Frist von Liebe. Als ich bald darauf ging, taten wir, als wäre nichts Außerordentliches geschehen. Doch wir wußten beide, daß wir uns, wie immer die Sache ausging, würden trennen müssen. Und obgleich ich Thomas noch drei- oder viermal sah und in den kurzen Zeiten unserer Vertrautheit mit Herzweh und Verzweiflung an ihm hing, sagte ich mich immer wieder von ihm los, sobald wir in die Zeit zurückgekehrt waren. An jenem Sonntagabend hatten wir voneinander Abschied genommen, und keiner wollte vom anderen wissen, wie nahe es ihm ging.

Hier mußte ich eine Weile verstreichen lassen, bevor ich weiterschreiben konnte. Mehr und mehr hatte ich in diesen letzten Wochen das Gefühl, als würde ich in einen saugenden Strudel zurückgezerrt, dem ich längst entronnen zu sein glaubte. Meine Geschichte mag dem Leser immer düsterer erschienen sein; mir selbst ist es immer unerträglicher geworden, sie zu erzählen. Um für ihre letzten Abschnitte Kraft zu gewinnen, bin ich denn, soweit mein Zustand es mir erlaubt, durch die Straßen meiner neuen Heimatstadt gewandert, die jetzt stumm und weiß in der Septembersonne liegt – hinab zur italienischen Kirche zu Sankt Peter und Sankt Paul am Fuße unseres Hügels, wo die alten Mütter reichgewordener Bürger von San Francisco im Schatten der Eukalyptusbäume auf genuesisch oder sizilianisch miteinander schwatzen, oder, nach einer kurzen Fahrt mit der Kabel-Tram, durch Chinatown mit seinen pagodenförmigen Häusern und Kaufläden, in denen es nach rotem Lack und grüner Jade und Bronzen und Brokaten glimmt. Am häufigsten war ich unten an der Fisherman's Wharf, bunt glitzernd von Fischschuppen und dem gekräuselten Meer, wo die Händler und Matrosen sich um die Krabben-Stände drängen und man frischgefangene Hummer in die großen dampfenden Eisenkessel wirft. Abends saß ich mit meinem Mann in einer der Gaststätten dieser Bucht, aß Riesengarnelen oder gegrillten Schwertfisch, trank kalifornischen Chablis und blickte hinaus auf den flammenden Horizont, an dem es nicht Abend werden wollte. Die Lungen voll Salzluft, die Augen voller Farbwunder der Erde, des Wassers und des Himmels, kehrte ich dann in mein Haus auf dem Hügel zurück und schlief ein, ohne von Träumen geplagt zu werden. Jetzt, erfrischt von diesen Tagen des Müßigganges, fahre ich fort in meinem Bericht, der uns den Alpdruck für ewig vertreiben soll.

Einmal schon hatte ich an Lisas Seite eine finstere Zeit verbracht. Schlimmer war, was auf Katharine Langendorfs Besuch folgen sollte. Es schien, als wären aus ihrem Leben die Stützen und Pfeiler herausgebrochen und als flatterte es in der Luft wie ein Zelt, das in sich zusammengesunken ist, aber von Zufallswinden dann und wann trügerischen Bestand erhält. Ein Leben ohne Sinn und Zweck, ohne Form und Umriß. Manchmal dämmerte sie nur dahin, trieb uns aus dem Zimmer, verweigerte Essen oder Rede und schlüpfte zu irgendeiner Nachtstunde hinaus, um sich ein paar Bissen aus dem Kühlschrank zu holen. An anderen Tagen stand sie auf, kleidete sich an, jagte durch die Wohnung, forderte unsere ständige Gegenwart und regelmäßige Kost, gab sich fieberhaft den Anschein, als sei sie gesund und guter Dinge, und erwartete von uns, daß wir die Komödie mit ihr spielten. An zwei oder drei Abenden der Woche bestellte sie sich ein Taxi, scheuchte Jeff, der sich erbot, sie überall hinzufahren, wo sie nur wollte, unwillig beiseite und kam eine Stunde später überaus aufgeräumt zurück, rief Freunde herbei, führte angeregte Unterhaltungen mit ihnen und spielte Grammophon bis in die frühen Morgenstunden. Sie hatte wieder viele Gäste, denn seit ihr Telefon von neuem angeschlossen war, verbrachte sie eine Menge Zeit damit, alle Leute, die sie so lange ferngehalten hatte, zu sich zu laden. Ob Jeff damit einverstanden war oder nicht, hatte keine Bedeutung. Nicht allein ihr Plan, ihn zurückzugewinnen – jeder Plan, den sie je gefaßt hatte, war zunichte gemacht.

Ihre Besucher kamen erst nach der Dunkelheit – am Tage mochte sie niemand sehen –, doch wie viele es sein würden, und ob ich sie bewirten solle, erfuhr ich nie von ihr. Nicht, daß ihre Freunde mir einen Vorwurf daraus gemacht hätten, wie wenig ich auf sie vorbereitet war. Es hatte sich herumgesprochen, daß Lisa sich launenhafter denn je zuvor benahm, und dies auf neue, beunruhigende Weise, die vielleicht mit ihrem Leiden zusammenhing. Die meisten erschienen mehr aus Neugier als aus wirklicher Besorgnis, doch alle behandelten sie wie eine Kranke, die man aufheitern und unterhalten muß, ohne von ihrem sonderbaren Betragen abgestoßen zu sein. Manche riefen, nachdem sie dagewesen waren, Dr. Cordan an und äußerten den Verdacht, daß ihr Zustand sich wieder verschlechtert habe. Unweigerlich gab er ihnen, wie Jeff und mir, die Antwort, daß ihre Operation geglückt war und sie sich nur in ihren wohlbekannten närrischen Grillen erging. Er selbst habe nicht die mindeste Absicht, sie zu besuchen oder ihre Tollheiten ernst zu nehmen; der Hang zur Überspanntheit, den sie nun einmal habe, würde dadurch nur unnötig unterstützt. Auch die hübsche Mrs. Cordan bemühte sich, die Ängste ihrer Freunde zu zerstreuen. Lisa sei geheilt. Wenn sie sich exzentrisch aufführte, so war man das schließlich von ihr gewohnt.

Niemand wollte es williger glauben als Jeff und ich, denn wir wußten, was der Anlaß ihres neuerlichen Absinkens gewesen war. Trotzdem machten wir uns Sorgen. Wenn der kleine Chirurg sie auch körperlich hergestellt haben mochte, so schien doch ihr Geisteszustand gestört. In jedem anderen Fall hätte man einen Psychiater hinzugezogen. Aber der einzige Seelenarzt, den wir kannten, war Mrs. Langendorf, und sie hatte die Störung selbst verursacht. Mir fiel ein Scherzwort ein, das Lisa einst zitiert hatte – daß die Psychoanalyse eben jene Krankheit sei, für deren Heilung sie sich halte. Sogar Jeff wußte jetzt, daß Katharine einen durchaus ehrenwerten Beruf als Quacksalberei betrieb. Doch er hatte gleich mir jedes Zutrauen dazu verloren. Vielleicht wäre Katharines Mann fähig gewesen, Lisas Seele zu durchschauen. Aber er saß, gleichgültig gegenüber der Welt, in seinem Arbeitszimmer, tief in sein großes Werk vergraben, und bewies seinen Zweifel und sein Mißfallen an der Praxis seiner Frau, indem er sich weigerte, auch nur das mindeste damit zu tun zu haben.

Wir waren also hilflos. Hilflos angesichts Lisas Trübsal wie ihrer hektischen Fröhlichkeit, hilflos angesichts des glasigen Blicks, mit dem sie sich jedem Versuch, an sie heranzudringen, widersetzte. Sie hatte viele Gesichter und war doch nie sie selbst. Mit jeder List, die ihr zur Verfügung stand, verschleierte sie ihre Identität, und die Beharrlichkeit, mit der sie dies tat, war das einzig gleichbleibende Merkmal. So wollte sie nichts mehr von ihrer Vergangenheit wissen und blickte gelangweilt drein, wenn jemand von einem früheren Vorfall in ihrem Leben sprach. Sie erkannte aber auch die Gegenwart nicht an oder die Rolle, die Jeff und ich darin spielten. Sie benahm sich zu uns, als wären wir zwei nette Bekannte, die zufällig ihre Wohnung teilten. Auch konnte sie, wenn sie etwa ein Buch las, nicht lange dabei verweilen, sondern warf es nach ein paar Augenblicken hin und ging mit gequältem Gesichtsausdruck im Zimmer auf und ab. Aus ihrem Regal hatte sie ein paar Bände herausgezogen, die sie vorher niemals angesehen hatte – Bücher von Jean Cocteau, Thomas de Quincey und Villiers de l'Isle Adam. Darin schien sie immer wieder dieselben Seiten und Stellen zu suchen. Hätten wir ihnen nachgespürt, vielleicht wäre uns ein Hinweis auf das, was in ihr vorging, zuteil geworden. Wir versäumten es aber, und dann war es zu spät.

Manchmal, wenn ich in ihrer Abwesenheit das Zimmer betrat, fand ich auf ihrem Bettisch kleine Zettel, auf die sie etwas gekritzelt hatte. Immer schon hatte sie sich Sätze und Zeilen notiert, die ihr irgendwo aufgefallen waren, und sie dann eine Weile umherliegen lassen, bis sie ihrer müde wurde und sie in den Papierkorb warf. Was sie jetzt niederschrieb, schien mir sinnlos zu sein und aus keinem ihrer Bücher zu stammen. Mehrere dieser Aufzeichnungen weiß ich noch. Eine hieß:

alles nichtig
alles flüchtig
serenità
die himmlische Heiterkeit

Eine andere: ‹Es ist schwer, sich Gott als einen Intellektuellen vorzustellen›. Und die dritte, erstaunlichste: ‹Compagnie Internationale des Wagons Lits et des Grands Express Européens›. Völlig grundlos brach ich, als ich sie las, in Tränen aus.

Am schlimmsten war, daß sie anfing, häßlich zu werden. Ihre großen Augen sanken in ihre Höhlen, ihre Haut erschlaffte, ihr Haar, längst im Nacken ergraut, wurde jetzt strähnig und bleich. Wie in jenem furchtbaren Januar vernachlässigte sie sich, wies die kleine Friseurgehilfin ab, die von Zeit zu Zeit gekommen war, um ihr Haar und Hände zu pflegen, und zog immerfort dasselbe an, ohne es jemals waschen zu lassen. Die amerikanischen Kleider, die sie vor einer Weile gekauft hatte, lagen zerfetzt und zerknüllt in einer Ecke. In einem unbeobachteten Augenblick der Wut mußte sie mit ihrer Schere daran herumgeschnitten haben. Ihre Freunde bemerkten all das kaum, da sie ihr nur bei künstlichem Licht gegenübersaßen. In ihrem Zimmer waren ja zumeist die Vorhänge zu, außer in der kurzen Zeit, während der sie mir erlaubte, ein wenig sauberzumachen und zu lüften. Jeff und ich waren die einzigen, die sie manchmal bei Tageslicht erblickten, wenn sie in der Wohnung umherging, den Küchenschrank öffnete oder das Silber im Eßzimmer in die Hand nahm, anders arrangierte und wieder an seinen alten Platz stellte. Sie bemühte sich dann nicht, ihr grauenhaftes Aussehen zu verbergen. Nur vor einem Menschen nahm sie sich in acht, und das war Mario. So gern sie ihn früher gemocht hatte, jetzt schloß sie, wann immer er daheim war, die Tür zwischen sich und ihm. Vielleicht wollte sie dem Jungen den Schreck ersparen, sie so verändert zu sehen, einen Schreck, den sie uns mit Absicht zufügen mochte. Wahrscheinlich aber entzog sie sich ihm aus den gleichen Gründen, aus denen sie mir verbot, Blumen ins Haus zu bringen, aus denen sie die Sonne nicht sehen wollte oder den blühenden Frühling, der vor den Fenstern stand. Es war, als habe sie eine wilde Abneigung gegen alles Junge und Frohe, gegen alles Zukunftsreiche. Als habe sie in ihrem Inneren beschlossen, daß es für sie keine Zukunft gab.

Einmal in diesen Wochen ging ich zu Klotz und entdeckte dort Jeff mit einem gewaltigen Mann in Uniform, der niemand anderer sein konnte als sein Freund, der Major MacColl. Zu meiner Überraschung war er gar nicht verlegen, als ich eintrat, sondern winkte mich an seinen Tisch und machte mich mit dem Major bekannt.

«Ich hab viel von Ihnen gehört», sagte MacColl, erhob sich zu seiner vollen Größe und legte seine Riesenfinger um meine Hand. «Sie sind das Mädel, das unsrem armen Jeff beisteht. Das ist mächtig brav von Ihnen, Lele. Ich möcht Ihnen danken dafür.»

Er setzte sich, bestellte noch zwei Humpen Bier für Jeff und sich und den schwarzen Kaffee, den ich trinken wollte. Dann stützte er einfach die Arme auf den Tisch und sah mich an. Er war der große, gutaussehende Bursch, als den ich mir ihn immer vorgestellt hatte, mit Jeffs hellblauen Augen, in denen der weite Himmel über den Kornfeldern von Indiana zu liegen schien, und rötlichem Haar. Sein Haar hatte freilich eine lichte Ingwerfarbe, durchaus anders als Dr. Cordans Kupfermähne von jenem tiefen, traurigen Rot der polnischen Juden, denen ich im Lager begegnet war. Dieser ingwerfarbene Riese war alles eher als traurig, ja, sobald ich ihn reden hörte, erfüllte mich eine rieselnde Fröhlichkeit. Ob es nun das viele Bier war, das die beiden in sich hatten, oder MacColls bloße Anwesenheit – jedenfalls benahm Jeff sich ungezwungener, als er mir je vorgekommen war. Wovon immer geredet wurde, er hielt sich nicht mehr zurück. In diesen zwanzig Minuten, die ich in ihrer Gesellschaft verbrachte, hörte ich Jeff sich über seine Angelegenheiten mit einem Freimut äußern, der mich ebenso verblüffte, wie ich ihn erleichternd fand. Anfangs kam es mir wohl etwas brutal und rücksichtslos vor, doch ich begriff bald, daß er sich nur so der unerträglichen Spannung, unter der er litt, zeitweilig entledigen konnte. Wenn er aber zu mir, und über mich, Dinge sagte, die er sonst niemals ausgesprochen hätte, dann wurde mir klar, daß er versuchte, mich in diesen Ausbruch von Ehrlichkeit einzubeziehen.

«Bob meint», sagte Jeff, «daß wir alle langsam wahnsinnig werden, alle im Haus. Damit hast du recht, Bob, völlig recht. Schau dir nur die Krüppel an, mit denen Lele herumzieht – einer taub, einer blind. Man möchte fast glauben, daß es in den Staaten keine grad gewachsenen Männer gibt. Morbid nenn ich das.»

«Na, was sagst du, Mädel?» rief Bob. «Da läßt er sich mit einer ranzigen alten Schlunze ein, dem ärgsten Hurenmensch, das er in dieser verkommenen Stadt Rom hat auftreiben können, geht mit ihr ins Bett, feiert Hochzeit, sowie sein Freund Bob ihm den Rükken kehrt, bringt sie rüber, stopft sich die Wohnung voll mit Bolschies und Intelligenzlern und geldgierigen Judenbuben und wundert sich noch, wenn ein nettes Mädel wie du in der Wirtschaft den Kopf verliert!»

«Ich bin auch nicht sehr nett», sagte ich. «Sie wissen doch, mein Junge hat keinen Vater. Nicht jeder in New York hätte mich in seinem Haus angestellt.»

«Ich weiß. Ich weiß. Ich war im Krieg. Ich hab so manches in Europa gesehen. Aber es gibt arme kleine Hascher, denen ein Malheur passiert und die nicht wissen, wie. Und es gibt Drecksäue, die ihr Leben lang Unheil stiften, wie Mrs. Jefferson L. Curtis. Ich hab's gewußt, sowie ich in das Zimmer der Feldgendarmerie trat und sie saß da und rauchte. Das Weibsstück von einem Schwarzhändler, den er aufgegriffen hat, und sie sitzt da und raucht seine Zigaretten!»

«Herrgott im Himmel, Bob, wie oft fängst du noch davon an? Ich hab dir gesagt, ich bin fertig mit ihr. Aber ich kann noch nicht fort. Mein Vater will, daß ich bei ihr bleibe, bis etwas passiert. Bis sie gesund wird oder –»

«– abkratzt. Na schön, Jeff. Mach, was dein Vater will. Wärst du früher davon, dann hättest du dir eine Menge erspart. Ich hab ein reines Gewissen. Ich hab damals das Richtige getan. Willst du wissen, was, Mädel? Ich hab mich hingesetzt und seinem Papa geschrieben, was für ein Frauenzimmer sein Sohn sich ausgesucht hat. Drauf schrieb sein Papa, er soll sie nur ja nicht heim nach Indiana bringen. Das hätt dir zur Warnung dienen sollen, Jeff. Du hättest sie in ihrer römischen Lasterhöhle zurücklassen sollen und ihr die Scheidung per Post zustellen, sobald du wieder in Amerika warst.»

Während sie darüber stritten, empfand ich einen Augenblick lang Reue bei dem Gedanken, wie ich Lisa verriet. Aber es war so wohltuend, sich ein wenig offener, ja selbst ein wenig ordinärer auszudrücken, wenn von unserer hoffnungslosen Lage daheim die Rede war. Welche Erholung von der ausgesuchten Hölle, in der wir uns diese letzten Wochen befunden hatten! Ich sagte also kein Wort zugunsten von Lisa und mischte mich nicht in die Schimpftiraden ein, die gegen sie geäußert wurden. Ich trank meinen Kaffee und stand auf, in der stillen Hoffnung, daß niemand ringsum gehört hatte, wie Jeff sich über den blinden Burschen, mit dem ich herumzog, lustig machte. Aber weder Ned noch seine Familie waren an diesem Nachmittag da.

«Verzeihen Sie, Herr Major, ich muß gehen.»

Er sprang wieder auf die Füße.

«Wirklich fein, daß wir uns kennengelernt haben, Lele. Sie machen sich mächtig verdient um Jeff. Kann ich Sie mal sehen, wenn ich nächstens aus Washington zurückkomme? Vielleicht gehen Sie mit mir aus, auch wenn meine Augen, Ohren und sonstwas in Ordnung sind?»

Er lachte so entwaffnend mit seinem Mundvoll kräftiger weißer Zähne und umklammerte so vertrauensvoll meine Hand, daß ich nicht anders konnte, als mit ihm lachen. Schließlich gab es viele

Arten, die Dinge zu betrachten, und die seine kam mir in diesem Augenblick am vernünftigsten vor. Im Hinausgehen sah ich, wie sein anerkennender Blick mir folgte. Auf dem Heimweg, der einer Rückkehr ins Gefängnis oder Straflager glich, wärmte mich dieser Blick des Majors MacColl.

Am selben Abend oder vielleicht am Abend darauf klingelte es an der Tür, und ein Mann stand draußen, der mir gänzlich fremd war. Er nannte sich Georges, mit einem französischen Zunamen, den ich nicht verstand, und sagte, er sei gekommen, um Lisa zu besuchen und ihr Grüße von ihrem Bruder in New Orleans zu überbringen. Er war ein kleiner, schmächtiger, dunkler Junge, der sich wie ein Mädchen bewegte und den bestgeschnittenen Anzug aus Tropenleinen trug, den man sich denken kann. Ich klopfte an Lisas Tür, um ihn anzukündigen, trat ein, weil sie keine Antwort gab, und fand sie in dem stumpfen, lustlosen Zustand vor, in dem sie um sieben Uhr zumeist anzutreffen war. Ich mußte ihr zweimal sagen, wer der Besucher war, bevor sie es begriffen hatte. Sobald ihr aufdämmerte, daß Sascha ihn geschickt hatte, raffte sie sich auf rührende Weise auf. Es war, als versuche jemand, der ein schweres Schlafmittel genommen hat, sich der tiefen Müdigkeit zu erwehren, weil ein Feuer ausgebrochen ist oder etwas anderes seine ganze Aufmerksamkeit in Anspruch nimmt. Sie gab sich große Mühe aufzuwachen, blickte in stummer Verzweiflung zu mir auf, schien fast weinen zu wollen, murmelte dann, ich solle ihn ein Weilchen ins Eßzimmer führen, und wandte sich von mir ab. Ich tat, was sie wollte, blieb aber nicht bei ihm, weil er offenbar kein Gespräch mit mir führen wollte, sondern mich nur mit einem seltsam spöttischen, unangenehmen Lächeln ansah, das mir irgendwie bekannt vorkam, bis ich mich entsann, daß sein Freund Sascha auf den Fotografien, die er Lisa sandte, einen ähnlichen Ausdruck trug. Dann fiel mir ein, daß ich auf einem der Bilder diesen Georges bereits gesehen hatte – vor einem langen niedrigen Sportwagen, einen Arm um Sascha gelegt, indes der Mann am Steuer sein feistes, ältliches Gesicht durchs Fenster herausstreckte, dem Unbekannten zugewandt, der die Fotografie aufgenommen hatte.

Etwa zwanzig Minuten später tauchte Lisa auf, scheinbar unbegreiflich verwandelt – wäre ich mit diesen Umschwüngen nicht bereits vertraut gewesen –, geschminkt wie für eine Filmkamera, in ihrem besten Paar Herrenhosen und voll der angeregten Konversation. Sie zog Monsieur Georges in ihr Zimmer, und ich hörte durch die Tür, wie sie sich eine Weile lang in flinkem, lautem Französisch unterhielten. Plötzlich rief sie nach mir. Ich ging hinein. Sie lag auf ihrem Bett, das sie hastig zugeschlagen hatte, in einer höchst ausgefallenen Haltung, als wolle sie einen schlaksigen Jungen darstellen, indes ihr Besucher einem anmutigen Mädchen glich, und wühlte in einem Haufen alter Grammophonplatten.

«Rasch, Lele, was zu trinken», sagte sie. «Dubonnet oder Pernod, wenn du welchen finden kannst. Und hilf mir meine letzten Jazzplatten suchen. Ich hab doch Platten von Sydney Bechet. Vielleicht sind sie schon wieder in Jeffs Atelier. Jeff nimmt mir immer meine Platten weg. Ich kann nichts geheimhalten vor dem Jungen.»

Ich starrte sie an. Was hätte ich sonst tun sollen? Wir hatten noch nie eine Flasche von dem Zeug, das sie erwähnte, im Haus gehabt. Auch keine Bechet-Platten, wie sie wohl wußte. Wie sie hätte wissen müssen, sollte ich besser sagen. Denn es konnte ja auch sein, daß sie in diesem Moment die Grenze zwischen Überspanntheit und Irrsinn überschritten hatte.

«Bemühen Sie sich nicht», sagte Georges. Sein unschönes Lächeln wurde länger. «In einer halben Stunde höre ich ihn mir selber in der 52. Straße an. Es ist wirklich nicht nötig, daß Sie jetzt hinter diesen Platten herjagen.»

«Aber nein, ich will, ich muß. Wir werden alles tun, um sie zu finden. Georges ist Trompeter, Lele. Er hatte schon in Frankreich einen Jazzklub, und jetzt lebt er in New Orleans, um noch besser spielen zu lernen. Im selben Haus wie Sascha. Wem gehört es, sagten Sie?»

«Louis Legros Jackson. Wir nennen ihn Lou. Ein sehr bekannter Mann da unten. Sündreich. Führt ein offenes Haus, sozusagen, für Leute, die ihm zusagen. Manchmal muß man ihn erst dazu überreden, wie bei Jimmie – das ist auch ein Freund von mir, ein Fotograf. Aber Jimmie ist ein bißchen langweilig. Im Gegensatz zu Sascha. In Sascha hat er sich sofort verliebt. Ein großes Glück. Denn

Sascha war völlig bankrott, als er in New Orleans aus dem Ozeandampfer stieg.»

«Wie ist er denn zu Jackson gekommen?»

Georges sah erst auf sie, dann auf mich. Er sagte langsam, mit einem zynischen Achselzucken:

«Ach, Sie können sich's doch denken, meine Liebe. Die lila Internationale hat ihre Mittel und Wege in aller Welt.»

Lisa nahm seine Antwort nicht zur Kenntnis und sprang vom Bett. Freilich wußte man jetzt nie, ob sie geflissentlich überhörte, was Leute sagten, oder es einfach nicht aufzunehmen imstande war. In dem Unbehagen, das ihr Benehmen uns verursachte, lag immer eine Spur von Humor, etwas von der absurden Logik eines Marx-Brother-Films. «Nun, Lele», rief sie, «hol endlich was zu trinken, was immer es gibt. Und lauf hinunter zu Luke. Sag ihm, ich brauche meinen Koffer, sofort. Georges besteht darauf, mich in ein paar Minuten zu verlassen, und ich muß ihm etwas für Sascha mitgeben, wenn er morgen fliegt.»

Sie hatte ihre Platten vergessen und ging im Zimmer auf und ab, riß Schubladen auf und schloß sie wieder, verschob Vasen um einen Zentimeter und rückte sie wieder zurecht, kratzte an den Stäben des Vogelbauers, um ihre Sittiche zu necken, und was es noch an unnützen kleinen Verrichtungen gab. Alles an ihr, die Gesten, die Bewegungen, ihr Reden und Lachen waren ein zerfahrenes Zerrbild der früheren Lisa. Nichts konnte peinlicher sein, als mitansehen zu müssen, wie diese abgemagerte alternde Frau in Herrenhosen sich vor einem unangenehmen jungen Mann, dem sie nie zuvor begegnet war, in Szene setzte. Aber sie war nicht aufzuhalten. Was ihn betraf, so betrachtete er sie mit wachsender Belustigung, obschon er im weichen Licht der Tischlampen ihr dick verpudertes Antlitz nicht richtig ausmachen konnte. Ich trug etwas fertig gemixten Martini hinein, der sich im Kühlschrank fand, und brachte Luke und Hattie dazu, ihr den Schiffskoffer hinaufzutragen. Sie stellten ihn mit traurig abgewendeten Gesichtern vor sie hin – bemüht, sie in diesem Zustand nicht zu erblicken, tief erschüttert davon, wie es mit ihr seit jenem fröhlichen Weihnachtsabend bergab gegangen war, und voll instinktiven Wissens, wie eine kluge Katze es durch einen sechsten Sinn zu spüren vermag, daß diese Frau verloren war und nicht mehr gerettet werden konnte. Lisa dankte ihnen kaum. Sie stand vor Georges, der sich in einen ihrer Lehnstühle hingegossen hatte, stand da mit in die Hüften gestützten Armen, einen Fuß verwegen vorgestreckt, das Lächeln einer alten Schmierenkomödiantin auf den Lippen.

«Und was werden Sie Sascha von mir erzählen?» fragte sie.

«Ich werde ihm sagen, daß Sie sind, was ich erwartet hatte – eines von Cocteaus ‹monstres sacrés›. Ein Fabelwesen im Leben statt auf der Bühne. Aber jetzt müssen Sie mich entschuldigen. Morgen fliege ich zurück, und heute muß ich einfach noch mal Bechet spielen hören.»

Er stand auf und bewegte sich schlängelnd zu dem Koffer hin. «Hoffentlich ist das Ding nicht zu schwer, das Sie ihm schicken wollen. Wenn ich offen sein soll – Sascha hatte sich eigentlich quelques petits sous erhofft. Er ist wirklich knapp dran, wissen Sie. Lou ist nicht sehr freigebig mit Bargeld – wenn's auch in seinem abgetakelten alten Palast auf der Esplanade phantastisch zu essen gibt.»

Lisa verdüsterte sich.

«Ich hab kein Geld im Haus», sagte sie. «Schließlich wußte ich ja nicht, daß Sie kommen würden. Aber ich hab alles mögliche in dem Koffer, das er verkaufen kann. Hören Sie einmal, Georges, sagen Sie ihm» – und hier wurde sie mit einem Mal nicht nur ernst, sondern so vernünftig, so kristallen klar, daß man alles andere für eine dumme Maskerade und nur dies für ihren wahren Geisteszustand hätte halten mögen –, «sagen Sie ihm, daß er diesen Koffer und alles, was er enthält, sehr bald bekommen wird. Er soll ein bißchen warten, es dauert nicht mehr lang. Er weiß von dem Koffer. Als wir Kinder waren, hat er uns beiden gehört, für unsere Schätze. Papa gab uns ein paar gute Stücke – er war Sammler, wissen Sie, und später Kunsthändler, als Mamas Geld zu Ende war. Nachdem er tot war und sie nach Polen gebracht wurde, bewahrte unser altes Dienstmädchen den Koffer für mich auf. Nach dem Krieg ließ ich ihn mir kommen. Ein englischer Offizier, den ich kannte, schickte ihn mir aus Wien durch einen Armeekurier. Er kam einen Monat, bevor ich nach Amerika abfuhr.»

Georges und ich hörten zu. Sie sprach weiter, auf dieselbe trokkene und nüchterne Art. «Das ist mein ganzer Besitz», sagte sie, «und alles, was ich ihm hinterlassen kann. Der Modigliani ist weg, aber es sind andere Sachen drin, die ich in Rom zusammentragen konnte, als die Zigarettenstangen anrollten. Für die Hälfte von Jeffs wöchentlicher PX-Ration hätte ich die ganze Via Babuino kaufen können. Sagen Sie Sascha, er kriegt, was davon übrig ist. Und nehmen Sie ihm diese Schachtel mit. Es ist viel Watte drin und eine kleine Tanagrafigur. Vollkommen unbeschädigt. Sie ist wertvoll, Georges, geben Sie acht darauf auf Ihrem Flug. Und jetzt schiebt den Schiffskoffer drüben in die Ecke. In den Keller schaffen lohnt sich nicht mehr.»

Es war die letzte besonnene Rede, die ich von ihr hörte. Unmittelbar darauf, als wäre sie davon erschöpft, verfiel sie in jene sonderbare Lähmung, mit der ihr Dämmerzustand gewöhnlich begann. Alles an ihr erschlaffte. Ich drängte Georges hinaus. Lisa folgte langsam, um ihren Besucher zur Tür zu begleiten. Während er im Vorraum, der nur durch die Lampe in Lisas Zimmer erleuchtet war, von ihr Abschied nahm, drehte sich ein Schlüssel im Schloß. Jeff trat ein und knipste mechanisch, ohne uns gesehen zu haben, das helle Deckenlicht an. Lisa stand unmittelbar darunter. Mit einem Schlag war sie der gnadenlosen Grelle ausgesetzt. Den schaudernden Blick auf Georges Gesicht, als er ihren Anblick wahrnahm, werde ich nie vergessen.

Danach gab es keine Ruhepause mehr. Das Rad drehte sich immer rascher, der Kreislauf ihrer hochfliegenden und niedergedrückten Launen spulte sich eiliger ab. Wie bei einer alten Uhr, die erst nach sechs Stunden, dann nach drei, dann nach wenigen Minuten abläuft, hielten Lisas vergleichsweise normale Zeiten immer kürzer an. Selbst in ihren besten Augenblicken war sie jetzt bösartig, was sie nie zuvor gewesen war, und verletzte mich mit Bemerkungen, gegen die ich mich nicht wehren konnte. «Steh nicht herum und gaff mich an», sagte sie etwa, «geh und koch etwas, wozu bist du hier angestellt?» Oder sie fragte mich mit einem anzüglichen Lächeln, ob ich das französische Sprichwort kenne, daß man nie das Dienstmädchen küssen solle, wenn man die Dame des Hauses küssen kann. Sie hatte eine neue Art, mich mit den Augen zu verfolgen, wann immer ich bei ihr im Zimmer war, verstohlen in ihren Schubfächern zu kramen, als sei ich hinter ihren Geheimnissen her, und ganz harmlose Dinge vor mir zu verstecken wie ein Paket Vogelsamen, das rote Lederetui mit den Bildern ihrer Eltern oder ein Stück Unterwäsche, das ich ins Badezimmer nehmen und in Seifenlauge schwemmen wollte. Ich bin jetzt sicher, daß sie für ihre Handlungen nicht mehr verantwortlich war, aber damals nahm es mich gegen sie ein, so daß ich sie haßte, während ich doch das Mitgefühl und die Geduld einer Irrenwärterin hätte aufbringen müssen.

Ob die Schuld bei Dr. Cordan lag, der ihre ‹Tollheiten› weiterhin entschlossen übersah – so gewiß war er ihrer körperlichen Heilung –, ob sie uns zuzuschreiben war, die wir nicht begreifen wollten, daß sie wirklich langsam den Verstand verlor: jedenfalls unternahm niemand den Versuch, ihren Ritt ins Verderben aufzuhalten. Lisa löste sich vor unseren Augen auf, und keiner tat etwas dagegen. Jetzt, da ich meinen Glauben wiedergefunden habe, kann ich es nur dadurch erklären, daß irgendein übernatürlicher Zwang uns alle, Dr. Cordan, Jeff, Lisas Freunde und mich, zu den Werkzeugen eines vorbestimmten Schicksals machte. Dächte ich nicht so, dann könnte ich nicht, wie es mir jetzt vergönnt ist, in innerem Seelenfrieden leben. Auch muß ich erwähnen, daß Lisa während dieser letzten Phase eine höchst geschickte Lügnerin war. Wann immer sie das Haus verließ, behauptete sie, daß sie Dr. Cordan aufsuchen wolle, weil sie schon wieder ‹leidend› sei. Sie war immer häufiger ‹leidend›, obschon wir dies mit Dr. Cordan für bloße Überspanntheit hielten. Immerhin, sie begab sich zu ihm. Desto besser, meinten wir. Er mußte sie wohl mit irgendwelchen Mitteln zu beruhigen wissen, denn sie kehrte beständig in einem Zustand überschwenglicher, wenn auch kurzlebiger Fröhlichkeit zurück. Daß sie kein einziges Mal zu Dr. Cordan ging, sondern geradenwegs nach Greenwich Village oder in die Bowery fuhr, um nach jenem Stoff zu fahnden, von dem jetzt ihr Leben abhing, erfuhren wir erst, als das Ende unabänderlich geworden war.

Manhattan segelte indessen in den Juni und in eine neue Hitzewelle hinein. Wann immer ich meine Einkäufe oder andere Besorgungen machte, mußte ich von Zeit zu Zeit in den nächsten Drugstore tauchen, um mich an einem Coca-Cola oder Milch-Frappé zu erfrischen. So geriet ich eines Tages auf dem Heimweg von einem Kaufhaus, in dem ich ein paar neue Spielhöschen für Mario erstanden hatte, in ein Lokal nahe dem Columbus Circle, wo an der Sodawasser-Fontäne meine alte Freundin Agnes stand.

Ich will mich nicht bei den Einzelheiten unseres Wiedersehens aufhalten, das selbst dieses trübe Geschöpf in einen Wortschwall ausbrechen ließ – wie hübsch und elegant ich geworden sei und daß sie mich kaum wiedererkannt hätte. Das Ergebnis war, daß sie mich für denselben Abend zu sich zum Essen bat. Das Jahr, in dem wir einander nicht begegnet waren, hatte auch Agnes erstaunliche Veränderungen gebracht. Sie hatte drei Stellungen angenommen und wieder aufgegeben, alle in Drugstores und ähnlichen Läden, und sich schließlich mit einem Mann namens Nemetz verheiratet, der ihr im Siebenbürger-Klub über den Weg gelaufen war. Er stammte aus ihrer Heimatstadt Klausenburg und kannte ihre Familie, deren gesellschaftliches Ansehen weit über dem seinen stand. Aus diesem Grunde, sagte Agnes, trage er sie auf Händen, ganz davon abgesehen, daß er gutes Geld bei einer Brauerei verdiene, in deren Dienst er täglich mit einem Lastwagen voll Bier ins untere Manhattan fuhr. Ihre Wohnung indessen lag in der Bronx, nahe dem Botanischen Garten, und sie wünschte sehnlich, sie mir zu zeigen. Das knochige Gesicht meiner alten Agnes nahm dabei einen fast lieblichen Ausdruck an.

Ein Haufen Kinder stürmte herein und wollte etwas zu trinken haben, also versprach ich rasch, mich abends einzufinden, und machte mich davon. Ich hatte keine Zeit gehabt, zu erwähnen, daß ich immer noch bei Lisa wohnte, und als ich bei den Nemetzen ankam, redeten wir zunächst nicht von mir. Agnes war so stolz, mich in ihr Schlafzimmer und das Gastzimmer und die durch und durch elektrisch betriebene Küche zu führen, mit Mixmaschine und Waschmaschine und Spülmaschine und meterweise rotweißkariertem Kattun, daß wir von nichts anderem sprachen. Die Ehe hatte ihre hagere Figur ein wenig ausgefüllt und ihre harten Züge etwas gemildert. Nemetz war ein breitschultriger, untersetzter Mann mit eisernen Fingern, wie sie weder jung noch schön, aber gutmütig und zuverlässig, und als er am späteren Abend von den merkwürdigen Menschen zu erzählen begann, die er in der Bowery und derlei

Vierteln von New York getroffen hatte, wurde er lebhaft und beinahe redegewandt. Zuerst aber aßen wir ein kräftiges, gutgekochtes Mahl von Schweinebraten, Knödeln und Sauerkraut mit Rahm, tranken geeistes Lagerbier und unterhielten uns laut, um das Surren des Ventilators zu übertönen.

«Und du?» fragte Agnes endlich. «Wo treibst du dich jetzt herum?»

Als ich es ihr sagte, fiel sie beinahe vom Stuhl.

«Das hätt' ich nie gedacht! Ich glaubte, du würdest einen Monat bei Lisa bleiben, um dem Ungeheuer von einer Langendorf zu entgehen, und dir dann was Neues suchen. Ich hab mir ja oft Vorwürfe gemacht, dich nicht gewarnt zu haben. Aber wozu, sagte ich mir, irgendwo muß sie von vorne anfangen. Das andre merkt sie schon von selbst.»

«Was hätte ich merken sollen?» fragte ich.

«Na, die Sache mit ihr, mit Lisa. Ich wußte ja auch nicht genau, was es war. Ich sah nur, wie sie einmal zusammenbrach und was sonst passierte. Dann fing ich an, sie viel zu gern zu haben, das machte mir angst, drum lief ich schließlich fort. Inzwischen hat Karl es mir erklärt. Der kennt sie alle, die Schieber und ihre Kunden unten in der Bowery. Ich brauchte ihm nur zu erzählen, was vorgegangen war, da wußte er's sofort. Der konnte sich das mühelos zusammenreimen.»

«Um Himmels willen, Agnes, red nicht so herum. Ich hab keine Ahnung, was du meinst. Sag mir doch endlich alles.»

Darauf sagte sie es mir. Jeff hatte Agnes bald nach unserer Ankunft durch eine Arbeitsvermittlung aufgenommen. Lisa selbst war erst kurz vorher in New York angelangt. Jeff hatte nach seinem Austritt aus der Armee und seiner Heirat mit Lisa eine Weile in Italien verbracht, wo er auf ihren Rat Innenarchitektur studierte. Dann fuhr er nach Amerika voraus. Als Lisa ihm nachkam, war sie zunächst von ihrer neuen Heimat entzückt. Ein paar Wochen ging sie wie auf Wolken. Ja, sie hatte sogar, wie sie Agnes später erzählte, einer Freundin in Rom geschrieben: ‹Europa liegt hinter mir wie ein böser Traum.› Aber als der Sommer sich hinzog, begann sie, unruhig zu werden. Sie verbrachte eine Zeit in den Catskills, doch ehe die feuchte Hitze ganz vorbei war, kam sie zurück, saß herum und versuchte, ihre wachsende Enttäuschung vor Jeff zu verbergen. Dann war eines Tages, Mitte September, aber es habe noch über 40 Grad Hitze gegeben, eine Ansichtskarte für sie aus Wien gekommen. Agnes hatte sich, ehe sie die Karte zu Lisa hineintrug, das Bild darauf angeschaut. Es zeigte irgendeinen Weinkeller, umrankt von einem Ornament aus Reben – eine geschmacklose kleine Ansichtskarte sei das gewesen, sagte Agnes, die Art, wie man sie an solchen Orten umherliegen sieht. Darauf stand ungefähr: ‹Höre eben von Onkel Ferdy, daß Du lebst und in New York bist. Beste Grüße aus einem kühlen Ort mit einer Menge Nußberger Riesling.› Dummes Zeug. Aber auf Lisa hatte es die sonderbarste Wirkung.

«Unseligerweise», sagte Agnes, «war Jeff damals nicht in New York. Zum erstenmal, seit sie angekommen war, hatte ihn seine Familie für ein Wochenende eingeladen. Ohne sie natürlich. Irgend etwas war los, seine kleine Schwester hatte sich verlobt oder sonstwas. Als die Ansichtskarte kam und Lisa in Verzweiflung stürzte, war kein Mensch da, um sie zu trösten. Ich half ihr auch nicht viel. Ich wußte nie, was ich mit ihr reden sollte. Sie rannte also davon und kam betrunken wieder – so dachte ich nämlich.»

«Dachte sie nämlich», lachte Karl und tätschelte ihre Hand.

«Ist sie dann zusammengebrochen?»

«Nein. Aber bald darauf. Montag ging sie nochmals aus und holte sich einen Rausch. Dann war Jeff zurück. Er glaubte, sie hätte Fieber, und hielt sie im Bett. Sie wollte aufstehen. Um jeden Preis. Er ließ sie aber nicht. Dann kriegte sie Schüttelkrämpfe und benahm sich so toll, daß er Mrs. Langendorf anrief. Lisa schmiß sie hinaus. Danach raffte sie sich auf. Es fing auch wieder zu regnen an. Nach ein paar Tagen war sie in Ordnung. Aber mir paßte das alles nicht. Ich verstand nicht, was los war, aber ich wollte nichts damit zu tun haben. Und dann mochte ich sie auch zu sehr. Mir war's noch nie so mit einer Frau ergangen. Ich bekam es mit der Angst, ich dachte, sie verzaubert mich. Im Frühjahr war es soweit, daß ich gehen wollte.»

«Und was sagt Karl dazu?»

«Rauschgift. Ihm war's klar. Sie ist süchtig. Oder war es zu gewissen Zeiten. In Italien muß sie damit angefangen haben, dann hat sie aufgehört, sowie Jeff aufgetaucht war. Anfangs, sagt Karl, in den frühen Stadien, wenn sie's nur zum Spaß betreiben, können sie noch davon los. Aber sie werden rückfällig, wenn sie irgendeinen Kummer haben. Als die Ansichtskarte kam, raste sie in die Stadt runter, um sich Schnee zu besorgen, und dann noch einmal, ehe Jeff zu Hause war. Er wollte sie nicht aus dem Bett lassen, aber sie war wieder im Schuß und brauchte mehr. Darum brach sie zusammen. Einfach, nicht? Den ganzen Winter war sie dann ohne das Zeug ausgekommen. Aber ich ahnte schon, sie würde wieder damit anfangen, sowie die Hitze kam. Wieder rückfällig werden – na, du verstehst mich schon.»

«Ja, ich versteh dich schon», sagte ich. «Lassen wir das. Ich will ja auch bald weg von ihr. Jetzt erzählen Sie mir aber was von Ihrer Arbeit, Karl. Wir Frauen reden immer nur von uns.»

Ich hatte genug gehört. Die Wahrheit starrte mir ins Gesicht. All die Winke und Warnungen, die ich vorher erhalten hatte – Mrs. Langendorfs Gespräch mit Jeff an jenem Sommerabend, die Worte des Taxifahrers am Weihnachtstag und delle Torres Hinweis auf den ‹Tunichtgut› Dado –, fügten sich jetzt zu einem Bild. Die Tatsachen lagen vor mir ausgebreitet, ich konnte ihnen nicht mehr ausweichen. Aber dennoch tat ich nichts. Dennoch sprang ich nicht auf und lief heim, sagte es Jeff, holte den Arzt, ließ sie in ein Sanatorium schaffen und sofort einer Entwöhnungskur unterziehen. Ich klebte an meinem Stuhl wie ein Kaninchen, das von einer Schlange hypnotisiert wird, und weil ich einen Grund suchte, um länger dazubleiben, bat ich Karl, er solle mir von seinen Bierfahrten ins untere Manhattan und von seinen Freunden, den Barbesitzern, erzählen, von all den Vagabunden und verkrachten Existenzen, die er in der Bowery – oder ‹Skid Row›, wie er sie nannte – traf. Es war sein Lieblingsthema, er war vom Elend und Laster unwiderstehlich angezogen, von allen den Abgründen eines Lebens, das seiner siebenbürgischen Wohlanständigkeit fern und verschlossen war. Er kannte alle Striptease-Lokale und Nachtasyle in diesem Teil der Stadt, all die Orte, an denen die Drogenschieber ihr Zeug verkauften, von Marihuana bis Heroin, und ihre Kunden herumlungerten, um auf die nächste Schiffsladung zu warten. Er schilderte das alles mit großem Vergnügen und solcher Liebe zur Einzelheit, daß mir der Kopf zu schwimmen begann, doch ich konnte mich immer noch nicht losreißen, sondern hörte ihm zu, bis mir übel wurde und ich ins Badezimmer laufen und das ganze herrliche Abendessen auskotzen mußte – Schweinebraten, Knödel, Sauerkraut und sauren Rahm. Ich hab kaum je einen schrecklicheren Abend erlebt, obwohl die Nemetze nette und gutwillige Menschen waren. Zuletzt brachten sie mich zur Untergrundbahn, und ich versprach mit ausgedörrten Lippen und zittrigen Knien, sie bald wieder zu besuchen. Ich weiß nicht, woher ich die Kraft nahm, bevor ich die Rolltreppe hinunterfuhr, eine Frage zu stellen, die ich die ganze Zeit bei mir behalten hatte, aus Furcht, das Gespräch könnte sich daraufhin wieder um Lisa drehen. Jetzt fragte ich. Was war der Name auf jener Ansichtskarte, wollte ich von Agnes wissen, die Lisa solchen Kummer bereitet hatte. Agnes erinnerte sich sofort daran. Der Name war Adrian, sagte sie. Aber er war mir unbekannt.

11

Und damit bin ich fast am Ende.

Ich hatte vorhin die Kunstgriffe und falschen Höhepunkte erwähnt, deren sich das Leben manchmal bedient. Ein letzter stand noch bevor – so unwahrscheinlich, so an den Haaren herbeigezogen, daß kein irdischer Autor wagen würde, ihn anzuwenden. Als ich von den Nemetzen heimgekommen war, hatte ich die Wohnung in tiefem Dunkel vorgefunden, Jeff und Lisa in ihren verschiedenen Zimmern, durch eine kurze Rast von ihrer täglichen Qual befreit, und Mario in seinen rotwangigen, fäustchengeballten, traumlosen Kinderschlaf versunken. Am Morgen war Jeff, noch ehe ich wach war, nach White Plains gefahren, um einen Auftrag zu besprechen, der nachher nicht zustande kam. Gegen Mittag erschien Lisa in ihrem türkischen Umhang, der jetzt fadenscheinig und speckig war, und sagte mit starrer Miene, sie habe für heute abend etwa zwanzig Leute zu sich gebeten, weil ein alter Freund von ihr zu Besuch in New York angekommen war. Ich sollte das Übliche vorbereiten. Damit machte sie Miene, sich wieder zurückzuziehen.

«Ich hab doch kein Geld, um zwanzig Leute zu bewirten», sagte ich.

«Ich auch nicht. Seit Tagen bin ich ohne einen Cent. Geh zu Jeff.»

«Er ist nicht da.»

«So?»

Ihr Gesicht blieb ausdruckslos. «Dann hol's dir woanders. Kannst du nicht auch einmal Geld auftreiben? Oder kauf das Zeug bei Klotz. Schinken und Wurst. Ich weiß nicht mal, ob ich all die Leute zum Essen eingeladen habe. Vielleicht nicht. Los, Mädel, steh nicht so dumm herum. Warst du nicht lang genug bei mir, um selbst eine Gesellschaft vorzubereiten?»

«Gut», sagte ich. «Irgendwie mach ich's schon. Gehen Sie jetzt ins Bad.»

«So ist's recht», sagte sie. «So ist's recht. Und vergiß den Wein nicht. Der Wein ist wichtig. Kauf einen guten weißen Wein und tu ihn in den Kühlschrank. Meinem Freund aus Europa liegt sehr viel an gutem Wein. Übrigens ist er Halassys Neffe.»

Sie brauchte mir nicht erst zu sagen, daß er Adrian hieß.

Ich überlegte mir viele Möglichkeiten, wie ich für Lisas Einladung Geld beschaffen könne. Keine bewährte sich. Was von Bothes Kaufsumme für den Modigliani übrig war, hatte Jeff auf sein Bankkonto eingezahlt. Lisas Freunde kamen nicht in Betracht, denn sie hatte alle eingeladen, und ich konnte sie nicht darum bitten, selbst für Speise und Trank zu sorgen. Ich rief Thomas an, erst in seinem Büro und dann in seiner Wohnung, doch ich erreichte ihn nicht am Telefon, was mich wunderte, weil er um halb drei an einem dieser Orte anzutreffen sein mußte. Zuletzt ging ich zu Klotz und fragte nach Ned, aber Ned war bei einer seiner Schwestern, und man erwartete ihn nicht vor dem Abend zurück. Ich schleppte alles mit, was bei Klotz in Betracht kam, aber ich durfte dabei nicht an die Delikatessen denken, die wir im Herbst bei Schoeller & Weber für Stephen Klines Party ausgesucht hatten. Was den Wein betraf, so betete ich im stillen, daß Jeff rechtzeitig auftauchen würde, um ihn zu besorgen. Als es später wurde und er immer noch nicht kam, ging ich ins Souterrain und redete mit Hattie. Hattie war der einzige Mensch, der mir fünfzig Dollar leihen konnte. Sie rückte sofort damit heraus. Dann telefonierte ich Bloomingdale und bestellte eine Kiste von dem Mosel, den wir mehrmals von ihnen gekauft hatten. Um jenem unsichtbaren Szenarioschreiber ganz gerecht zu werden, hätte ich Nußberger Riesling servieren müssen, aber den gab es nicht bei Bloomingdale, und so erzielte ich die volle Wirkung nicht.

Zweifellos ging ich an diesem dampfenden Nachmittag wie in einem Taumel umher. Ich veranstaltete eine Gesellschaft im Namen einer rauschgiftsüchtigen Frau, die man spätestens am Morgen dieses Tages unter strengste medizinische Aufsicht hätte stellen müssen. Ich malte den Hintergrund und sammelte die Requisiten für Gott weiß welche Dreigroschentragödie zwischen einer halb geistesverwirrten Kranken und ihrem alten Liebhaber, ihrem ersten Liebhaber vermutlich, denn sie hatte mir seinen Namen nie zuvor genannt. All das tat ich ohne den Rat oder die Hilfe eines normalen, erwachsenen Menschen. Bis heute verstehe ich nicht, wieso es mir nicht einmal einfiel, mich auf Grund meiner neuesten Erkenntnis Lisas Willen zu widersetzen, ihre Gäste anzurufen, die Einladung abzusagen und Dr. Cordan herbeizuholen. Nun, ich tat es nicht. Ich sah, wie Lisa aus dem Bad kam und sich hinlegte, an dem Essen knabberte, das ich ihr hineintrug, dann in ihre rosafarbenen Bettücher und ihren nachmittäglichen Dämmerzustand sank. Um halb sieben rüttelte ich sie auf, setzte mich ihren matten, vorwurfsvollen Blicken aus und wurde von ihr, mit undeutlichem Murmeln, aus dem Zimmer verwiesen, weil sie sich allein ankleiden wollte. Sie zeigte sich längst nicht mehr nackt vor mir. Kurz darauf rief sie mich wieder hinein, hektisch wach vor einem der Spiegel, die sich aus ihren Kommoden herausziehen ließen, und legte, während ich ihr das Kleid am Nacken zuhakte, Unmengen von Puder und Schminke auf. Dann mußte ich zur Tür, um den Wein von Bloomingdale in Empfang zu nehmen und die Blumen, die Herr von Adrian schickte, genau wie Bothe es damals getan hatte. In ihren äußeren Formen glichen sich alle diese Herren aus Europa. Eine Art von Buffet hatte ich im Eßzimmer aufgebaut. Der Martini stand bereit. Dann kamen auch schon die ersten Gäste.

Lemuren auf einem Friedhof – so hatte ich sie einmal genannt. Mrs. Langendorf hatte von abgetakelten Versagern, wurmstichigen Vaterfiguren und zahnlosen Klapperschlangen gesprochen. Vielleicht wäre es besser gewesen, mit solchen Ausdrücken noch zu sparen und auf diesen Abend zu warten, ehe man den Vergleich mit Lemuren und Klapperschlangen zog. Der Friedhof war nur allzu sichtbar, obschon die makabersten Figuren diesmal nicht erschienen waren. In irgendeinem Winkel ihres zerrütteten Gehirns mußte Lisa ein Warnungssignal über Katharines und Dr. Cordans Namen haben glimmen sehen, denn sie hatte diese beiden Totengräber nicht eingeladen – übrigens auch Thomas nicht, der ihr zum zweitenmal entwichen war. Oder hatte sie es dennoch getan? Hatte sie ihn anzurufen versucht, wie ich selbst vor ein paar Stunden, und ihn nicht erreicht? Ich werde es niemals wissen. Ich weiß nur, daß aus ihrem Kreis diese wenigen fehlten. Alle anderen folgten ihrem Ruf und marschierten mit jenem Blick zur Tür herein, den ich bereits an ihnen kannte, einem Blick mitleidiger Neugier, gemischt aus Besorgnis und schlecht verhüllter Sensationslust bei dem Gedanken, was heute etwa wieder zu erleben sei. Sie wollten nicht allein beobachten, wie Lisa vor ihren Augen zerfiel, sie wollten auch ihrer Begegnung mit jenem Mann beiwohnen, der mit ihr verlobt gewesen war und sie auf Betreiben seines Onkels sitzengelassen hatte.

War mir unbekannt, welche Rolle dieser Herr von Adrian in Lisas Leben gespielt hatte, so erfuhr ich es nach kurzer Zeit – aus verschiedenen Gesprächsfetzen, die mir zu Ohren kamen. War es Talberg, der mit Renate Schaefer davon sprach, oder eine der Schwestern Blatt, die es ihrem unglücklichen, aber wohlhabenden Mann erzählte? Jedenfalls hörte ich alles, noch ehe Adrian selbst eingetroffen war. Wie es schien, war er der Sohn eines Gutsbesitzers in Tirol gewesen und hatte als junger Mann Forstwirtschaft an der Wiener Hochschule für Bodenkultur studiert. Eine Schwester seines Vaters war mit einem Franzosen, die andere mit Ferdy von Halassy vermählt. Adrian hatte seinen Onkel, den ungarischen Grandseigneur und Gelehrten, der den Winter immer in Wien zu verbringen pflegte, sehr verehrt. Als er sich in Lisa, damals ein bezauberndes junges Mädchen, verliebte, vertraute er Halassy an, daß er sie heiraten wolle, noch ehe sein Studium beendet war. Halassy war dagegen. Ebenso Adrians Eltern. Der Bursche war zu jung, das Mädchen nicht reich genug und von zum Teil unerwünschter Herkunft. Nachdem Halassy sie gesehen hatte, faßte er einen Plan. Durch Mittel und Wege, die ich diesen Bruchstükken der Konversation nicht entnehmen konnte, gelang es ihm, sie zu seiner Geliebten zu machen. Dann teilte er Adrian seine Eroberung mit. «War es damit aus zwischen den jungen Leuten?» fragte jemand an diesem Punkt – Renate Schaefer oder der Gatte jener einen Schwester Blatt. «Aber nein! Nur vorübergehend. Dann hatten sie eben ein Verhältnis miteinander, bis er wieder heim ins väterliche Waldgut fuhr.»

So lehnten sie herum, schwatzten über Lisas Jugenderlebnis, das den ersten Anstoß zu ihrer hemmungslosen Lebensweise gegeben hatte, rümpften die Nase über das schlechte Buffett und den billigen Martini und machten Bemerkungen darüber, wie alles in diesem Haus zugrunde ging, wie seltsam es war, daß Lisas Mann sich überhaupt nicht zeigte, und wie furchtbar die liebe, arme Lisa aussah, selbst in diesem gedämpften Licht. Den dicken Fleming, der mit einem fast triumphierenden Blick der Abneigung gegen mich hereingekommen war, konnte man Shakespeare gegen sie zitieren hören – ‹vom Alter welke Lisa zwar, doch stumpfe Gewohnheit ihr unbegrenztes Wechseln nicht›. Er war bei bester Laune, trotz jener allgemeinen Stimmung elektrisch geladener Düsternis. Mit Földvary hatte er eine Menge zu reden; beide harrten ungeduldig Halassys, der mit seinem Neffen noch auf sich warten ließ. Mehrmals guckten sie auf ihre Uhren und sahen einander vielsagend an.

Adrian trat ein wie ein Prinz, der um so mehr Aufsehen erregt, weil er es zu vermeiden sucht. Von hoher Statur, überragte er noch seinen stattlichen Onkel, dem er offenbar in mehr als einer Weise entwachsen war. Mochte er zur Zeit seiner Verlobung mit Lisa ein hübscher Junge gewesen sein, so war er jetzt ein Mann in den besten Jahren, von deutlich angestrebter Würde und Distanz. Seine Augen, sehr hell in einem nackten Gesicht, erschienen als der einzige Farbfleck. Alles andere an ihm war blaß, verhalten, als gäbe er vor lauter Hochmut nichts Buntes an sich preis. Bothe, mit seinem sandblonden Haar und unauffälligen Betragen, hatte sich um eine ähnliche Wirkung bemüht. Aber Bothe war nicht mehr als der ausnehmend gepflegte Sohn eines Apothekers im Moselland, und Adrian war ein Herr, wäre noch in Lumpen ein Herr gewesen. In der Art, wie er sich bewegte, redete und von der einen Gruppe zur anderen ging, erinnerte er mich an die britischen Offiziere bei Lady Betty. Unter allem, was er sagte, schwang ein Ton von Langeweile, doch er war niemals zu gelangweilt, um höflich zu sein. Wie höflich er war, zeigte er in seiner Haltung zu den übrigen Gästen, mit denen ihn, obwohl manche von ihnen Freunde seines Onkels waren, nicht das geringste verband. Am meisten merkte man das, als er Lisa zum erstenmal erblickte. Vielleicht hatte er sich auf das Wiedersehen mit ihr gefreut. Ebensogut mochte sich die Gleichgültigkeit, die er dem Leben entgegenbrachte, auch auf sie erstrecken, und jene Ansichtskarte oder sein Anruf in New York nur die gedankenlose Laune eines Augenblicks gewesen sein. In jedem Fall mußte die Begegnung mit dem Gespenst einer Frau, die noch vor einem halben Jahr schön gewesen war, vernichtend auf ihn wirken. Umringt von neugierigen Gaffern, zögerte Adrian einen Augenblick, beugte sich dann vor und küßte Lisa auf beide Wangen.

Ich ging meinen Pflichten als eigentliche Gastgeberin nach. Jetzt, da ich Lisas Freunde um so viel besser kannte, war ich gezwungen, bei jedem von ihnen stehenzubleiben und seine Schmeicheleien über mein gewinnendes Aussehen, seine Klagen über Lisas deutlichen Verfall anzuhören. Nur Christa Winterstein versuchte, sich zustimmend über sie zu äußern – «my, she looks real purty again tonight» –, indes ihr Mann, vom langen Winter etwas gebeugt und entkräftet, traurig sein Löwenhaupt wiegte. Die beiden Ungarn standen mit Fleming in der Ecke, drei beleibte Männer, die mit verstohlenen Seitenblicken und gesenkten Stimmen miteinander sprachen, in irgendeine undurchdringliche Verschwörung verstrickt. Zuletzt kam ich mit dem Weintablett zu Adrian, der eben Talberg erklärte, die amerikanische Forstverwaltung habe ihn zu kurzem Aufenthalt in die Vereinigten Staaten geholt – auf Grund einer Empfehlung des Beauftragten für landwirtschaftlichen Wiederaufbau in der amerikanischen Zone von Österreich, eines gewissen Oberst Weissgerber aus Minnesota, der eine Weile in seinem Landhaus einquartiert gewesen sei.

«Ein netter Mensch», sagte Adrian auf seine langsame, schleppende Art, die eine keineswegs vorhandene Dummheit vortäuschen sollte. «Leider hat er nicht viel Konversation. Wir waren jagen zusammen. Bei ihm zu Haus soll's auch etwas Wild geben, am sogenannten Roten See. Jetzt ist mir aber die Lust an diesem Weissgerber vergangen. Eine Idee, mich viertausend Meilen über den Ozean zu zerren, um mit ihm in Minnesota auf einen Hirschen zu gehen! Hätt er mich nur mit seinem blöden Wiederaufbau in Ruh gelassen. Wir hätten uns schon selber arrangiert.»

«Wollten Sie denn Amerika nicht sehen? Wenigstens einmal?» fragt Talberg.

«Nein, Herr Doktor», sagte Adrian höflich und nahm mir, mit einem kleinen Lächeln, das Glas aus der Hand.

Jeff war noch immer nicht zurück, als die Gesellschaft bald darauf unerfreulich zu werden drohte. Die meisten Gäste hatten ihre Gesprächsthemen erschöpft und standen herum, ungewiß, was sie mit sich und einander noch anfangen sollten. Jeffs Atelier war ihnen versperrt, und sie mußten sich in Lisas Zimmer, dem Eßzimmer und Vorraum zusammendrängen.

Niemand wagte, Musik auf dem Grammophon zu machen. Lisa, die solchen Einladungen sonst Gestalt zu geben gewußt, unverbundene Strähnen miteinander verwoben und Gruppen gebildet, getrennt und wieder neu zusammengestellt hatte, ging diesmal schwankend umher, redete unzusammenhängendes Zeug, lachte grundlos und zerstörte jeden Versuch, eine angeregte Atmosphäre herzustellen – all dies jedoch, ohne Adrian aus den Augen zu verlieren, dem sie überall nachfolgte, wohin er sich auch begab. Seit einer kleinen Weile hatte Adrian bereits, ohne die mindeste Unart, Zeichen des Unbehagens an den Tag gelegt. Er hatte einen Versuch gemacht, sich zu empfehlen, der von Lisa vereitelt worden war. Kurz darauf schlüpfte sie ins Badezimmer – ich wußte jetzt, wozu –, kam noch frenetischer wieder und schüttete allen Gästen Wein nach, das meiste davon auf den Boden, auf ihr langärmeliges Pfauenkleid, Adrians Anzug, den polierten Tisch und den Savonnerie-Teppich. Sie hatte angefangen, mit lauter Stimme zu sprechen und jene herausfordernden Bemerkungen zu machen, die ihre Erscheinung gewürzt hatten, als sie noch jung und reizvoll gewesen war, jetzt aber wie die Frechheiten eines alten Fischweibes klangen.

«Schaut ihn euch an», rief sie und blinzelte Adrian mit ihren eingesunkenen Lidern zu. «Ist er nicht schön? Ein echter österreichischer Aristo! Schade, daß du niemals geheiratet hast, Liebling. Aber wozu auch? Du hast ja alles gekriegt, was du wolltest, brauchtest nur den Finger zu heben, da kamen alle angerannt. Aus Liebe braucht keiner zu heiraten! Ich hab niemand geliebt, den ich geheiratet habe, nur ein paar, die ich nicht heiraten konnte, zum Beispiel dich, mein Schatz. Ich sag euch noch was –»

«Nein, Lisa, niemand will es wissen», erklärte Talberg sanft, aber bestimmt. «Du hast zuviel getrunken. Iß etwas und beruhige dich, du redest zuviel.» Eine Weile sah es aus, als gäbe sie nach; sie folgte Talberg willig zum Buffet. Adrian suchte indessen, mit leicht gequälter Miene, seinen Onkel, um endlich mit ihm fortzugehen. Halassy stand jedoch immer noch in der Ecke und unterhielt sich erregt mit Fleming und Földvary, deren Meinung er nicht zu teilen schien. Ich überlegte mir, worüber sie wohl sprachen. Plötzlich hatte ich das erschreckende Gefühl, es könnte Thomas sein. Wann immer ich mich den dreien an diesem Abend genähert hatte, waren sie verstummt. Was gab es, das ich allein in diesem Zimmer nicht hören durfte? Mein Verdacht wuchs immer mehr. Ich entsann mich des wütenden Blicks, den Földvary damals Thomas im Café Mozart nachgeworfen hatte. Ich entsann mich seines Zusammentreffens mit Fleming in Katharines Haus und schließlich Thomas' Bericht über den Haß, mit dem Fleming ihn verfolgte. Irgend etwas war bei Katharine gegen ihn ausgeheckt worden und hatte jetzt seine Wirkung erzielt. Warum sonst wäre Thomas während seiner Amtsstunden nicht anzutreffen gewesen, warum hatte ich ihn auch zu Hause nicht erreicht?

Ich lief noch einmal in Jeffs Atelier, um bei Thomas anzurufen. Keine Antwort! Es war Viertel nach zehn, eine Zeit, um die er immer anwesend war. Von da ab dachte ich nur daran, wie rasch ich mich entfernen könne. Nicht einmal der Skandal, mit dem der Abend endete, erschütterte mich, ja, während er im Gang war, flehte ich nur zu Gott, daß alles möglichst rasch außer Rand und Band geraten möge, so daß die Gäste sich aus dem Staub machten und ich frei wäre, ebenfalls zu gehen. Ich brauchte nicht lange zu warten. Denn Lisa hatte sich, nachdem sie in eines der Klotzschen Brötchen gebissen und es sofort voll Abscheu wieder ausgespien hatte, von Talberg losgemacht und war in ihr Zimmer zurückgerannt, wo Adrian, nicht länger gewillt, diesen Figuren einer fremden Welt den Narren zu machen, zum Vogelkäfig getreten war und leise zu den Sittichen sprach. Während sie auf ihn zulief, wichen alle zurück, wie um Platz für den großen Auftritt zu lassen, den Augenblick der Wahrheit, mit dem das Schauspiel zu Ende ging. Ob Lisa es nun ahnte oder nicht, sie hielt sich an die Regeln, sie betrog ihre Zuschauer nicht um den Schlußeffekt. Hemmungslos stürzte sie sich in den letzten Monolog des billigen Melodramas, mit dem ihr Abgang besiegelt war.

«Langweilst du dich, mein Liebling?» rief sie. «Aber gewiß, Menschen öden dich von jeher an. Was in ihnen vorgeht, wolltest du ja niemals wissen, jedes Tier war dir lieber, weil es keine Seele hat. Dir war alles erlaubt. Andere – du weißt noch – lagen immer mit schweren Gliedern bei den Wurzeln des verworrenen Lebens. Du –», sie lachte auf, «gingst mit den Sibyllen zu Bett. Leichten Hauptes und leichter Hände. Nur nicht fragen, weshalb jemand eine zwecklose Tat begeht, nur nicht nachforschen, aus welcher kindischen Verirrung. Nein, zuerst wirf sie hinaus, dann mach sie zu deiner –»

«Lisa!» Halassy riß sich von seinen Mitverschwörern los, eilte hinzu und packte sie am Arm. «Hör auf, du weißt nicht, was du redest –»

«Meinst du?» Sie schüttelte ihn ab. «Laß mich in Frieden, Ferdy. Du hast am wenigsten das Recht, schockiert zu sein. Denk an deine eigenen Überredungskünste, Ferdy. Zauberreden! Du konntest die Vögel aus den Zweigen und die Mädchen aus den Unterröcken zaubern. Genau wie mich. Ja, Liebling, dein großer dicker, glatzköpfiger Onkel war der größte aller Zauberer, der sägte jede Dame entzwei –»

«Hedy! Lele! Kann niemand sie zum Schweigen bringen?»

Niemand. Es brach aus ihr heraus, ihre Schultern bebten, ihr Gesicht war zur Grimasse verzerrt. Jetzt hatte sie die Harpyienaugen ihrer Mutter, den uralten, verzweifelten, jüdischen Hyänenblick. Unbemerkt hatte inzwischen Jeff die Wohnung betreten. Alle hielten den Atem an, als er plötzlich in der Tür erschien und, entgeistert über die Versammlung in Lisas Zimmer, auf der Schwelle stehenblieb, sein Taschentuch hervorzog und sich den Schweiß von der Stirne rieb.

«Hier kommt mein Mann», rief Lisa. «Mein Mondschein aus Indiana. Jeff, das ist mein Jugendfreund, Herr von Adrian. Der mich hinausgeschmissen hat, nachdem sein Onkel mich verführte. Meine Schuld. Nur meine Schuld. Er war einfach unwiderstehlich – nicht wie dein Freund McColl, der sich was Ähnliches einfallen ließ. Aber was wär schon daran gelegen, wenn der mich herumgekriegt hätte? Damals, damals, damals lag mir etwas dran!» Tränen rollten über ihre Wangen. Sie dachte nicht daran, sie abzuwischen, sondern starrte uns schamlos an, eine nasse, puderverklebte Wüstenei. Nur drei Worte kamen noch aus ihr heraus, die sie endlos wiederholte. «Elend und Ende», rief sie immer wieder. «Elend und Ende.» Adrian war schon, an dem reglosen Jeff vorbei, zur Tür hinausgegangen, Halassy warf seinen Arm um Lisa und drückte, um ihren Wortschwall zu ersticken, ihren Kopf an seine Brust, aber sie wehrte sich, wehrte sich so heftig, daß sie gegen das Vogelbauer taumelte und es zu Boden stieß. Sein Gitter sprang auf, aber nur einer der Sittiche kam herausgeflogen, während der andere wild in dem verbogenen Käfig umherzuflattern begann. Dann geschah das Schlimmste. Lisa fing mit unbegreiflichem Geschick den grünen Vogel in ihrer Hand, riß das Fenster auf und warf das halb zerquetschte Tier auf die Straße. Die Nacht fing es auf. Irgend jemand lief sofort hinunter, aber es war nicht mehr zu sehen.

Als die Wohnung sich geleert und Lisa sich in ihrem Zimmer eingeschlossen hatte, standen Jeff und ich in der Küche, hilflos, unfähig, etwas zu sagen oder zu tun. Schließlich murmelte Jeff, man werde morgen Dr. Cordan bitten müssen, sie unter Aufsicht zu stellen. Dann raffte ich mich auf und teilte ihm kurz Agnes' Erklärung mit. «Ja», erwiderte Jeff. «Das war es wohl immer.» Ich sagte noch, ich müsse jetzt zu Thomas Munk, aber ich würde nicht lange bleiben, weil er gewiß nicht zu Hause war. Immerhin müsse ich es versuchen. Jeff brauchte sich weiter um nichts zu kümmern, weil Mario unten bei Hattie schlief.

Ich nahm mir am Broadway ein Taxi, fuhr zum Henderson Place und drückte auf die Klingel, nicht auf Thomas' Türklingel, sondern auf die der Wohnung, die ebenerdig lag. Der Hausherr öffnete mir und ließ mich ein. Ich mußte nicht erklären, weshalb ich gekommen war, denn er hatte mich mehrmals mit Thomas gesehen und war ein kluger Mann, ein Rechtsanwalt. Er nickte einfach. Und als ich ihn fragte – nur um ganz sicher zu sein –, ob Thomas verhaftet worden sei, nickte er ein zweites Mal. Ich dankte ihm und fuhr in dem Taxi heim, das ich hatte warten lassen. Die Fahrt hinüber nach Eastside war durchaus überflüssig gewesen, denn ich hatte, was vorgefallen war, schon von dem letzten Gast gehört. Der Gast, der zuletzt ging, war Halassy. Er hatte es mir unten vor dem Haus gesagt, nachdem er Adrian in sein Hotel vorausgeschickt hatte.

«Was immer Sie von mir denken, mein Kind, besonders nach der heutigen Szene – eins müssen Sie wissen: ich habe nichts mit der Denunziation von Thomas Munk an das FBI zu tun. Mit meinem

Vetter Földvary war ich niemals politisch einverstanden. Und Fleming habe ich nie gemocht. Mich wird man nicht dazu bringen, gegen Munk auszusagen. Er tut mir aufrichtig leid. Auch Sie tun mir leid, mein Kind.» Dann küßte er mir die Hand und stieg in seinen Wagen.

Ich war nicht länger als zwanzig Minuten fortgewesen. Als ich zurückkam, war Jeff noch auf. Ich wollte unbemerkt in die Küche schlüpfen, aber er trat in den dunklen Vorraum und vor mich, im schwachen Lampenschein, der aus seinem Zimmer drang. Wieder standen wir einander schweigend gegenüber, eine schier endlose Zeit.

Die nächsten Tage sind in meiner Erinnerung zu einer einzigen Qual zusammengeschmolzen, ohne Unterbrechung der Nächte, ohne Aufatmen oder Unterlaß. Vermutlich las ich schon am nächsten Morgen in der Zeitung die Nachricht von Thomas' Verhaftung und in so widerlichen Schlagzeilen, daß mir war, als kennte ich den Mann nicht, um den es ging. EX-ÖSTERREICHER – EIN OSTAGENT? hieß es, mit einem Untertitel, den ich zuerst nicht verstand. ZERSCHLÄGT GERÄT SAGT ICH HABE GENUG GEHÖRT. Dies bezog sich darauf, daß Thomas, als die beiden Detektive ihn um sechs Uhr morgens aufgesucht hatten, in einer plötzlichen Aufwallung sein Hörgerät vom Nachttisch genommen, zu Boden geworfen und zertreten hatte, wobei er ausrief, er denke nicht daran zu reden und habe in seinem Leben genug gehört, um von nun an taub zu sein. Dann war er widerspruchslos zum Wagen gegangen, der ihn ins Bundesgefängnis fuhr.

An diesem Morgen muß Jeff auch Dr. Cordan angerufen und erfahren haben, daß der Chirurg sich seit drei Wochen auf einer Ferienreise befand, aber in wenigen Tagen zurückerwartet wurde. Da er kaum noch Geld hatte und kein anderer Arzt Lisa ohne erheblichen Vorschuß in Pflege genommen und in einem Krankenhaus untergebracht hätte, beschloß Jeff, auf Dr. Cordan zu warten und sich inzwischen zu borgen, was möglich war. Lisa von ihren Ausgängen abzuhalten war ohnedies unnötig geworden. Jene Perioden fieberhafter Betriebsamkeit, die bisher ihre Dämmerzustände unterbrachen, hatten aufgehört. Sie war zwar an dem Abend nicht gänzlich zusammengeklappt, die Feder des Uhrwerks surrte gleichsam noch, aber der Puls ihres Lebens schien immer schwächer zu werden und gleichsam dem Stillstand zuzugehen. Sie berührte ihr Essen kaum. Sie lag still, mit glänzenden Augen, in einem Lehnstuhl und redete nicht mit mir, wenn ich in ihr Zimmer kam, um das Bett zu machen und Staub zu fegen. Einmal fand ich, als ich ein verklemmtes Schubfach aufzog, um es zurechtzurücken, ihre Spritze und Morphiumampullen. Es wäre sinnlos gewesen, sie ihr wegzunehmen. Ein anderes Mal fiel ein Zettel aus ihrem Band Villiers de l'Isle Adam. Selbst das wenige Französisch, das ich aus meinen Schultagen in Riga behalten hatte, genügte, um zu verstehen, was darauf geschrieben war:

‹Vivre? Nos valets le feront pour nous.›

Was ist sonst über diese Tage zu sagen? Daß wir sie durchschritten wie Taucher am Meeresgrund, mit verlangsamten Bewegungen, unter der Last von hundert Atmosphären, die Sonne so weit entfernt, daß man ihre Existenz vergaß, obgleich sie doch die fröhliche Luft von Manhattan ringsum erfüllte. Daß wir vermieden, einander anzublicken, und beständig schwiegen, um die Bürde nicht zu vermehren oder auch, um nicht durch einen achtlosen Ton das empfindliche Gleichgewicht zu stören, in dem unser Leben hing. So sehr hatten wir uns an den dunklen Kern des Daseins gewöhnt, daß auch wir kein heiteres, sorgloses Kind in unserer Nähe dulden wollten, sondern Mario bei Hattie unterbrachten, um ganz in der Trübsal zu versinken, die unser Element geworden war. Jetzt blieb nichts mehr in der Wohnung zurück, das uns an raschere Herzschläge, freundlichere Farben, hellere Stimmen gemahnen konnte, als ein Totenhaus sie enthält. Denn selbst der blaue Wellensittich in seinem verbeulten Vogelbauer, den ich in mein Zimmer getragen hatte, saß aufgeplustert im Winkel, den Schnabel in seine Federn vergraben, und lag eines Morgens steif im Sand, die Krallen im letzten Krampf erstarrt.

Die Außenwelt hatte uns vergessen. Auf ein Zeichen von Thomas hatte ich nicht gehofft, und es kam kein Zeichen. Nach dem Skandal war nicht anzunehmen gewesen, daß jemand anrufen oder auftauchen würde, und niemand rief an oder tauchte auf. Konserven waren im Haus, ein paar Lebensmittel im Eisschrank. Ab und zu aßen wir. Weder Jeff noch ich gingen aus. Kabel um Geld waren nach Wabash und Washington aufgegeben worden. Wir warteten nur auf eins in unserer Unterseefestung, das war Dr. Cordans Rückkehr. Eines Abends, es war wohl der letzte, hörte ich Musik aus Lisas Zimmer. Jeff mußte es ebenfalls hören in seinem Atelier. Aber wir hatten keine Verbindung miteinander. Lisa spielte den Vivaldi. Hier gab ich mir einen Augenblick nach und brach in Tränen aus.

Am nächsten Morgen hatten wir weder Brot noch Milch, und gegen elf ging ich hinunter zu Klotz, um das Nötigste zu besorgen. Die Hitze war gebrochen. Der Himmel war bedeckt. Ich brauchte etwas Zeit bei Klotz, nicht so sehr für den Einkauf, als um die neugierigen Fragen von Neds Mutter abzuwehren, die wissen wollte, warum seit Tagen niemand dagewesen war. Als ich mich eben von ihr frei gemacht hatte, klingelte das Telefon. Man rief mich zum Apparat. Jeff bat mich, sofort heimzukommen. Er sagte, er habe an Lisas Tür geklopft, um sie auf den Besuch des Arztes vorzubereiten, und, als er keine Antwort bekam, die verschlossene Tür eingedrückt. Er sagte, er sei hineingegangen und habe Lisa tot aufgefunden. Er sagte: Sie ist tot. Ich hörte es ihn zweimal sagen, aber es berührte mich nicht. Ich erwiderte nur: Ja, und: Ich verstehe. Dann ging ich heim. Ich kam zugleich mit Dr. Cordans Taxi vor dem Haustor an. Er war pünktlich eingetroffen, um den Totenschein zu unterzeichnen.

Zwei Dinge heben sich aus jener Zwischenzeit heraus, der Zeit zwischen Tod und Beerdigung, wenn jemand gestorben ist und die Lebendigen noch nicht aus der Asche des Schmerzes auferstanden sind. Das erste war ein Telegramm, das Sascha an demselben Morgen, an dem wir ihm Lisas Ende mitteilten, aus New Orleans an sie abgeschickt hatte. Es hieß: ‹zerstritten mit lou und georges stop bitte drahte geld stop hier jetais ici stop aujourdhui je suis chez tony guiterrez 7 charles street alles liebe sascha.› Da er das Haus seines Freundes auf der Esplanade bereits verlassen hatte, wurde ihm unsere Nachricht wohl nicht mehr zugestellt. Seine Antwort wäre jedoch kaum anders ausgefallen. Wir kabelten ihm nur zurück: ‹Lisas Koffer unterwegs.› Dann ließen wir durch Luke den Koffer versperren und an Saschas neue Adresse expedieren, ohne daß jemand hineingeschaut hätte. Wir hörten nie wieder von Sascha, obwohl er sich später an die Firma gewendet haben mag, die Lisas Möbel zu versteigern und ihm den Erlös abzuliefern hatte. Das zweite war mein Gespräch mit Ned, in dem er mich in aller Form bat, ihn zu heiraten, und ich ihn in aller Form abwies. «Aber was wirst du tun?» wiederholte er immer, als ob ich und nicht er blind und hilflos wäre, «wie wirst du leben?» Ich sagte, ich wüßte es nicht, und es täte mir unendlich leid, ihn kränken zu müssen, denn mir sei immer noch viel an ihm gelegen, obwohl in der letzten Zeit manches zwischen uns getreten sei. Ich dachte dabei immer nur an Thomas. Aber Thomas hatte wieder einmal wortlos eine Grenze überquert.

Das Begräbnis wurde ein paar Tage durch die Autopsie aufgehalten. Es stellte sich heraus, daß Dr. Cordan durchaus richtig angenommen hatte, Lisas Krankheit sei weder fortgeschritten noch zurückgekehrt, und daß sie an einer Dosis Morphium gestorben war, die selbst einen Menschen, der gegen die Droge weitgehend immun war, auslöschen mußte. Ihre Arme waren mit den Stichen der Injektionsnadel besät. Der Gerichtsarzt war erstaunt, daß sie dies vor ihrem eigenen Doktor hatte verbergen können, doch die Finten der Süchtigen waren bekannt, und Dr. Cordans Ruf blieb unangetastet. Zweifellos, sagte der Bericht, habe sie ihr Leben in einer Geistesverwirrung beendet, die durch eine langsame Vergiftung bewirkt worden war. Als all dies vorbei war, übergaben wir sie dem Krematorium und ordneten eine einfache Totenfeier in der Riverside Memorial Chapel an. Wir hatten nicht mit einem öffentlichen Leichenbegängnis gerechnet, aber Dutzende von Freunden schickten Blumen, und die Halle war mit ihren sämtlichen Freunden gefüllt.

Nicht allein für ihre flüchtigen Bekannten, auch für jenen engeren Kreis, der bei ihrer letzten Entwürdigung zugegen gewesen war, hatte sie sich bereits in eine Legende verwandelt. Während der Zeremonie, die lediglich jenen, die sie vollzogen, nicht unerträglich war, schien sich eine Welle der Hysterie im Saal zu verbreiten. Ich saß vorn neben Jeff, da sonst niemand von der Verwandtschaft da war, und sah nicht, was hinter uns vorging. Aber das Schluchzen der Frauen, vor allem der Schwestern Blatt und Christa Wintersteins, schien die Luft zu ersticken. In dieser Halle hatten sie schon vielen Mit-Emigranten die letzten Ehren erwiesen, und in jedem Schicksalsschlag, der wieder jemand aus ihrer Mitte riß, erblickten sie nicht allein ihr gemeinsames Los und einzigartiges Leid, sondern empfanden auch einen Vorgeschmack ihrer eigenen Bestimmung. Ich selbst vermochte mir Lisa unter dem Berg von Maiglöckchen, Flieder und Rosen nicht vorzustellen, glaubte nicht an ihren Anteil an diesem feierlichen, bürgerlich-wohlanständigen Akt. Vielleicht war ich in meinem Inneren wieder fühllos geworden, wie damals im Lager, als man den Zigeunerjungen wegbrachte, oder später in Kärnten, als Hauptmann Jamieson den Tanzsaal verließ. Ich wollte auch nichts spüren, sondern war froh, daß alles in mir kalt und ausgehöhlt war. Darum weinte ich auch nicht, sondern erhob mich stumm, als der Sarg durch die Klapptür verschwand, um den Vorgang mit steinernem Gleichmut zu betrachten – nicht anders als Jeff, der steif und starr neben mir aufgepflanzt war wie ein militärisches Standbild.

Als er vorüber war, stellte man Jeff ans Tor, um die Beileidsbezeigungen entgegenzunehmen. Lisas Freunde kamen in einer langen Reihe an ihm vorbei, schüttelten ihm die Hand und murmelten ein paar Worte. Ihr Mitgefühl galt dem jungen Hinterwäldler, den sie Lisas niemals als würdig erachtet hatten, und er dankte einem Haufen europäischer Versager, deren Anblick ihm verhaßt gewesen war. All das spielte sich mit großer Würde und ohne den geringsten Zwischenfall ab. Herr von Adrian hatte die Beschwernisse von Minnesota denen der Riverside Memorial Chapel vorgezogen und war einen Tag vor dem Begräbnis dahin abgereist. Aber Bothe flog eine Woche früher, als er geplant hatte, von der Westküste zurück, um dabeisein zu können. Halassy war gekommen, sein Vetter Földvary und Fleming. Ein Vorteil, den ich aus meinem gänzlichen Mangel an Empfindungsvermögen zog, bestand darin, daß ich den dicken Fleming vor mir sehen konnte, ohne mit der Wimper zu zucken. Dennoch hätte ich, als er mir unversehens gegenüberstand, lieber nicht in seinen Schuhen gesteckt. Luke und Hattie, mit rotgeränderten Augen und tiefer gebrochen als jeder andere im Raum, hielten sich abseits. Ich gab Jeff einen Wink, und er trat zu ihnen, um ihre Hand zu schütteln. Sagte ich, es habe sich kein Zwischenfall ereignet? Der einzige, den man so nennen konnte, ging fast unbemerkt vorbei. Mrs. Langendorf hatte sich am Arm ihres Mannes, den ich seit einem Jahr nicht gesehen hatte, den Trauergästen angeschlossen. Sie trug einen schwarzen Schleier und weinte bitterlich. Als sie vor Jeff trat, machte sie den Versuch, ihn zu küssen. Er schreckte zurück. Dann stieß sie ein paar Sätze hervor – «kann es nicht verwinden», «hab das nie erwartet», «wollte sie zu sich bringen», «eine bessere Frau –». Aber Jeff, nachdem er mühsam verschluckt hatte, was ihm auf der Zunge lag, wiederholte lediglich tonlos seine Dankesformel und wandte sich dem nächsten zu, der zufällig Talberg war.

Als ich Lisas Freunde in ihren dunklen Kleidern an mir vorüberziehen sah, fiel mir auf, daß sie trotz allem recht eindrucksvolle Leute waren. Über die Älteren von ihnen war die Zeit hinweggegangen, aber sie hatte ihre Gesichter mit den ehrwürdigen Spuren der Erfahrung bedeckt. Jene, die jung genug gewesen waren, um sich in ihrer zweiten Heimat ein neues Leben aufzubauen, bewahrten sich dennoch eine fast vornehme Skepsis in ihrer amerikanischen Zuversicht. Vor allem aber waren es jene großen Greise, Mrs. Langendorfs Mann und Winterstein, in denen das Wissen und die Weisheit ihres Kontinents verkörpert schienen. Dr. Langendorf blieb vor mir stehen, während seine Frau eilends weiterschritt, und sagte: «Ich hoffe, du wirst glücklich werden.» Seine Worte schmolzen beinahe mein verhärtetes Herz. Die beiden alten Herren blieben bis zuletzt. Als die Trauerversammlung auseinanderging, klopfte Dr. Langendorf seinem Freund Winterstein auf die Schulter. «Für dich und mich», sagte er, «lohnt es sich kaum noch, von hier nach Hause zu gehen.»

Nicht nur in jener Halle war sie abwesend gewesen, auch in ihrem eigenen Zimmer befand sie sich nicht mehr. Hier, wo sie gleich einer Auster in ihrer Muschel gelebt hatte, umgeben von ihren Parfümflaschen, ihrem juwelenbesetzten Monokel, ihren Büchern und Vögeln und unanständigen pompejanischen Bildern, wo sie von ihrem Louis-seize-Tischchen gegessen und auf ihrem golddurchwirkten Überwurf gekauert hatte, wo sie noch zuletzt starr und weiß, die armen, nadelzerstochenen Arme unaufhaltsam entblößt, aufgebahrt und geborgen war – hier war sie wahrhaft tot. Schon hatte man einiges von ihrem Eigentum, das ihre Fingerspitzen gekannt und ihren zärtlichen Blick auf sich ruhen gefühlt hatte, aus ihrem früheren Umkreis entfernt, wie das Vogelbauer oder die Barockheilige, die im Koffer davongereist war. Sie hatte den Schutz ihrer Dinge verloren und war in einen unendlichen, vielleicht feindlichen Raum ausgesetzt. Diese Dinge aber, die sie zurückgelassen hatte, waren jetzt der Schwingungen beraubt, die leblose Gegenstände von ihren Besitzern übernehmen. Sie lagen still und zwecklos in dem verwaisten Zimmer umher, dessen zerschlissene Pracht im Sonnenlicht, das jetzt ungehindert eindrang, schonungslos aufgedeckt war.

Mir, die ich in ihrer Mitte stand, war es, als fiele alles, was ich in diesem Zimmer erlebt hatte, von mir ab und verflüchtige sich. Europa mit seinen Lastern und hohen Zielen, seinen Schrecken und Schönheiten, seiner Grausamkeit und Verfeinerung, sank dahin wie die Abendsonne am Horizont. Endlich schüttelte ich das herrliche Untier ab, das meinen Vater und meine Mutter aufgefressen hatte und mir über das Meer nachgefolgt war, um mich zurückzulocken, mich zu umgarnen mit Hilfe einer verführerischen Gespensterschar. Und plötzlich wurde Lisa, die es vergöttert und unter ihm gelitten hatte, die es überall mit sich trug, wohin sie auch ging, die es in diesem Zimmer auf der Westseite von Manhattan getreulich wiederaufgebaut hatte, damit es jeden, der hier eintrat, in seinen Zauberbann zog, zu einem fürchterlichen Inbegriff Europas. Sie war das Weib, bekleidet mit Purpur und Scharlach und übergoldet mit Gold und edlen Steinen und Perlen und hatte einen goldenen Becher in der Hand, voll Greuel und Unsauberkeit ihrer Hurerei. Sie war die große Hure Babylon. Ich wollte ihr Gesicht nie wieder erblicken.

Selbst diese Stadt, dieses New York, erschien mir, als ich in dem leeren Zimmer stand, wie ein schmutziger Lederhandschuh, ein klebriges, übelriechendes Ding, beschmutzt von der Berührung mit Europa, dessen Hand immerfort von der anderen Seite des Ozeans nach ihm griff. Es half nichts dagegen, als an die entfernteste Ecke dieses Landes zu fliehen und nach neuen Horizonten Ausschau zu halten, denen die Versuchung Europas unbekannt war. Bei diesem Gedanken wurde ich endlich von einem Gefühl der Freiheit erfüllt, wie ich es nie zuvor empfunden hatte. Ich wußte nicht, wie ich leben würde – so hatte ich Ned gesagt. Aber ich wußte, wo ich leben wollte: so weit im Westen, wie dieser Erdteil mich trug.

Die Tür ging auf, und Jeff trat ein. Er hatte den schwarzen Anzug mit den Flanellhosen und dem offenen Hemd vertauscht, in denen ich ihn zum erstenmal gesehen hatte. Sein blondes Haar war von der Brause durchnäßt, unter die er sich nach der Heimkehr begeben hatte. Ich rührte mich nicht. Mit gesenkten Augen blieb er an der Tür, sechs Schritte von mir entfernt.

«Nun, Lele», sagte er.

«Ja, Jeff?»

«Das hätten wir hinter uns.»

«Ja, Jeff.»

«Ob noch was wird aus uns beiden?»

«Wie du meinst, Jeff.»

«Na, Honey, dann versuchen wir's doch.»

Mehr sagten wir nicht. Von fern, ganz fern, hörte ich diese tiefe spöttische Stimme murmeln, «Filmdialog – die einzige Art, mit ihnen zu reden – was andres nehmen sie nicht auf». Aber ich kümmerte mich nicht darum. Ich verabscheute diese Stimme, die sich über alles lustig gemacht hatte, was gut und einfach und anständig war, diese Stimme der trockenen Ironie und sanften Bosheit und wilden Wut, die verstummt war, sobald ein echtes Gefühl sich regte. Während Lisas Stimme uns aus weiter Ferne höhnte, ging ich hinüber zu Jeff und begab mich schweigend in seine Umarmung, wie in jener Nacht, als ich von meiner vergeblichen Fahrt zum Henderson Place zurückgekehrt war.

Gemeinsam zogen wir dann die Vorhänge zu und verließen das verdunkelte Zimmer.

12

Eine Woche darauf fuhren wir über den Pennsylvania Turnpike dem Westen zu.

Erst nachdem wir aus dem Tunnel hervorgekommen waren und die niedrigen Häuser und Gärten von New Jersey in der Frühsonne hatten blitzen sehen, hinter uns aber, wenn wir uns umwandten, die Silhouette von Manhattan im Morgennebel, spürte ich Glückseligkeit in mir aufsteigen und meinen Körper erfüllen bis zum Rand. So viel war zu tun gewesen, ehe wir fort konnten, so viel Abfall des alten Lebens aus dem Weg zu räumen, daß uns das Ziel, dem wir zustrebten, fast aus den Augen schwand. Eines Tages kam Bob MacColl aus Washington herüber, wünschte uns gute Fahrt und sagte augenzwinkernd, Jeff sei, wie früher auf der Hochschule und in der Armee, wieder einmal flinker gewesen und habe ihm das Mädel entführt. Diesmal aber sei er so erfreut, als wäre es ihm selbst gelungen. Dann bot uns Bob, dessen Vater das halbe Getreide von Indiana gehört, genug Geld als Darlehen an, um uns im Westen auf die Beine zu helfen. Dankbar nahmen wir an. Wir fuhren ihn zu seinem Zug, und als sein Ingwerhaar im Gewühl verschwunden war, meinte ich, der beste Freund, den ich jemals hatte, sei von mir gegangen. Den letzten Tag verbrachte Jeff damit, den alten Chevrolet auf Hochglanz zu bringen. Dann luden wir auf. Wir hatten den Kofferraum und Hintersitz voll Gepäck. Mehr nahmen wir nicht mit. Am dritten Juli fuhren wir los. Wir rechneten damit, Wabash am nächsten Morgen zu erreichen. Jeff wünschte sich nichts sehnlicher, als diesmal am Independence Day bei seiner Familie zu sein.

Und jetzt waren wir auf unserem Weg, jetzt sang und brummte die Landstraße um uns her. Wagen sausten vorüber, und der Wind wehte uns ins Haar – nicht in Marios zwar, denn der trug einen kleinen weißen Leinenhut gegen die Sonne, saß zwischen uns, kaute Popkorn und horchte den Swingmelodien in dem knatternden alten

Radioapparat. Auch wir schwangen dahin. Das Land ringsum war grün und lieblich mit seinen Hügeln und Feldern, und nach drei Stunden überquerten wir den Susquehanna-Fluß südlich von Harrisburg und kamen in die Berge. Wir machten sechzig Meilen, etwas weniger, als auf dieser Überlandroute erlaubt war, und sahen viele herrliche Autos an uns vorbeiflitzen, die trugen die Nummerntafeln all der Staaten, die vor uns lagen, Ohio, der Staat der Roßkastanie, und Indiana, der Staat der Hoosier, und Illinois, der Staat der Prärie, und Iowa, der Staat des Falkenauges, und Nebraska, der Staat der Maisschäler, und so weiter bis Kalifornien, das der goldene Staat war und eine goldene Mohnblume im Schilde führte und als Motto das Wort Eureka – ‹ich habe es gefunden›. Während Jeff uns all das erklärte und Mario immer neue Fragen stellte, entfaltete sich dieses Land vor mir, zu dem ich gehörte, und breitete sich unter meine Füße wie ein Teppich, auf dem ich in meine Zukunft schritt. Wir kamen über den Allegheny-Fluß und ließen Pittsburgh zu unserer Linken liegen, seine riesigen Schornsteine qualmend in den Himmel gereckt. Mittags kehrten wir in einer Gaststätte an der Straße ein, und gegen fünf hielten wir ein Picknick an einem jener schattigen Tische ab, die sie säumten, und abends, als die Sonne tief vor uns lag, verließen wir den Turnpike in der Gegend von Cleveland und suchten uns ein Hotel am Erie-See für die Nacht. Morgens badeten wir im See und fuhren dann weiter durch die Ebene von Ohio mit ihrem gelben Getreide und nach der Staatsgrenze von Indiana südwärts gegen Wabash. Wir erreichten das Haus des Reverend Jonathan W. Curtis um die Mittagsstunde. Die Tafel war bereits gedeckt.

Das Haus der Curtis lag gegenüber der episkopalischen Kirche zu Sankt Martin. Es war niedrig und weiß, mit drei roten Giebeln und einer offenen Verada, die auf den Apfelgarten ging. Hier war Jeff geboren worden und aufgewachsen und mit ihm sein jüngerer Bruder Mart, der später im Fernen Osten als Soldat gefallen war, und seine kleine Schwester Debby, die vor einem Jahr geheiratet hatte. Mit ihr und ihrem Joe, Marts Witwe Jean und Tochter Patsy, Jeffs Vater und Mutter und seiner alten Tante Emma setzten wir uns zu zehnt an den Tisch, und ich war im Schoße dieser Familie und gehörte dazu und war daheim. Der Reverend und seine Frau waren groß und kräftig, mit faltigen Gesichtern, vom Wind und der Sonne gegerbt, und sie lebten so gut und glücklich, wie sie es bei dem kleinen Einkommen des Geistlichen vermochten. Sie hatten Tante Emma und Marts Angehörige zu erhalten, so daß an gewöhnlichen Wochentagen kein Aufwand möglich war. An diesem Feiertag aber stand ein riesiger Rindsbraten auf dem Tisch und eine noch gewaltigere Apfelpastete. Der Reverend machte eine lustige Bemerkung über die Heimkehr des verlorenen Sohnes, Jeff errötete und lachte, und alle sahen mich liebevoll an, als dankten sie es mir, daß er wieder bei ihnen war. Schwester Debby hatte Sommersprossen und war voll Übermut und ganz wie Jeff, und Marts Tochter Patsy war ein weiterer Markstein auf Marios amouröser Laufbahn, denn er hielt ihre Hand und sah sie bewundernd an wie Gretchen, obschon Patsy sogar vier Jahre älter war. Nachmittags gingen wir zum Jahrmarkt und den Volkssängern, und abends gab es ein Feuerwerk. Was für ein Tag! Ein Tag, der die Erinnerung an hundert und noch mehr schreckliche Wochen tilgen konnte.

Wir blieben bis Mitte Juli in Jeffs Vaterhaus. Genügend Zeit, um in der Kirche zu Sankt Martin getraut zu werden, genügend Zeit, um Mario, der als kleiner Heide aufgezogen worden war, taufen zu lassen und mich zum Glauben meiner Kindheit zurückzufinden unter der sanften Obhut des Reverend, dem einer seiner Söhne entrissen worden und das Dasein niemals leichtgefallen war, und der doch sein Vertrauen in die Schöpfung niemals eingebüßt hatte. Vielleicht fand er es gar nicht so schwer, mich zu überzeugen, denn alles, was mir seit dem Tod meiner Eltern und dem Verlust meiner Heimat zugestoßen war, hatte mich auf unerfindliche und doch unvermeidliche Weise zu meinem Glück mit Jeff geführt. Der Seelenfrieden, den er mir gab, war das beste Geschenk meines neuen Lebens.

Eines Tages waren wir wieder auf Fahrt, in der Richtung von Chikago, das Jeff mir zeigen wollte, ehe der Mittelwesten hinter uns lag. Wir wanderten am Ufer des Michigan-Sees und betrachteten die zweitschönste Silhouette der Staaten und kehrten dann zur Landstraße nach Iowa, Nebraska und Colorado zurück. Wir wollten, ehe wir die Rockies durchquerten, einen Tag in Denver verbringen, um den alten Chevrolet zu überholen, der wieder etwas rebellisch geworden war. Aber dann blieben wir drei Tage, denn Samstag war Rodeo. Europa schien auf einem anderen Planeten zu liegen, als wir auf unseren schattigen Plätzen saßen und uns die ‹Panik-Parade› ansahen, das Rennen der Proviantwägelchen, die sattellosen Reiter, den Kälberfang, die Schmückung der Stiere, die bockenden Pferde und die wilden Bullen, die alle Cowboys abwarfen, bis einer Herr über sie geworden war. Mehr als zwanzig Musikkapellen spielten. Tausende von jauchzenden Männern in Zehn-Gallonen-Hüten und Mädchen in bunten Kattunkleidern drängten sich auf den Tribünen ringsum. Den ganzen Tag lang blieben wir sitzen, tranken unzählige Coca-Colas und aßen Flapjacks und Hamburgers und Hot Dogs und große Mengen von Eiscreme. Jeder redete mit jedem. Und die Aufregung war so groß, daß ich alle Freuden der Großstadt dafür hergegeben hätte. Mario war außer sich über die Indianer, die auf ihren reichgeputzten Ponys ritten, und über die Cowboys in ihren blitzenden hochhackigen Stiefeln und nägelbeschlagenen Halftern mit sechs Pistolen. Wir mußten ihm einen Zehn-Gallonen-Hut und einen Pistolengurt kaufen. Auf der Weiterreise weigerte er sich, den Leinenhut zu tragen, und saß stolz zwischen uns wie ein winziger Buffalo Bill.

Am anderen Morgen, vor Sonnenaufgang, erblickten wir die Rockies zu beiden Seiten, fast fünftausend Meter hoch. Ich hätte Wochen auf der Landstraße verbringen mögen, südwärts zur Manitou-Quelle und ins Sangre-de-Christo-Gebirge fahren wollen und noch weiter, zum Nordrand des Grand Canyon. Aber wir hatten weder Zeit noch Geld dazu, und Jeff versprach, all das nachzuholen, sobald wir im Westen angesiedelt waren. So kamen wir denn nach Utah und in das Tal von Salt Lake City, wo Brigham Young gesagt hatte: Das ist der Ort. Aber es war noch nicht unser Ort. Wir hörten ein Konzert im Tabernakel der Mormonen und wollten die Kirche betreten, aber man ließ uns nicht ein. In Utah befiel mich, nachdem ich Erdbeeren gegessen hatte, ein fiebriger Ausschlag, aber ich bat Jeff, sich nicht darum zu kümmern und weiterzubrausen, durch die große Salzwüste und die Wüste von Nevada. Ich kam mir vor wie eine Pioniersfrau, die sich nach dem Westen durchkämpft und keine Rücksicht auf ihren Körperzustand nimmt. In einem gewissen Sinn waren wir ja auch Pioniere, vor denen die unbekannte pazifische

Küste lag. Die Fata Morgana der Salzwüste machte uns fast blind, und die Hitze wurde mörderisch. Jede Stunde war lang wie ein Tag, die Sonne brannte auf das Leinendach des Wagens nieder, und unsere Lippen waren verdorrt. Mario schlief fast die ganze Zeit, ein mattes kleines Bündel, und war wach und quengelig, wenn wir abends im Hotel Ruhe zu finden suchten.

Die letzte Nacht verbrachten wir in Reno mit seinen grellen Lichtern, seinen Nachtklubs und Spielhöllen und unwahrscheinlich wüsten Plakaten. Am nächsten Morgen entdeckten wir an der Staatsgrenze die erste Schildertafel, auf der stand: ‹Bewahrt Kalifornien grün und gold›. Am Kamm der schneebedeckten Sierra Nevada entlang tauchten wir hinab ins Tal des Sacramento und begannen das Meer zu riechen und erreichten die große Brücke von Oakland. Vor uns lag San Francisco auf seinen vielen Hügeln in der Mittagsglut. Am selben Abend noch sahen wir die Sonne hundertfarbig in den Pazifik versinken. Und das war der Ort. Wir hatten unser Ziel erreicht.

Jetzt sind wir hier. Wir gehören zu dieser schönsten und heitersten aller Städte, wo den ganzen Tag die Meeresbrise bläst und die Straßen voll Blumen stehen und das Essen besser schmeckt als irgendwo in den Staaten und die Luft erfüllt ist mit den Gerüchen und Gewürzen des Orients. Wir haben eine Garage und Autowerkstatt mit fünf Angestellten, aber Jeff steht selbst keinen Augenblick still. Die meisten reichen Leute auf dem Telegraph Hill sind unsere Kunden, sie winken uns zu und machen mit uns ein Schwätzchen, wenn Jeff sich nach der Arbeit umzieht und mich in elegante Lokale führt wie ‹Jacks› Restaurant oder den Dachgarten des Hotels ‹Top of the Mark›. Wir hatten während der Reise viel darüber gesprochen und nachgedacht, was wir mit Bobs Geld anfangen sollten, und uns schließlich für die Garage entschieden. Jeff macht es Spaß, mit seiner Hände Arbeit unseren Lebensunterhalt zu verdienen: Mechanik war immer sein Lieblingsfach. Vielleicht war er nie ein guter Architekt, obwohl er sich für diesen Beruf schon auf der Universität von Indiana vorbereitet hatte. Und sicherlich war er kein guter Innenarchitekt, trotz seiner Erfolge bei Mrs. Winston Eidrich und Mrs. Lillian D. Dondero. Was ihn zweifellos am meisten freut, ist das

Hantieren mit öligem Werkzeug und der Versuch, einen alten Motor wieder in Gang zu bringen. Auf seine Art mag es für ihn so befriedigend sein wie für einen Arzt die Heilung seiner Kranken. Es wird noch eine Weile dauern, bis alles an Bob zurückgezahlt ist, aber die Schuld an Mrs. Langendorf haben wir längst beglichen. Es war unsere letzte Pflicht gegenüber der Vergangenheit. Jetzt sind alle Brücken zu ihr abgebrochen. Selbst den kleinen Band lettischer Volkssagen, den mir Dr. Langendorf gab, habe ich in den Abfalleimer gesteckt. Wir wollen nichts als vergessen.

Weshalb dann, wird man mich fragen, dieser Bericht? Nicht allein, weil Paul Bothe mich damals ermutigte, ihn zu schreiben. Deshalb vor allem, weil dann und wann jener Alpdruck wiederkehrt, uns im Traum bedrängt und an nebligen Wintertagen auf uns lastet, so daß wir uns quälen und das Gehirn zermartern, ob wir auch immer richtig gehandelt haben oder den Lauf der Dinge hätten ändern können – den Versuch nicht hätten aufgeben sollen, sie ihrem traurigen Ausgang zu entziehen. Um dieses Gespenst für immer und ewig zu bannen, hatte ich mir auferlegt, alles noch einmal zu erleben und es von uns abzustreifen, bevor unser Kind geboren wird. Das ist nun erreicht. Ich kann die Hände in den Schoß legen und auf die Zukunft warten, mit reinem Gewissen und beruhigtem Gemüt. Denn jetzt, da ich alles Schritt für Schritt zurückverfolgt habe, kann ich keine Schuld bei Jeff und mir entdecken, nur eine unerklärliche Ohnmacht gewissen Tatsachen gegenüber, deren Vollzug offenbar nicht aufzuhalten war.

Hier sind wir und hier wollen wir bleiben. Was immer uns bestimmt ist, wir werden im Westen leben und sterben und nie über unsere Schulter zurück nach jenem alten Erdteil sehen, aus Angst, er könnte uns zurückholen, uns in seine furchtbare Umarmung nehmen und uns das Mark aus den Knochen pressen, wie er es noch mit allen getan hat, die von dort kommen oder dahin gehen.

Paul Bothes Nachwort

Als Lele mir schrieb und mich bat, ihr Manuskript zu lesen, versprach ich, es für den Abdruck einzurichten und ihr auf der Suche nach einem Verleger beizustehen. Ich muß betonen, daß es mir nicht leichtgefallen ist, mich damit zu befassen. Mit den Ereignissen, die sie schildert, war ich mehr oder weniger vertraut, doch ich kann ihre Ansicht darüber nicht immer teilen oder die gleichen Schlüsse daraus ziehen. Für jene Leser, die mich genauer verstehen wollen, zitiere ich nur die Worte des Marcus Annaeus Lucanus: Victrix causa deis placuit, sed victa Catoni. Wozu ich anmerken möchte, daß meine Auffassung von Moral und Sittenstrenge freilich eine andere als die des Cato ist.

Gleichwohl – dies ist Leles Buch und soll es bleiben, auch wenn ich einige Lücken ausfüllen mußte, wann immer ihre Kenntnis oder ihr Gedächtnis nicht ausreichten, und diesem oder jenem Kapitel einen wirksameren Abschluß gab. Im übrigen habe ich nichts an ihrer Niederschrift verändert, selbst wo sie ein etwas fragwürdiges Licht auf mich wirft. Ob sie Lisas Bild ihren Lesern zur Gänze vermitteln konnte, sei dahingestellt. Manche, die unsere tote Freundin kannten, werden sagen, Lele habe nicht mehr von ihr erspäht, als das nackte Auge von der Landschaft des Mondes sehen kann. Wie dem auch sei, will ich hoffen, daß ihr Buch eine wohlgeneigte Aufnahme findet. Wenn ich ein wenig dazu beigetragen habe, ist meine Pflicht erfüllt.

Vor einiger Zeit, während eines meiner üblichen Aufenthalte an der Küste, benützte ich die Gelegenheit zu einem Besuch in Jeffs und Leles Heim. Allem Anschein nach sind sie bezaubernde Leute, durchaus bezeichnend für die arglose, geradlinige Jugend von Amerika. Jeff nahm mich liebenswürdig auf, und ich habe ihm längst verziehen, daß er mich einst einen Schundschriftsteller genannt hat. Woher sollte er auch wissen, daß ein Autor sich nicht immer mit seinen Büchern identifiziert? Zehn Jahre jünger, als Lisa war, paßt Jeff weitaus besser zu Lele, die ihrerseits zehn Jahre jünger ist als er. Alle ihre Freunde sind sich einig, daß ein gastfreundlicheres, gutmütigeres und arbeitsameres Paar als diese beiden undenkbar wäre. Freilich ernten sie auch ihren Lohn und verfügen bereits über all jene häuslichen Behelfe, die Mischmaschinen und Spülmaschinen und Waschmaschinen, vor denen Lele mit unbewußtem Neid in Agnes' Küche stand. Sie besitzen sogar schon einen Fernsehapparat, wie er sich allenthalben in den Staaten und in Europa durchsetzt, wenn auch keines jener Tondbandgeräte, die sich um so viel besser zur Wiedergabe klassischer Musikstücke eignen als die kurzatmigen Schallplatten zu Lisas Zeit.

Beide sind, das versteht sich, bei vorzüglicher Gesundheit. Nicht einmal der gelegentliche Tropfen Whisky, ein letzter Überrest aus jener bösen Zeit, kann ihr Einvernehmen trüben oder das Idyll zerstören, in dem sie mit ihren Kindern leben – dem jungen Mario, der sich in seiner Koedukationsschule besonders wohl zu fühlen scheint, und der kleinen Susan, die so blond und blauäugig ist, wie Lettland sie im Verein mit Indiana hervorzubringen vermochte. Es bleibt ein Rätsel, wie diese beiden jemals in die Geschehnisse verstrickt werden konnten, die Lele geschildert hat. Äußerlich ist ihnen nichts mehr davon anzumerken. Und in ein paar Jahren, dessen bin ich gewiß, wird ihre Erinnerung daran nur noch in jenen dunklen Tiefen unseres Bewußtseins ruhen, die nie bereit sind, sich aufzutun, um die Bürde unserer Schuld zu enthüllen – es wäre denn am Tage des Jüngsten Gerichts.

Hilde Spiel
Mirko und Franca
Erzählung
nymphenburger

136 Seiten

Eine zarte Liebesgeschichte, zugleich
das Bild einer sterbenden Stadt: Triest

nymphenburger

neue frau

Eine Auswahl

Shirley Abbott
Vom Winde nicht verweht
Frauen in den amerikanischen Südstaaten (5707)

Lisa Alther
Schlechter als morgen, besser als gestern
Roman (5942)

Toni Bentley
Tanzen ist beinahe alles
Selbstporträt einer Tänzerin des New York City Ballet (5177)

Marie Cardinal
Schattenmund (4333)
Der Schlüssel liegt unter der Matte (4557)
Die Irlandreise
Roman einer Ehe (4806)
Selbstgespräch mit Klytämnestra
Roman (5322)
Die Reise nach Algerien
Im Garten meiner Kindheit (5655)

Martine Carton
Eine Frau ist eine Frau ist eine . . . (4302)

Laurie Colwin
Eine altmodische Liebesgeschichte und andere sentimentale Stories (5282)
Wie ein französischer Film
Roman (12127)

rororo

C 912/1

neue frau

Eine Auswahl

Sarah Lloyd
Eine indische Liebe
(5586)
China erfahren
Ein Reisebericht (12339)

Margaret Mead
Brombeerblüten im Winter
Ein befreites Leben (4226)

Daphne Merkin
Die Prinzessin von New York
Roman (12303)

Kate Millett
Im Iran (5062)
Fliegen (5156)

Toni Morrison
Sehr blaue Augen (4392)
Sula
Mit einer Auswahl von Essays zu diesem Roman (5470)
Solomons Lied/Teerbaby
Romane
Kassette mit 2 Bänden (5740)

Aysel Özakin
Der fliegende Teppich
Auf der Spur meines Vaters
Roman (5879)

Angela Präsent (Hg.)
Die Rückkehr zu den Männern
Das zweite Lesebuch der neuen frau
(12241)

neue frau

Eine Auswahl

Martha Gellhorn
Das Wetter in Afrika
Ein Roman in Novellen (12354)
Paare, Paare
Erzählungen (12511)
Reisen mit mir und ihm
Berichte (12628)

Elfriede Hammerl
Probier es aus, Baby
STERN-Einsichten (12376)
Love me Tender
Neue STERN-Einsichten (12635)

Aritha van Herk
Unter Männern
Roman (5867)

Maryse Holder
Ich atme mit dem Herzen (4620)

Susanna Kaysen
Der Mann ohne Seele
Roman (12365)

Susan Koppelman
Alte Jungfern
Short stories amerikanischer Autorinnen des 19. Jahrhunderts (12189)

Sissel Lie
Das Herz des Löwen
Roman (12584)

rororo

C 912/1 b